Britt Glaser

Das Herz von Arkamoor

Band 2

Gesang der Ketanuren

Limitierte Sonderedition

Auflage 100 Exemplare

Schweitzerhaus Verlag

Schrift * Wort * Ton
Karin Schweitzer

Frangenberg 21 * 51789 Lindlar * Telefon 02266 47 98 211
eMail: mail@schweitzerhaus.de

Coverbild: Karin Schweitzer, Lindlar
Satzlayout und Umschlaggestaltung: Karin Schweitzer, Lindlar

Besuchen Sie uns im Internet: www.schweitzerhaus.de
Auflage 12.2018 - Sonderauflage
ISBN: 978-3-86332-055-3

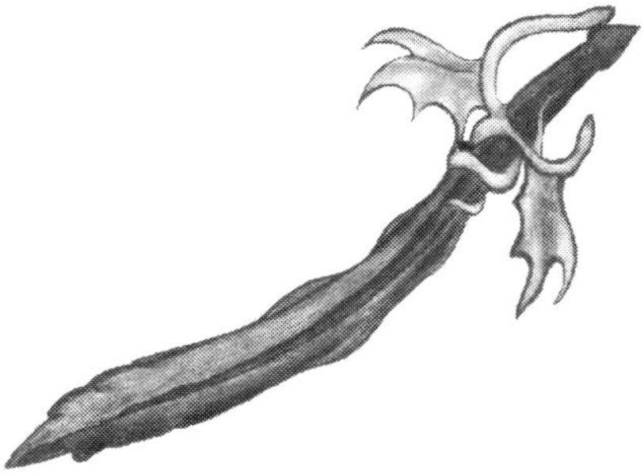

Für Patricia und Fabian,
ohne die es dieses Buch
nicht geben würde.

Gesang der Ketanuren

Die Prophezeiung erfüllte sich und brachte vier Ritter hervor. Sie haben geschworen, das Drachenland und seine Bewohner zu beschützen und allen Wesen, die Hilfe benötigen, beizustehen. Sie ahnten nicht, wie schwer es sein würde, dies zu erfüllen …

Inhaltsverzeichnis

Das Buch

Gelächter schallte zu Fabian herüber und lenkte ihn ab, seinen Freunden beim Schwertkampf zuzusehen. Er beugte sich über den Felsen und sah weit unten Drachen in den warmen Quellen baden und toben. Große Drachen griffen sich kleinere Drachen oder einen der wenigen Menschen, dann flogen sie mit ihnen hoch über das Wasser und ließen sie fallen. Manch einer fürchtete sich und kreischte dann geräuschvoll, während alle Anderen einen riesigen Spaß an dem Spektakel hatten.

Der Himmel verdunkelte sich und sieben Drachen glitten über den Berg hinweg. Ein kleinerer führte die Flugformation an und wurde an beiden Seiten von drei größeren begleitet.

Ach, die Weisen, dachte Fabian, *wo die wohl wieder herkommen?*

«Fabian, träumst du?», fragte Pacco. «Vincent hat verloren, also kämpfst du jetzt gegen ihn. Der Gewinner darf dann gegen mich antreten.»

Nachdem Fabians grüne Augen lange in die dunkelbraunen Vincents geschaut hatten, erhoben beide langsam ihre Schwerter. Der Kampf begann.

Fabian schlug einen Bogen und Vincent wehrte ab. Vincent schlug von oben, aber Fabian wehrte das gegnerische Schwert ab, nahm die Chance wahr und zog seine Klinge wieder hoch. Vincent taumelte einige Schritte rückwärts, griff aber sofort wieder an. Ein Weilchen sah es so aus, als ob sich zwei gleichstarke Kämpfer gegenüberstehen würden, doch dann gewann Fabian die Oberhand. In der Tat die Oberhand, denn Vincent fiel es schwer, sein Schwert zu heben, um es gegen Fabian einzusetzen. Immer war Fabian schneller und wehrte Vincents Hiebe ab, bevor dieser überhaupt zum Angriff ausholen konnte.

«Hallo», ertönte eine liebliche Stimme in Fabians Ohren. «Euer Schwertgesang hat mich angelockt.»

«Patricia, ich werde gleich bei dir sein, ich muss nur eben noch Vincent besiegen!», rief Fabian. An Vincent gerichtet meinte er: «Tut mir wirklich leid, aber ich habe nun keine Zeit mehr für dich.» Mit zwei gekonnt platzierten Schwerthieben machte er den schnaufenden und schwitzenden Vincent kampfunfähig.

«Wann werde ich endlich besser?», meinte Vincent und stampfte mit dem Fuß auf den sandigen Felsboden.

«Aber du hast doch schon gute Fortschritte gemacht», tröstete ihn Fabian und wendete sich freudestrahlend dem Mädchen zu, um es in die Arme zu schließen.

Eng umschlungen standen sie da, während Vincent und Pacco grinsend die Augen verdrehten.

Patricia strich über Fabians teilweise schuppigen Rücken und meinte: «Du kannst doch nicht einfach ohne Hemd laufen!»

«Warum denn nicht? Macht Vincent doch auch», rechtfertigte sich Fabian.

«Was meinst du, was geschieht, wenn irgendein Mädchen deine bunten Schuppen sieht?»

«Was soll schon passieren», fragte Fabian unwissend.

«Das kann ich dir sagen», erklärte Patricia. «Seit wir zu Rittern geschlagen wurden, sind alle Mädchen hinter den Buntschuppen her, wie sie neuerdings die Drachen mit den bunten Schuppen nennen. Nun rate mal, warum!»

«Das würde mich nun aber auch interessieren», mischte sich der bunte Pacco ein und hob aufmerksam den Drachenkopf.

«Da fragst du noch, Pacco? Natürlich wegen dir. Die Mädchen glauben, dass in jedem bunten Drachen Cannocs Blut fließt und in jedem ein Ritter steckt», erklärte Patricia.

«Oh, das hört sich an, als ob ich nun Chancen bei den Mädchen habe», scherzte Pacco. Fabian fügte lachend hinzu: «Auch meine Möglichkeiten, obwohl ich ein Mensch bin, scheinen nicht schlecht zu stehen!»

Er flüsterte Patricia etwas ins Ohr, dann

blickten sie sich lange in die Augen. Es schien kein glücklicheres Pärchen im ganzen Drachenland zu geben.

«Meine Güte», sagte Vincent und lachte. An den Drachen gerichtet fragte er: «Wie lange haben sich die Zwei nicht gesehen? Seit sieben Vollmonden?»

«Nein, nicht ganz», gab Pacco zum Besten. «Bei Sonnenaufgang haben sie schon zusammen gegessen, eng umschlungen versteht sich. Schau nur, die Sonne steht noch nicht ganz oben, es ist also noch gar nicht so lange her.»

Doch Fabian und Patricia ließen die Beiden reden und kümmerten sich nicht darum, denn ihr Glück und das aller hier Lebenden war perfekt. Jeder im Drachenland war fröhlicher als sonst, weil nun wieder Frieden herrschte und niemand mit einem Angriff der Menschen rechnen musste. Das Drachenland war nun für die Menschen verschwunden.

Wanderer würden daran vorübergehen, ohne den Eingang wahrzunehmen. Nur denen, die ein reines Herz hatten und keine bösen Absichten in sich trugen, die würden das Land sehen und betreten können.

Das haben die Drachenlandbewohner dem Herz von Arkamoor zu verdanken, dem Stein, der das Drachenland verhüllt.

Die Freunde begaben sich ins Wasser der

Quellen und es dauerte nicht lange, bis jeder von ihnen aus großer Höhe ins warme Nass geworfen wurde. Fabian bat die Drachen immer um einen besonders langen Flug. Er liebte es, in luftiger Höhe das Geräusch der Drachenflügel zu hören, was wie Musik in seinen Ohren klang. Von weit oben konnte er das Drachenland betrachten und sich dabei den Wind über die Haut streichen lassen, bevor er von dem Drachen abgeworfen wurde und im warmen Wasser landete.

Am Abend loderten große Feuer am Ufer des Sees und jeder, der sich dazusetzen wollte, war willkommen. So wurde dann bis zur Morgendämmerung gegessen, getrunken und Geschichten erzählt. Fast täglich fanden solche Feste im Drachenland statt. Erst war es für Fabian, Pacco, Patricia und Vincent noch amüsant, weil jeder darauf bestand, dass sie als Retter des Drachenlandes unbedingt dabei sein sollten. Sie mussten wieder und wieder von den Abenteuern berichten, die sie auf ihrer Suche nach dem Herz von Arkamoor erlebt hatten.

Als sie um ein loderndes Feuer nahe den warmen Quellen saßen und der Mond schon hoch am Himmel stand, sagte Patricia: «Also, damit das klar ist, ab morgen schaue ich mal wieder in meine Bücher. Kein Fest, kein Wein, kein nächtliches Fressgelage mehr!»

«Das ist eine gute Idee», antwortete Vincent sofort, der seine Freundin Marietta im Arm hielt.

«Ich bin nämlich auf ein sehr altes Buch gestoßen, das ich euch gern einmal zeigen möchte. Es handelt von Kräutern und Pilzen. Wir sollten überlegen, ob wir vielleicht weiter daran arbeiten und es vervollständigen. Aber vorher muss ich noch mit Bias darüber reden, mal sehen, ob er zustimmt.»

«Ich helfe dir gern bei der Bearbeitung des Buches», sagte Marietta.

«Hört sich interessant an, um was genau geht es denn?», wollte Patricia wissen.

«Um die Kräfte von Pilzen und Kräutern, um Schaden und Nutzen», erklärte Vincent.

«Ich arbeite auch mit», sagte Paccos Freundin Smetta, ein gelb-grünes Drachenmädchen, das etwas größer als Pacco war. «Was ist mit dir, Pacco?»

«Ach nein, ich bin schon mit Fabian verabredet ... zum Schwertkampf, wir müssen noch viel lernen», druckste Pacco herum, der keine Lust verspürte, seine Drachennüstern in irgendwelche alten Bücher zu stecken.

Fabian nickte schnell, damit er nicht auch noch gefragt wurde.

«Gut, ich werde auf dem Heimweg bei Bias vorbeischauen, und wenn er einverstanden ist, treffen wir uns bei Sonnenaufgang vor meiner Höhle», sagte Vincent. «Dann werde ich euch das Buch zeigen.»

«Bei Sonnenaufgang?», fragte Pacco. «Hast du das vergessen, da wollen wir uns doch zum

Schwertkampf treffen?»

«Ja, schon», redete Vincent sich raus. «Aber was bisher in dem Buch steht, ist sehr interessant und ich habe viel Neues darin entdeckt, obwohl es erst halb fertig gestellt wurde. Über Kräuter und Pilze Bescheid zu wissen, ist auch sehr wichtig.»

«Ach, Kräuter zu kennen ist also wichtiger als der Umgang mit deinem Schwert?», tadelte Pacco und schüttelte den Kopf, dass seine Schuppen nur so raschelten. «Also, ich weiß genug über Kräuter und Pilze, ich wüsste da nicht, was ich noch ...»

«Na, zum Beispiel wie man Drachenwurz und Aronstab auseinanderhält», flüsterte Vincent.

«Ach, da probiere ich beide und weiß, welches mir schadet», gab Pacco kühl von sich.

Fabian grinste, weil es Vincent nicht gelang, den Drachen damit aufziehen.

Im letzten Sommer hatte Pacco versehentlich giftigen Aronstab gepflückt und gegessen, anstatt Drachenwurz. Es ging dem Drachen wirklich sehr schlecht danach. Pacco hatte das Kraut gesucht, weil er gehört hatte, dass Drachenwurz zum Feuerspucken verhelfen würde. Diese Kunst wollte ihm, auch unter größten Anstrengungen, nicht gelingen, so entschied er, die Pflanze zu suchen und zu essen.

Vincent und Marietta verabschiedeten sich und ließen die warmen Quellen hinter sich. Wenig später wehte ihnen ein eisiger Wind entgegen, während sie an einem riesigen zugefrorenen See entlang gingen. Auf der glatten Eisfläche spiegelte sich der Mond mit seinen Begleitern, den vielen Sternen wieder. Sie blieben Arm in Arm am Ufer stehen, um die Schönheit der Sterne des Firmaments und des Sees zu bewundern. Uneinig darüber, was von beiden schöner war.

Nach einer Weile erreichten sie einen mit Felsen gerahmten Weg. Bald befanden sich immer mal wieder hohe halbrunde Öffnungen im Gestein, die Eingänge zu den Höhlen, in denen die Drachen und einige wenige Menschen wohnten. Sie liefen immer weiter, an vielen Höhlen vorbei, bis sie nichts mehr von dem Trubel, der am Wasser herrschte, hörten.

Hinter den Bäumen lauerten sie, die Menschen. Bewaffnet mit Messern und Schwertern. Sie griffen Patricia und zerrten sie ins Gebüsch, sie kamen wieder und schnappten Vincent. Er rief um Hilfe und versuchte, sich aus den Griffen der Angreifer zu befreien. Fabian war müde, aber er erhob sich, um den Feinden zu folgen, aber seine Beine wollten ihm nicht gehorchen. Nur ganz langsam kam er voran. Er sah, wie Patricia und Vincent immer tiefer im Wald verschwanden. Da fiel sein Blick auf Pacco, der sich in einem Feuer rekelte und Fabian schrie ihn an: «Pacco, so tu doch was, sie haben Patricia und Vincent! Dort laufen sie, geh hinterher, bitte! Du musst sie retten!»

«Warum gehst du nicht selber», fragte Pacco genervt.

«Ich kann mich kaum bewegen», antwortete Fabian dem Drachen und schaute erschrocken an sich herunter. «Sieh nur, ich bin voller Blut!» Panik überkam ihn und er schrie Pacco verzweifelt an, während Tränen über sein Gesicht liefen: «Nun hilf doch endlich, sonst sehen wir die beiden nie wieder. Wer weiß, wo die Menschen sie hinschleppen!»

Dann strich jemand über sein Gesicht und er hörte Patricias Stimme: «Fabian, Fabian, wach auf, du hast schlecht geträumt.»

Fabian öffnete die Augen und stellte erleichtert fest, dass er neben Patricia in einem großen Nest lag. Er schaute sich um und sah die vertrauten Bilder, die den Felsen der Höhle zierten. Wälder, Flüsse, Drachen und Cannoc, der Drache, der aus einem Stein geboren wurde. Der Drache stand auf dem höchsten Berg im Drachenland und hielt ein wundervolles Schwert in den Händen.

«Es war nur ein Traum, niemand ist in Gefahr», flüsterte Patricia und kuschelte sich eng an Fabian, der über ihren schuppigen Rücken strich und wieder einschlief.

Am nächsten Morgen saßen sie Früchte essend um die Feuerstelle in der Höhle, als Patricia fragte: «Kommst du mit zu Vincent? Du weißt doch, wir wollen uns dieses Buch mal anschauen.»

«Ach nein, ich schau lieber, was mein Schwert macht», erwiderte Fabian, dem es keineswegs spannend erschien, ein altes Buch über

Kräuter zu lesen und dieses womöglich noch weiter zu schreiben.

«Gut, wir sehen uns dann später», sagte Patricia beim Verlassen der Höhle. Sie konnte nicht begreifen, dass Fabian es ablehnte, wichtige Eigenschaften verschiedener Pflanzen zu erfahren.

Fabian betrat die Höhle, in der sein Nest stand, das er sich mit Patricia teilte. Wie ein Vogelnest sah es aus, aber so riesig, dass es den halben Raum einnahm. Er zog sein Schwert aus dem metallenen Schwerthalter, der die Form eines Drachen mit vor sich gefalteten Händen hatte. An den Bildern, die den Felsen zierten, blieb sein Blick hängen. Jede Nische und Ritze war mit erlebten Geschichten und überlieferten Sagen aus dem Leben der Drachen bemalt worden. Auf den Gesichtern der Dargestellten konnte man Freude und Leid erkennen, so genau war jeder Pinselstrich gezeichnet. Fabian freute sich schon auf seine eigene Höhle, die Arcus und Cilla, die Eltern von Pacco und Patricia, auch bemalen würden. Sobald die Malereien abgeschlossen wären, würde er mit Patricia dort einziehen. Die Höhle war in einem gelblichen Fels mit einer halbrunden Öffnung wie jede andere Höhle im Drachenland auch. Hinter dem Eingang war ein kleines Gewölbe, so hoch, dass zwei erwachsene Drachen darin stehen konnten. Von dort aus ging es weiter in eine große Höhle mit einer Feuerstelle in der Mitte. Genau wie bei den Großeltern, bei denen Fabian wohnte, seit er letzten Sommer ins Drachenland kam. Von der großen Höhle aus konnten wiederum zwei kleinere erreicht werden.

Fabian verließ samt Schwert, dessen Klinge die Form einer Flamme hatte, die Höhle. Er ging an vielen weiteren Höhlen vorbei und machte sich auf den Weg zu seinem Felsen. So nannte er den Berg, auf dem er den Schwertkampf immer übte. Er traf auf Pacco und dessen Vater, die den Weg vor der Höhle entlang schritten. Fabian sah den Riemen und Arcus Schwertscheide auf dem Rücken zwischen den gewaltigen schwarzen Flügeln. Ein Grinsen huschte über Fabians Gesicht und er freute sich auf einen Kampf gegen Arcus. Er war gespannt, was der Drache ihnen wieder für neue Techniken zeigen würde, die sie im Schwertkampf besser werden ließen. Arcus war einer der besten Schwertkämpfer im ganzen Land. Im letzten Sommer war er als Drachenlandwächter dafür verantwortlich, ihr Land zu schützen. Immer wieder musste er mit weiteren Drachen gegen die Menschen kämpfen, die sich das Ziel gesetzt hatten, alle Drachen zu töten. Aus ihren Schuppen wollten sie sich Schilde bauen. Für die Drachen wäre es ein Leichtes gewesen, die Menschen mit ihrem Rachenfeuer zu verbrennen. Doch die Drachen waren so fair und kämpften nur mit dem Schwert.

Der Vormittag verging mit Schwertkämpfen wie im Flug.

Nach einer leckeren Mahlzeit in der Höhle der Großeltern wollte Pacco in den angenehmen warmen Quellen baden.

«Das ist jetzt genau das, was ich brauche. Kommst du mit, Fabian?»

Fabian hatte im Moment keine Lust auf den Trubel, der in letzter Zeit an den Quellen herrschte. Er wollte lieber mal für sich sein und seinen Gedanken nachhängen, so ging Pacco allein.

Nach einer Weile am Feuer begab Fabian sich in die bemalte Höhle und nahm sich drei Bücher aus einer Felsnische. Vor der Behausung setzte er sich auf den warmen Felsboden und genoss es, allein zu sein. Er blätterte in dem Buch Geschichte des Drachenlandes, legte es aber schnell an die Seite, weil er das Buch bereits gelesen hatte. Das nächste war ein Pflanzenbuch. Es gab noch immer Pflanzen in dem riesigen Garten, die er nicht beim Namen nennen konnte, geschweige denn, dass er wusste, ob dessen Früchte roh oder nur erwärmt schmeckten. Seite um Seite betrachtete er und fand viele dieser für ihn namenlosen Früchte wieder. Laut sprach er ihre Namen vor sich hin. Dann legte er auch dieses Buch zur Seite, ließ sich die Sonne ins Gesicht scheinen und wollte das dritte Buch gar nicht ansehen. Es war ein Werk über Pilze. Das fand er so langweilig, wie dieses Buch, welches sich Patricia mit Vincent, Smetta und Marietta anschauen wollten.

Es gab da aber ein ganz besonderes Werk, das ihn brennend interessierte und das er zu gern aufschlagen würde, um darin zu lesen, das Buch des Cannoc. Cannoc selbst hatte es geschrieben, als er vor langer Zeit im Drachenland lebte. Er war der Sohn eines Steins, den die Menschen als steinernes Ei ins Drachenland brachten.

Es gibt sicherlich so vieles in dem großen dicken Buch über Cannoc und das Drachenland zu lesen, schwärmte Fabian in Gedanken.

Einmal hatte er dieses Werk bisher zu Gesicht bekommen, an dem Tag, als er und seine drei Freunde zu Rittern geschlagen wurden. Da las Bias, der Oberste der Weisen Drachen, daraus. Er las von Zeiten, die ständig im Wandel seien, vom Kampf, der begann und eine neue Zeit bringen würde. Selbst von den Rittern, also von ihm und seinen Freunden, stand etwas in diesem Buch geschrieben. Sie würden Großartiges vollbringen und man könne sie daran erkennen, dass in ihnen Drachenblut fließe und sie ein Horn auf ihrer Stirn hätten. Jeder Zweifel würde damit ausgeräumt, und sie würden als Ritter des Drachenlandes anerkannt sein.

Fabian bat Bias an diesem Tag, ihn einen Blick in das Buch werfen zu lassen. Der grüne Drache schloss das Buch und meinte unfreundlich, dass Fabian dafür noch zu jung sei.

Seither ging ihm das Buch aber nicht mehr aus dem Sinn, und auch jetzt, wo er darüber nachdachte, verspürte er den Drang, das Buch zu lesen.

Aber Bias ist immer sehr unfreundlich zu mir, was wird er sagen, wenn ich ihn noch einmal nach diesem Buch frage, überlegte Fabian und es war ihm gar nicht bewusst, dass er Patricias Bücher schon wieder in die Felsnische zurückgelegt hatte, die Höhle der Großeltern verließ und den steinigen Weg zwischen anderen Behausungen entlang ging. Plötzlich stand er vor Bias Höhle.

Egal, was Bias sagt, ich frage ihn jetzt nach dem Buch, dachte Fabian und rief laut: «Bias!» Aber aus der Höhle kam keine Antwort.

«Bias! Bias, bist du da?», rief Fabian noch einmal. Niemand antwortete, so betrat Fabian das erste kleinere Gewölbe der Drachenhöhle, dann stand er in Bias Wohnhöhle.

In der Mitte brannte ein kleines Feuer. Es dauerte einen Augenblick bis Fabians Augen sich, vom hellen Sonnenlicht geblendet, an die Dunkelheit in der Höhle gewöhnt hatten.

Was er nun sah, versetzte ihn in Staunen und er vergaß ganz und gar, dass er eigentlich nicht in dieser Höhle sein sollte. Das Berginnere zeigte nur an der Decke noch Stein, der Fels ringsherum war bedeckt mit Büchern, nichts als Büchern. Nur die Eingänge zu den anderen Gewölben waren ausgespart. Es hätte Fabian allerdings nicht gewundert, wenn hinter diesen Pforten auch Bücher gewesen wären. Im Felsen waren Nischen und darin standen oder lagen sie alle. Fabian konnte sich gar nicht satt sehen, er hätte nicht im Traum daran gedacht, dass jemals so viele Werke geschrieben wurden. Ganz starr war er vor Ehrfurcht und erst, als er das Buch des Cannoc zwischen den vielen Werken entdeckte, kam er wieder zu sich. Langsam bewegte er sich zu den Büchern und berührte ganz sacht ihre Rücken. Manche waren in Leder gebunden, andere in Holz eingefasst wie das Buch des Cannoc. Große und kleine Bücher standen dort und Fabian erstaunten die vielen verschiedenen Zeichen, die auf den Buchrücken auszumachen waren.

Auf einmal raschelte es aus einer der kleineren Höhlen. Fabian fühlte sich ertappt. Beim Umdrehen sah er gerade noch, wie irgendetwas großes Schwarzes hinter einer der kleinen Höhleneingänge verschwand. Fabian glaubte, Fell gesehen zu haben. Ein Schauer lief ihm über den Rücken. Er hatte Bilder von furchtbaren Gestalten vor Augen, dass er nur noch den Wunsch verspürte, die Höhle schnellstens zu verlassen. Geistesgegenwärtig griff er nach dem gesuchten Buch und verließ fluchtartig Bias Wohnstätte.

Von der Sonne geblendet ging er durch den Garten, der zu Bias Behausung gehörte. Auf dem felsigen Weg kamen in der Ferne einige Drachenmädchen angelaufen.

Mist, dachte Fabian, *wenn irgendjemand dieses*

prachtvolle Buch sieht, wird er sofort Bescheid wissen, dass es sich um das Buch des Cannoc handelt, also um ein Buch von Bias. Dann bin ich verraten. Wäre ich doch nie in die Höhle gegangen und hätte ich doch bloß das Buch nicht mitgenommen!

Er hielt nach einem geeigneten Versteck Ausschau, doch nichts als Fels und Stein um ihn herum.

Vorsichtig legte er das Buch auf den Boden, zog sein Hemd aus und umwickelte das Werk geschwind mit dem Stoff.

Mit nacktem Oberkörper, das schwere Buch verpackt im Hemd, wollte er schnell an den Mädchen vorbeieilen. Ein bernsteinfarbenes Drachenmädchen lief aber so, dass es den Weg eng machte, und sprach: «Hallo Fabian, hast du Lust, mit uns zu baden?»

«Nein, eigentlich nicht», antwortete Fabian schnell und wollte den Weg einschlagen, der zur Höhle der Großeltern führte, aber auch zu den Quellen.

«Ach, komm doch», versuchte sie es erneut. «Pacco und Aulet sind auch dort, glaube ich.»

«Mal sehen, vielleicht später. Bis dann», sagte Fabian und überholte eilig die kichernden Drachenmädchen, deren Namen er nicht kannte. Während er vorlief, hörte er sie noch schwärmen: «Ist der nicht süß, mit seinen bunten Schuppen.»

«Aber er ist leider ein Mensch!»

«Nein, ein Mensch hat keine Schuppen, mich

erinnert er an einen Ketanuren. Die sind auch so ...»

Endlich hatte Fabian die Höhle erreicht. Er vergewisserte sich, dass er allein war und kletterte in sein Nest.

Das Buch des Cannoc auf seinen Beinen liegend, schlug sein Herz ganz fest in seiner Brust. Er atmete mehrere Male tief durch. Langsam fuhren seine Finger über das Bild auf dem hölzernen Buchdeckel, welches mit prachtvollen Schnitzereien verziert war. Es zeigte zwei Schwerter, eins mit einer gewellten und das andere mit einer geraden Klinge, zum Zeichen der Freundschaft zwischen Drachen und Menschen. Darüber ein Abbild von Cannoc, dem Friedensbringer, denn mit ihm kamen auch die ersten Menschen ins Drachenland und baten um Frieden und Freundschaft. Cannoc und die Schwerter waren umgeben von Flammen.

Fabian holte noch zweimal tief Luft, lauschte, ob wirklich niemand die Höhle betrat, dann schlug er den hölzernen Buchdeckel auf. Er blickte auf vergilbtes Papier mit Cannocs schnörkliger Schrift.

«Endlich», hauchte Fabian. «Wie lange habe ich auf diesen Augenblick gewartet?»

Alles um ihn herum war im Moment vergessen. Es gab nur noch dieses Buch. Einige Seiten musste Fabian lesen, bis er sich in Cannocs schöner geschwungener Schrift zurechtfand und den Text fließend lesen konnte.

Es stand geschrieben, dass die Drachen einst in Arkamoor lebten, bis sie in einen Krieg mit den Menschen gerieten. Als viele Drachen und Menschen gestorben waren, zogen sich die Drachen zurück aus Arkamoor. Sie suchten weit entfernt eine neue Heimat, hoch oben auf einem Berg, das Drachenland.

Viel Neues erfuhr Fabian allerdings nicht, das meiste wusste er schon aus Geschichten oder von Vladir, dem Befragungsstein, dem Vater Cannocs.

Die Sonne stand schon tief, als Fabian bereits mehrmals gegähnt hatte. Für heute hatte er genug gelesen. Er sprang aus seinem Nest, blickte sich in der Schlafhöhle um und suchte ein passendes Versteck für das Buch. Es blieb nur das Nest, so hockte er sich davor und riss einige Zweige an einer Stelle auseinander, die nicht gleich jeder sah. Vorsichtig schob er das zuvor in Stoff eingewickelte Buch hinein und bedeckte es mit Zweigen. Zufrieden betrachtete er das Versteck, reckte sich, rieb sich die Augen und begab sich auf den Weg zu den Quellen. Ein Bad im warmen Wasser war jetzt genau das Richtige.

Kräuter

Am nächsten Morgen erzählte Patricia schwärmerisch von dem Buch, an dem sie mit Vincent, seiner Freundin Marietta, und den Drachen Smetta, Smettko, Keemun und Veon arbeitete. «Das Buch ist schon sehr alt und der Schreiber hatte sich die Mühe gemacht, Giftpilze nicht als Giftpilze zu sehen, sondern als Heilpflanzen. Ihr glaubt gar nicht, was der alles herausgefunden hat. Er hat die Pflanzen von einer ganz anderen Seite aus betrachtet, nicht so wie wir es machen würden!»

Gelangweilt hörten Pacco und Fabian sich alles an, was Patricia zu erzählen hatte. Als sie zwischendurch einen Schluck Wasser trank, sagte Pacco: «Hör mal, Patricia, würdest du wohl ein Auge auf Keemun werfen?»

Patricia sah ihren Drachenbruder fragend an. Schnell fügte der Drache noch hinzu: «Wegen Smetta meine ich, du weißt doch genau, wie unser Cousin ist. Der versucht immer wieder, Smetta schöne Augen zu machen.»

Fabian grinste über die Sorge seines Freundes, aber Patricia sagte verständnisvoll:

«Pacco, für so etwas haben wir nun wirklich keine Zeit. Aber wenn es dich beruhigt, werde ich Keemun bei der geringsten Annäherung an Smetta sofort daran erinnern, dass sie deine Freundin ist und dass er mit Kumala zusammen ist.»

Das beruhigte Pacco und er atmete erleichtert auf.

Fabian und Pacco gingen in den riesigen Garten, der von allen Drachen und im Drachenland lebenden Menschen gleichermaßen bestellt wurde. Hier ernteten sie Gemüse und Obst, was sie für diesen Tag benötigten. Zwischendurch zogen sie Unkraut und lockerten den Boden zwischen Salat und Kohl auf.

Am Nachmittag trainierten die Freunde sich im Schwertkampf und freuten sich, als Smettko, der Bruder von Paccos Drachenfreundin Smetta, auf ihrem Berg vorbeischaute. Der Himmel verdunkelte sich wieder und die braune Umbra landete direkt neben Pacco. Umbra war eine der sieben Weisen, die im Drachenland Entscheidungen trafen. Der grünschuppige Smettko schaute auf die junge Drachenfrau herunter, dann fiel sein Blick auf Pacco und Fabian und er meinte: «Wenn ich mit euch zusammen bin, habe ich irgendwie das Gefühl, anders zu sein.»

«Das müsste ich denken», sagte Fabian. «Ich bin doch schließlich ein Mensch und ihr seid Drachen!»

«Nein, das meine ich doch gar nicht, es liegt an dem Horn! Die Weisen und die Alten haben ein solches», dabei strich Smettko mit seiner Drachenhand über Fabians Horn, das genau so aussah, wie die Hörner der Drachen, nur ohne Schuppen. «Ich verstehe einfach nicht, was es damit auf sich hat.»

Umbra ließ die Worte in der Luft stehen und zog ihr Schwert. Pacco war sofort, ebenfalls mit gezogenem Schwert zur Stelle, um gegen sie zu kämpfen. Die Waffen klirrten gegeneinander und auch Smettko kämpfte gegen Fabian, was aufgrund des Größenunterschiedes zwischen Drache und Mensch eine echte Herausforderung für Fabian war.

Im Mondschein saßen Pacco und Fabian mit Medrandon und Medine im Garten am wärmenden Feuer. Smetta kam aus der Dunkelheit und gesellte sich hinzu. Nach einer Weile verschwand Pacco mit ihr. Aber von Patricia war nichts zu sehen. Auch zum Frühstück erschien sie nicht.

«Sie hat schon lange vor Sonnenaufgang die Höhle verlassen», sagte Medine, als Fabian nach ihr fragte.

Pacco saß mit hängenden Schultern am Feuer. Fabian hielt dem Drachen einen Apfel hin, der Drache blickte auf und schüttelte den Kopf. Als Fabian fragte, was los sei, antwortete er: «Ich habe Bauchweh, ich lege mich wieder in mein Nest.»

Die Großeltern verließen nach dem Frühstück die Höhle und Fabian holte das Buch des Cannoc hervor und las weiter. Manche Sätze wiederholte er drei, vier und fünf Mal, aber das Geschriebene war trotzdem sehr schwer zu verstehen. Fabian begriff an diesem Tag nicht viel von dem, was er las. Es war von den weißen und den schwarzen Mächten die Rede, von Dienern und Kräften, die man spüren würde.

Vielleicht hat Bias recht und ich bin wirklich noch zu jung, um das Buch zu verstehen, überlegte Fabian. Er klappte das Buch zu und verstaute es wieder im Nest, wobei das geflochtene Geäst immer mehr einriss und kleine Aststücke ausbrachen.

Das Buch befand sich keinen Augenblick zu früh in seinem Versteck, denn Arcus betrat die Höhle.

Nach einem freundlichen Gruß ließ er sich von Fabian Essen reichen, dabei unterhielten sie sich über die Zeichnungen, welche Arcus und Cilla an die Wände von Patricias und seiner Höhle malen wollten. Deshalb bat Arcus Fabian, von seinen Erlebnissen zu berichten.

Fabian überlegte kurz und erzählte vom Wald, in dem Pacco und Patricia ihm das erste Mal begegnet waren. «Der Boden des Waldes ist mit einer dicken Schicht Laub bedeckt, daher ist er weich und das Laub raschelt bei jedem Schritt. Eichhörnchen klettern an den starken Bäumen hoch und Vögel sitzen in den Baumkronen und zwitschern vergnügt. Manchmal sieht man Rehe, die auf einer Lichtung äsen. Selbst wenn es etwas regnet, bleibt man im Wald durch das dichte Blätterdach trocken. Es riecht nach Laub, aber immer anders. Wenn die Blätter an den Bäumen sprießen, ist der Duft lieblich. Im Sommer ist der Duft erfrischend und kühl und wenn sich der Winter über das Land gelegt hat … dann, ja dann duftet es im Wald nur noch nach der Rinde der Bäume.»

«So liebevoll beschreibst du den Wald», meinte Arcus. «Ich meine, die Luft und das Laub hier in der Höhle riechen zu können. Vermisst du dein Zuhause?»

«Weißt du, Arcus, irgendwie war ich in der Menschenwelt nicht wirklich zuhause. Immer war ich auf der Suche und wusste nicht, wonach. Hier im Drachenland und als Ritter habe ich das Gefühl, meine Bestimmung gefunden zu haben. Verstehst du, was ich meine?»

«Ich bin mir nicht sicher», antwortete Arcus, wuschelte Fabian in seinem eh schon unordentlichen Haar und flüsterte: «Die mit dem Horn sind sowieso eigenartig. Die muss keiner verstehen. Mach dir nichts daraus.»

«Was soll das denn heißen?», entgegnete Fabian aufgebracht. «Das klären wir jetzt mit dem Schwert. Danach kannst du mich zum Garten fliegen, du hast alles aufgegessen, was Medrandon heute Morgen für uns alle im Garten geerntet hat.»

«Oh, das wollte ich aber nicht», sagte Arcus schuldbewusst und fügte lachend hinzu: «Aber du bist selber schuld, warum gibst du mir auch euer ganzes Essen? Es hat sehr lecker geschmeckt.»

Am Abend war Pacco wieder so, wie man ihn kannte und er stopfte massenweise Gemüse und Obst in sich hinein, welches Fabian und Arcus aus dem Garten geholt hatten. Dort gab es riesige Felder mit allem Gemüse, das man sich vorstellen konnte. Am Rand standen Obstbäume mit den leckersten Früchten und im Osten war ein Wald, in dem Pilze wuchsen und Beeren. Jeder bediente sich aus dem Garten, aber alle arbeiteten auch darin, um die Felder von Unkraut zu befreien, den Boden zu lockern und alles zu erledigen, was anfiel. Um eine gute Ernte zu garantieren.

Am späten Abend gesellte sich Smetta wieder mit ans Feuer. Sie saß mit Pacco eng umschlungen und sie küssten sich, indem sie viele kleine Flammen aus ihren Schnauzen dem anderen gegen das schuppige Gesicht pusteten.

Als der Mond weitergezogen war, verabschiedeten sich beide und gingen davon. Nur Patricia kam erst spät in der Nacht und verließ morgens schon in aller Frühe die Höhle. Fabian war schon froh, wenn er des Nachts mal erwachte und Patricia lag neben ihm.

So ging es viele Tage und Fabian vermisste Patricia schon sehr. Alle Bücher, die sich in der Höhle befanden, hatte er durchgelesen. Ständig darauf wartend, dass alle die Höhle verließen, damit er das große, besondere Buch aus dem kaputten Nest herausholen konnte, um darin weiterzulesen.

Fabian saß allein mit dem Großvater beim Frühstück und beschwerte sich: «Jetzt sind nur noch wir beide hier, Medrandon. Wurdest du auch von Medine verlassen, hat sie auch keine Zeit für dich?»

«Wir gehen gern mal getrennte Wege», plauderte der Drachengroßvater. «Dann freuen wir uns umso mehr, wenn wir uns wiedersehen. Das wird mit dir und Patricia nicht anders sein, warte nur ab.»

«Aber Pacco hat mich auch verlassen», jammerte Fabian. «Der liegt nur in seinem Nest und schläft. Ich glaube, es geht ihm in letzter Zeit nicht so gut. Sicherlich verträgt er das Getrenntsein von Smetta auch nicht.»

«Was ist denn mit Pacco?», erkundigte sich Medrandon und Fabian erzählte: «Erst hat er Bauchweh und jetzt ist er nur noch müde. Er hat gestern den ganzen Tag geschlafen und auch heute bekomme ich ihn kaum wach. Wenn ich ihn kräftig rüttle, sagt er zu mir, dass ich ihn in Ruhe schlafen lassen soll. Das ist doch komisch, oder?»

Der Großvater schaute Fabian tief in die Augen, wie er es oft machte, zuckte nur mit den Schultern, sagte aber nichts.

Fabian lief an seinem Nest entlang, um sich aus einer Felsnische ein sauberes Hemd zu holen. Dabei stolperte er über Reisig, der sich jeden Tag mehr aus dem Nest gelöst hatte, seit das Buch des Cannoc darin versteckt lag. «Mist», fluchte Fabian stolpernd, bückte sich und stopfte die Zweige in die Öffnung. Der Großvater schaute in die Höhle und sagte: «Warum hast du nicht gesagt, dass euer Nest kaputt ist? Das ist doch kein Problem. Ich bringe es ganz schnell wieder in Ordnung.»

Der Großvater bückte sich und fing an, die rausgefallenen Zweige geschickt wieder ins Nest einzuflechten.

«Halt, warte, da ist noch was drin», sagte Fabian, ohne zu überlegen, aber da war es schon zu spät. Medrandon rückte an die Seite, sodass Fabian an das Nest gelangen konnte. Nun gab es kein Zurück mehr, er musste das Buch herausholen.

Obwohl es in Stoff eingewickelt war, blieb dem Drachen nicht verborgen, dass es sich hier um ein Buch handelte und dieses kein gewöhnliches Buch war. Schon allein der Größe wegen. Medrandon blickte neugierig auf das Buch, dann auf Fabian und fragte: «Woher hast du ein so großes Buch?» Dabei nahm er es Fabian aus den Händen und entfernte langsam den Stoff.

«Ich habe es von Bias ausgeliehen», log Fabian.

Der Großvater schaute erstaunt auf und

fragte ungläubig: «Bias leiht dir ein Buch?»

Fabian vermied es, Medrandon anzusehen. Er kaute auf der Unterlippe herum und antwortete kleinlaut: «Er weiß nichts davon.»

Schnell reichte der Großvater das Buch zurück, als würde es ihm die Finger verbrennen. Dabei landete es unsanft in Fabians Magengegend. Während der Getroffene noch nach Luft schnappte, sagte Medrandon ungehalten: «Er weiß nichts davon! Ich auch nicht! Nichts gesehen! Nichts gehört! Nur, dass das klar ist!» Daraufhin drehte der Drache sich um und eilte aus der Höhle.

So aufgebracht hatte Fabian den Großvater noch nie gesehen und er nahm sich vor, das Buch sofort zurückzubringen, wenn er die letzten Seiten gelesen hatte. Er kletterte ins Nest und las etwas über die Hörner der Drachen. Als die Sonne ihren höchsten Stand erreicht hatte, klappte er das Buch zufrieden, aber nachdenklich, zu. Im letzten Kapitel stand etwas von Verantwortung, Stärke, Ehre und Weisheit der Hornträger. Das machte ihm ein wenig Angst. Er fühlte sich, obwohl er ein Horn auf der Stirn trug, überhaupt nicht weise. Eigentlich fühlte er sich nicht anders, als er sich ohne Horn gefühlt hatte. Stark war er nur im Schwertkampf, zwar immer noch nicht so gut wie Pacco, aber immerhin besser als die meisten im Drachenland. Gern würde er jetzt mit Pacco darüber reden, aber der schlief ja. Herannahende Schritte rissen Fabian aus seinen Gedanken.

Schnell legte er eine Decke über das Buch.

Es war Patricia, die durch den gebogenen Eingang zu Fabian in die Höhle kam. Sie grüßte ihn kurz, nahm das Pilzbuch, was Fabian schon angesehen hatte, und fragte: «Wo ist Pacco?»

«Der schläft, ich glaube, es geht ihm nicht besonders gut», antwortete Fabian, froh darüber, Patricia wiederzusehen und nicht mehr allein mit seinen bedrückenden Gedanken zu sein. Patricia war schon wieder im Begriff zu gehen, da sprang Fabian aus dem Nest und sagte laut: «Ich komme mit dir, vielleicht lerne ich ja doch noch was Brauchbares.»

«Das geht nicht», bedeutete Patricia sofort, fügte dann aber nett hinzu: «das wäre zu langweilig für dich, wir sind schon so weit, du würdest vieles nicht verstehen.»

Fabian merkte natürlich, dass sie ihn nicht dabei haben wollte. Patricia verließ eilig die Höhle. Fabian verkroch sich beleidigt im Nest. Nach einer Weile besann er sich und sagte: «Ich bin doch heute am Morgen in die Höhle gegangen, um mir neue Kleidung zu holen und die andere zu waschen. Und mein Haar muss auch mal wieder gekämmt werden.» So nahm Fabian frische Kleidung und seinen Kamm und ging zu den warmen Quellen.

Schnell waren seine Sorgen vergessen und Patricia auch. Als ein großer Drache ihn über das Wasser und die Berge flog, sah er von weit oben Patricia mit ihren Freunden an den Quellen vorbeiziehen. Vincent hob kurz die Hand, aber Patricia war mit Keemun im Gespräch vertieft und sah Fabian nicht.

Als der Abend nahte und Fabian auf dem Weg zur Höhle war, kamen ihm einige streitende Drachen entgegen.

«Was gibt es», fragte Fabian in die Runde der unglücklichen Drachengesichter. Ein bernsteinfarbenes Drachenmädchen schaute Fabian mit ihren grünen Augen an. «Fabian», krächzte sie heiser, dann hustete sie, dass die Flammen nur so aus ihren Nüstern sprühten. Ein großer grün-brauner Drache erklärte: «Wir haben hier diese schöne Pflanze gefunden und sind uns nicht einig, ob sie nun giftig ist oder nicht.» Der Drache hielt Fabian einen Stängel mit grünen Blättern und einer lila Blüte hin. Fabian betrachtete das Gewächs und sprach: «Das ist die Wiesen-Kuhschelle. Die ist nicht giftig!» Sofort keiften die Drachen sich an, alle durcheinander.

«Moment! Ihr müsst doch wegen einer Pflanze nicht streiten! Kommt mit, ich werde euch das Gewächs mit Beschreibung in einem Buch zeigen.»

Alle folgten Fabian zur Höhle der Großeltern und warteten gespannt und flüsternd im Garten.

Fabian betrat die vordere kleine Höhle und hörte Keemun aus der großen Höhle sagen: «... nein nicht schon wieder Aulet, der kotzt uns nur alles voll, wie schon so oft.»

Dann beschwerte sich Smetta: «Also ich sehe nicht ein, dass Pacco ...»

Sie bemerkten Fabian, brachen sofort alle Gespräche ab und plötzlich herrschte Totenstille.

«Ich brauche nur ein Buch, dann bin ich wieder weg», sagte Fabian, der bemerkte, dass seine Erscheinung wohl sehr unpassend war. Trotzdem machte er sich einen Spaß daraus, in die ertappt schauenden Gesichter von Patricia, Marietta, Vincent, dessen Drachenbruder Veon, Keemun und Smettko zu blicken.

Die benehmen sich sehr eigenartig, dachte er und verließ mit dem Kräuterbuch in der Hand die Höhle.

Fabian blätterte etwas durch die Seiten und deutete auf die besagte Pflanze. Endlich schienen die wartenden Drachen zufrieden zu sein, als sie sahen, dass die Pflanze nicht giftig war. Sofort beruhigten sich die Drachengemüter und diejenigen, die im Recht waren, wurden gelobt.

Das war es, was Fabian so sehr an den Drachen schätzte, sie waren überhaupt nicht nachtragend und immer friedlich. Die meisten jedenfalls.

Fabian schloss sich der Gruppe an und ging mit zum großen Platz, dort setzten sich alle gesellig um ein Feuer und erzählten Geschichten.

Fabian erzählte von Cannoc und dessen Vater Vladir, den Befragungsstein, dem er schon zweimal im Wald von Arkamoor begegnet war. Berichtete von Kämpfen, die vor langer Zeit stattfanden, zwischen Drachen und Menschen und von Hügelgräbern, die selbst heute noch dalagen, als wären die Auseinandersetzungen noch nicht lange her. Fabian, Patricia, Vincent und Pacco hatten die Hügelgräber auf ihrer Reise durch die Menschenwelt gesehen und konnten sich nur zu gut vorstellen, was sich vor langer Zeit abgespielt hatte. Die Erinnerungen an Hügelgräber und Kämpfe erweckten in Fabian Traurigkeit. Er griff in die Hosentasche, holte seine Eidechse *Kleine Sonne* hervor und hielt sie in seinen Händen.

Saba, das bernsteinfarbene Drachenmädchen rückte näher an Fabian heran und bewunderte die kleine Eidechse.

Den ganzen Abend blieb sie an Fabians Seite, worüber er sich freute, denn Saba war wirklich sehr nett.

Als der Mond schon hoch am Himmel stand, verabredete er sich mit Saba und einigen anderen Drachen für den nächsten Nachmittag an den heißen Quellen.

Augen

Am nächsten Morgen wurde Fabian wach und stellte fest, dass Patricia schon wieder unterwegs war. Er rekelte und streckte sich. Plötzlich hörte er die Stimme des Großvaters: «... ich finde das nicht gut, die sind doch noch gar nicht in der Lage, alles richtig einzuschätzen.»

«Ich denke, sie wissen, was sie tun. Vergiss nicht, Bias hat zugestimmt», beschwichtigte die Großmutter.

«Da bin ich mir nicht sicher! Du siehst doch, was los ist. Manchmal denke ich, Bias ist noch zu jung, und dann die Sache mit ...», brach Medrandon den Satz ab, als Fabian mit einem freundlichen «Guten Morgen» aus seiner Höhle kam und sich zu den Großeltern ans Feuer gesellte. Beim Essen fragte Fabian: «Wie geht es Pacco?»

«Der schläft noch immer», gab Medine von sich und Fabian meinte, ihr schuppiges Gesicht sehe sorgenvoll aus.

Pacco schlief, Patricia war fort zum Lernen und verabredet war Fabian erst am Nachmittag. Also fragte er den Großvater: «Medrandon, hast du Lust, gegen mich zu kämpfen?»

«Lust habe ich schon, aber ich bin mit den Weisen verabredet. Wir treffen uns bei Umbra und danach möchte ich in den Garten.»

«Hallo, darf ich eintreten», ertönte eine tiefe Drachenstimme vor der Höhle.

«Natürlich, komm rein, Bias!», rief Medine.

Fabian war es unangenehm, dem Obersten der Weisen zu begegnen und er vermied es, den Drachen anzuschauen. Das schlechte Gewissen nagte an ihm, schließlich war er heimlich in Bias Höhle gewesen und hatte unerlaubterweise ein Buch mitgenommen.

Als der Großvater und Bias sich verabschiedeten, wartete Fabian eine Weile. Dann holte er das Buch des Cannoc aus seinem Nest und machte sich auf den Weg zu Bias Höhle.

«Hallo, Bias!», rief Fabian vorsorglich, obwohl er genau wusste, das Bias nicht zu Hause war. Er betrat die Höhle. Eilig lief er an den Büchern entlang, während er sich fragte, wo genau das Buch gestanden hatte. Eine Lücke für dieses große Buch fand er nicht und so überlegte er fieberhaft, wo er es weggenommen hatte.

Aus der Dunkelheit einer Schlafhöhle löste sich plötzlich ein Schatten. Fabian fuhr herum und erblickte eine Gestalt. Auch die Gestalt fuhr herum. Erschrocken blickte sie Fabian an. Ein Schrei erfüllte die Höhle. Auch Fabian entfuhr ein Schrei. Stolpernd ging er rückwärts und lehnte mit dem Rücken gegen die Bücher. Das Buch des

Cannoc vor sich haltend, als könne er das Wesen damit abwehren. Er war unfähig, den Blick davon abzuwenden.

An die Drachen hatte Fabian sich längst gewöhnt, wenn sie über ihn hinwegflogen und dunkle Schatten warfen. Auch der Anblick ihrer Schuppen, wie sie in der Sonne glänzten oder im fahlen Mondlicht der Nacht schimmerten, war ihm vertraut.

Aber diese menschenähnliche Kreatur vor ihm sah unheimlich aus. Mit grünen Schuppen an ihrer Vorderseite und schwarzem Fell oder einer Mähne, vom Kopf angefangen über den Rücken und sogar an den Beinen. Fabian wusste nicht, was es für ein Geschöpf war. Er starrte es an und dachte: Was für eine hässliche Kreatur. Aber die Augen, wunderschön.

Am liebsten würde Fabian für immer in diese blauen Augen schauen und den Blick nie mehr von ihnen abwenden. Sie schimmerten wie die Sonne, wie Sterne und Wasser gleichzeitig.

«Du bist selber hässlich, hat dir das noch niemand gesagt?», sprach das behaarte Etwas und fügte noch hinzu: «Aber danke für die schönen Augen!»

Hab ich das wirklich gesagt, meine Güte bin ich blöd, dachte Fabian erschrocken.

«Was willst du?», fragte das mit Schuppen und Fell bestückte Wesen unfreundlich. «Bias ist nicht da!»

«Ich möchte auch nicht zu Bias, wollte nur ein Buch zurückbringen», antwortete Fabian.

Sofort griffen die grün geschuppten Hände nach dem Buch.

«Ist gut, ich werde Bias sagen, dass du es zurückgebracht hast», sagte die Kreatur, befreite das Buch aus dem Stoff, ging an den Büchern entlang und stellte es an seinen Platz.

«Da ist noch was», begann Fabian und die blauen Augen richteten sich wieder auf ihn.

«Was?»

«Also, Bias weiß nicht, dass ich mir das Buch geliehen habe», sagte Fabian schuldbewusst.

«Du bist Fabian, Ritter Fabian. Hab ich recht?», fragte die Kreatur, während sie ganz langsam um Fabian herumschlich, wie ein wildes Tier um seine Beute. «Kein Mensch, kein Drache, aber ein Dieb.»

«Wieso weißt du, wer ich bin», traute sich Fabian zu fragen.

«Wer im ganzen Drachenland wäre so dreist, zweimal eine Höhle ungebeten zu betreten, da fällt mir nur einer ein. Dieser Eine hält sich nicht an Regeln und hat keinen Respekt. Und ist ein Dieb.»

Der letzte Satz traf Fabian schwer, denn ein Dieb war er wirklich nicht, wollte er auch nicht sein. Deshalb versuchte er zu erklären: «Ich habe das Buch gesehen und es ging mir nicht mehr aus dem Sinn. Irgendwie stand ich dann plötzlich in der Höhle und habe es mitgenommen. Obwohl ich eigentlich nur vorhatte, Bias noch einmal zu fragen, ob ich einen Blick hineinwerfen darf.»

«Ach, du hast ihn schon mal danach gefragt?», erkundigte sich die Kreatur und das schwarze Fell wippte bei jeder Bewegung. «Was hat Bias dir denn geantwortet?»

«Ich bin noch zu jung und würde nicht verstehen, was in dem Buch geschrieben steht», erzählte Fabian mit Zorn in der Stimme.

«Das sieht Bias ähnlich. Und? Hast du es verstanden?», hakte die fellige Kreatur nach und durchbohrte Fabian mit ernstem Blick aus ihren schönen Augen.

«Nein, vieles habe ich nicht verstanden, aber ich hätte nie Ruhe gefunden, wenn ich es nicht gelesen hätte», gab Fabian zu und schaute betreten auf den Höhlenboden. Aber er konnte nicht anders und musste das Wesen wieder anschauen.

Das Fellwesen grinste und Fabian fand es nun schon nicht mehr ganz so furchterregend.

«Ich bin Ari. Komm, setz dich, wir können uns ein wenig unterhalten. Mir ist zu Ohren gekommen, dass in dir das Blut des Cannoc fließt und du Schuppen hast, zeig mal.»

Die zwei saßen am Feuer und Fabian erfuhr, dass Ari der Rasse der Ketanuren angehörte, die in einem weit entfernten Land leben.

Als Fabian sich später verabschieden wollte, erlaubte Ari, dass er sich ein Buch mitnehmen dürfe, wenn er dieses dann gelesen hatte, könne er es gegen ein anderes tauschen. Fabian war begeistert und nahm sich ein Buch über Einhörner, Drachen, Menschen, Zwerge und Ketanuren mit. Als Fabian ging, sagte er: «Es tut mir leid, was ich gesagt habe, du bist nicht hässlich.»

Ari grinste und flüsterte: «Du doch auch nicht.» Dabei blickten ihn die kristallblauen Augen an. Fabian konnte nicht anders und blickte Ari in die Augen und es kostete ihn unheimlich viel Überwindung, den Blick abzuwenden.

Was für Augen, dachte Fabian. Er setzte sich an einen Platz neben der Höhle der Großeltern, den nicht gleich jeder sehen konnte und schlug das Buch auf. Da Pacco immer noch schlief und Patricia unterwegs war, hatte er jede Menge Zeit. Fabian nahm einen schwarzen Schatten wahr und schon landete eine Dohle auf seiner Schulter.

«Doran, dich habe ich ja schon ewig nicht mehr gesehen, wo treibst du dich rum?», fragte Fabian und streichelte den Bauch des Vogels.

«So ein Höhlenleben ist nichts für mich, ich ziehe es vor, auf Bäumen zu nächtigen», antwortete der Vogel. «Aber wenn du mich brauchen solltest, bin ich für dich da. Ruf mich und ich komme!»

«Hast du Patricia gesehen», fragte Fabian.

«Ja, sie ist mit einigen Drachen und Vincent bei Marietta. Scheinen schwer beschäftigt zu sein», gab Doran Auskunft. Fabian seufzte, als die Dohle wieder davon flog. Er rechnete nicht damit,

Patricia sobald wiederzusehen, ganz zu schweigen davon, gegen sie mal wieder einen Schwertkampf zu führen.

«Ob sie mich schon völlig vergessen hat, nur noch irgendwelche Pilze und Kräuter liebt?», überlegte Fabian laut und las weiter, von Einhörnern und Menschen.

Der Nachmittag nahte und Fabian begab sich zum Wasser, wo er mit freundlichem «Hallo» empfangen wurde. Er kam nicht mal dazu, sich auszuziehen, da hatte ihn schon ein großer Drache gepackt und ins Wasser fallen lassen. Nach einigen dieser gewagten Aktionen setzte er sich ans felsige Ufer und kämmte sein langes Haar.

Liev, ein großes Drachenmädchen, hatte sich zu Fabian gesellt und er genoss ihre Nähe. Denn Liev war das schönste Drachenmädchen im ganzen Land, ihre Schuppen glänzten golden in der Sonne und alle Drachenjungen wurden verrückt bei ihrem Anblick.

Liev beklagte sich bei Fabian, dass Smettko in letzter Zeit nur noch mit seiner Schwester Smetta und den anderen unterwegs war, um irgendwelche Kräuter und Pilze zu besorgen und zu bestimmen. «Nicht selten haben sie auch schon das Drachenland verlassen, um ganz bestimmte Pilze von weit her zu holen.» Das war Fabian neu, aber er hatte Patricia auch schon lange nicht mehr gesprochen, deshalb wusste er sicherlich auch noch nichts davon. Wenn er sie mal sehen würde, dann nahm er sich vor, sie vor der Menschenwelt zu warnen. Es konnte für Drachen, auf dessen Rücken sie flog, gefährlich werden, wenn sie außerhalb des Drachenlandes Kräuter oder Pilze suchten. Wenn die Menschen Drachen ausmachten, würde sofort eine Jagd beginnen und das war für Fabian kein schöner Gedanke. Zumal Pacco im letzten Sommer gefangen wurde und sie ihn nur unter größter Anstrengung befreien konnten.

Drachenfeuer

Saba flog herbei und Liev drehte mit anderen ihre Runden im warmen Wasser. Nach einer Weile, als Fabians Haar wieder ordentlich war, legte er den Kamm weg und stieg auf Sabas Rücken. Sofort schlug sie mit den Flügeln und erhob sich. Nach einigen Runden über den See warf sie Fabian ins Wasser und stürzte hinterher. Fabian schnappte sich das Drachenmädchen und sie tobten übermütig, dass das Wasser nur so spritzte. Er klammerte sich an ihren Hals und rief: «Flieg, flieg mich übers Drachenland!»

Saba erhob sich aus dem Wasser und flog mit Fabian hoch über den Felsen.

«Das ist einfach toll! Flieg über den Garten», spornte er das Drachenmädchen an. Aufrecht sitzend auf Sabas Rücken ließ er sich den Wind durch die Haare und über die Haut streichen. Nach vielen Runden über das Drachenland landete Saba auf einer Felsklippe am Rand des großen Gartens. Allein würde es Fabian nicht gelingen, von hier wieder herunterzuklettern, denn über und unter ihm war der Fels glatt und steil.

Früher haben hier, auf diesen Felsvorsprüngen in

luftigen Höhen, sicher die Drachen ihre Nester gebaut, überlegte Fabian und schaute die Klippe hinunter. Nach einer Weile blickte er dem bernsteinfarbenen Drachenmädchen in ihre grünen Augen und glaubte, ihre Gedanken zu hören «Wie schön wäre es, wenn du und ich ...»

Schnell wand er den Blick in die entgegengesetzte Richtung und tat so, als betrachte er die glatte Felswand.

«Könntest du dir vorstellen», sagte Saba langsam, «mit einem Drachenmädchen zusammen zu sein?»

Fabian antwortete scherzend: «Wenn, dann nur mit Liev!»

«Ich meine es ernst», sagte Saba.

Fabian glaubte schon wieder, ihre Gedanken zu sehen. Schalt sich dann aber selber: *Nun sei mal nicht so eingebildet, als ob ein Drachenmädchen dich so schön findet und mit dir zusammen sein möchte!*

«Heute habe ich zu lange in der Sonne gesessen», sagte Fabian. «Ich bin völlig wirr.»

«Ich meine es ernst, Fabian», flüsterte Saba.

Fabian wusste nicht recht, was er antworten sollte und sagte: «Du weißt doch, Patricia ist meine Freundin. Außerdem bin ich ein Mensch und du bist ein Drache, das geht doch nicht.»

«Natürlich funktioniert das, schau dir Bias und Ari an», traurig fügte sie hinzu, «Ich habe dich und Patricia lange nicht mehr gemeinsam gesehen, dachte, es ist aus zwischen euch.»

Fabian merkte, dass Saba es wirklich ernst meinte und erklärte: «Ich bin doch ein Mensch, Saba und ...»

«Nein, bist du nicht!», fuhr Saba ihn mit Tränen in den grünen Augen an. «Du hast Schuppen und in deinen Adern fließt Drachenblut!»

«Ja schon, aber ich liebe Patricia. Wir waren im Hochzeitstal und haben uns einander versprochen», und lächelnd fügte er hinzu: «Selbst wenn ich mit einem Drachenmädchen zusammensein wollte, es geht nicht, denn ihre Küsse wären mir zu heiß! Schau, ich habe im Gesicht keine Schuppen.» Saba beugte sich ganz nah zu Fabian herüber und und sah ihn direkt an, dabei flüsterte sie: «Vielleicht, vielleicht bekommst du dort auch noch welche.»

In dem Moment lief Patricia mit ihrer Gruppe, auf dem Weg zum Wald, durch die Felder. Patricia blickte zum Felsvorsprung, auf dem Fabian und Saba waren. Sie sah Fabians und Sabas Gesichter eng beieinander.

Als Saba sich von Fabian wieder entfernte, strich sie mit ihrer Hand über sein Horn und wisperte: «Du bist mehr Drache als Mensch.»

«Ach, Saba, wir sind doch gute Freunde!», flüsterte Fabian und wischte eine Träne von Sabas schuppiger Wange, «Lass uns die Sache einfach vergessen. Ich mag dich, aber mein Herz gehört Patricia.»

Saba nickte und umarmte Fabian, der ihr tröstend über den Hals strich.

Patricia blieb mit angehaltenem Atem stehen und beobachtete die beiden aus weiter Ferne. Ohne ein Wort verließ sie die Gruppe und lief weinend nach Hause. Die Freunde standen schweigend da und niemand versuchte Patricia aufzuhalten.

Der nächste Morgen begann mit herrlichem Vogelgezwitscher und Paccos Stimme: «He, du Faulpelz, komm aus dem Nest und lass uns frühstücken!» Dabei zog er die Decke weg und rubbelte unsanft über Fabians Schuppen.

«Lass das, Pacco, du Langschläfer», schimpfte Fabian und sprang aus seinem Nest. «Sonst muss ich dich zum Kampf herausfordern.»

«Kampf ist gut, aber erst brauche ich ein Frühstück und dann ein Bad!»

Erleichtert, Pacco wieder auf den Beinen zu sehen, lag Fabian im seichten Wasser neben dem Drachen.

An diesem Morgen war noch nicht viel los an den Quellen. Saba und Liev saßen mit einigen anderen auf den Felsen und ließen sich die Sonne auf ihre Schuppen scheinen, während Vincent sich ins Wasser zu seinen Blutsbrüdern gesellte.

«Und ist irgendetwas Besonderes geschehen, während ich geschlafen habe?», wollte Pacco wissen.

«Nein, rein gar nichts», antwortete Fabian und schaute zu Liev herüber. Fasziniert blickte er auf ihre Schuppen, die wundervoll in der Sonne schimmerten. Dann fiel sein Blick auf die bernsteinfarbene Saba. Sie sah zu ihm herüber und ihre Blicke trafen sich. Fabian hob die Hand, sie winkte zurück.

Vincent beobachtete Fabian genau, sagte aber nichts.

Später kämpfte Fabian gegen Pacco und obwohl er verloren hatte, fühlte er sich gut. Liev und Saba schauten zu und Pacco meinte: «Wenn die anderen weiterhin ihre Zeit mit Kräutern verbringen anstatt mit uns, müssen wir uns wohl auch was einfallen lassen, ansonsten werden wir noch vereinsamen. Ich halte es nicht mehr lange aus, ohne Smetta. Wie geht es euch?»

«Ich vermisse Smettko auch sehr», antwortete Liev.

«Ich glaube, Patricia war heute Nacht noch nicht mal zum Schlafen da», erzählte Fabian. Er erhob sein Schwert und setzte es etwas zu heftig gegen Paccos Klinge ein. «Schlag ruhig kräftig zu», meinte der Drache, «dann kann ich meinen Frust an dir auslassen.»

Auf dem Weg zur Höhle gingen die Vier gemeinsam und Saba fragte: «Liev und ich gehen heute Abend zum großen Platz, da ist eine Feier, es werden so gut wie alle da sein, habt ihr Lust mitzukommen?» Fabian schüttelte den Kopf und Pacco sagte: «Nein, nett, dass du fragst, aber ich werde auf Smetta warten.»

Am Feuer vor der Höhle meinte Pacco: «Das wäre jetzt unsere Chance gewesen, mal mit Liev auszugehen.»

«Oder mit Saba», erwiderte Fabian, «die ist auch sehr hübsch.»

«Du bist kein Mensch mehr, oder?», fragte Pacco und grinste.

«Ob du es glaubst oder nicht, das höre ich in letzter Zeit öfter», gab Fabian nachdenklich von sich.

Smetta betrat den Garten und Pacco vergaß, was er noch sagen wollte. Fabian erhob sich, um die zwei Drachen allein zu lassen. Der Vollmond stand über dem höchsten Berg im Drachenland. Die Luft war noch warm und ein seichter Wind umschmeichelte Fabians Haut. Zwischen Höhlen kamen Bias und Umbra mit zwei weiteren Drachen hervor. Fabian grüßte freundlich und Umbra lächelte ihn an.

Vollmond

Wenn Bias hier ist, wird Ari sicherlich allein sein, dachte Fabian und lief zu Bias Behausung. Flüsternd, als ob es verboten sei, Ari zu besuchen, rief Fabian in die Höhle hinein: «Ari, bist du da?»

«Nein, ich bin hier», erschallte Aris Stimme von der Felshöhle herab. «Moment, ich komme runter.»

Ein großer Uhu erhob sich vom Fels und Ari kletterte geschickt an der steilen Höhlenwand hinab.

«Schön, dich zu sehen, Fabian», sagte Ari und Fabian glaubte, echte Freude auf dem schuppigen Gesicht zu erkennen. Auch er freute sich, in diese wundervollen Augen zu blicken.

«Ich liebe Vollmondnächte», gestand Ari, während sie sich gegenüberstanden.

«Ich auch, aber ich kenne eine bessere Aussicht als von der Höhle», dabei zeigte Fabian nach oben, wo der Ketanur eben gesessen hatte. «Wir könnten dorthin gehen, aber es ist kein kurzer Marsch.»

«Ich habe heute Abend nichts mehr vor, also lass uns gehen», sagte Ari und sie verließen den

Garten um Bias Höhle.

Sie liefen an vielen Höhlen und am Schwertkampfplatz vorbei, passierten den Eissee und die warmen Quellen. Weiter ging es über große Wiesen bis ein Wald vor ihnen lag, den sie auch noch durchquerten. Eine Felswand tat sich vor ihnen auf, in dessen Stein eine Treppe zu finden war. Am Ende der obersten Stufe blieb Ari eine Weile stehen und flüsterte: «Es ist wunderschön hier.» Der Mond tauchte die blühenden Bäume unter ihnen im Tal in ein rosa Licht. Ari konnte sich kaum lösen von diesem Anblick. Sie setzten ihren Weg fort, bis sie zu einer kleinen Baumgruppe, hoch oben auf dem Berg gelegen, kamen.

Sie machten es sich bequem und an einen Baumstamm angelehnt erklärte Fabian, dass dieses wundervolle Tal, in das sie blickten, das Hochzeitstal sei, das er mit Patricia schon einmal besucht hatte.

«Ich würde auch gern in dieses Tal gehen und ...», sagte Ari und hörte mitten im Satz auf.

«Geh mit Bias, ihr seid doch zusammen, nicht wahr», plauderte Fabian.

Ari hielt Fabian die linke Hand hin und dieser erkannte einen Ring an Aris Finger. Der Ring hatte die Form einer Schlange, drei Mal umwickelte sie den Finger, bevor der Kopf des Tieres mit dem Metallschwanz verschmolz. Die Augen der Schlange bestanden aus Edelsteinen und funkelten grün.

«Dieser Ring muss mir fürs erste genügen. Schau, die Schlange hat keinen Anfang und kein Ende, so soll auch unsere Liebe sein, sie soll niemals aufhören.»

«Das wird sie sicher nicht, aber warum geht ihr nicht ins Hochzeitstal», hakte Fabian nach.

«Das ist nicht so einfach», versuchte Ari zu erklären. «Sieh mal, Bias ist der Oberste der Weisen. Da kann er doch nicht mit mir ... und was würden denn die Drachenlandbewohner dazu sagen, das geht doch nicht!»

«Ich glaube, ihr macht euch da zu viele Sorgen, alle wissen doch, dass ihr zusammen seid, denn nicht umsonst teilt ihr euch eine Höhle.»

Ari erzählte von dem Land, in dem die Ketanuren zu Hause sind und wie sie leben.

Er vertraute Fabian an, dass er mit Bias hier im Drachenland endlich gefunden hatte, wonach er schon immer suchte. «Dieses Gefühl, hier gehöre ich hin, und nicht in ein anderes Land.»

«Wir sind uns so gleich, Ari», flüsterte Fabian, «ich bin froh, dich zu kennen. Bei dir habe ich das Gefühl, du verstehst mich.»

Spät in der Nacht rief Fabian Doran, seine Dohle, und schickte diese mit der Nachricht an die Großeltern, dass er heute Nacht nicht nach Hause kommen würde.

Sie saßen an die Bäume gelehnt, blickten ins Hochzeitstal und betrachteten, wie der Vollmond weiterzog. Ari summte eine Melodie, dann begann er zu singen. So schön und herzzerreißend, dass Fabian, ohne etwas dagegen tun zu können, weinte. Es war ihm peinlich und Ari sollte auf keinen Fall seine Tränen sehen, deshalb drehte er sich weg. Nach einiger Zeit legte Ari eine Hand auf Fabians Schulter und sagte: «Entschuldige, aber ich dachte, du kannst damit umgehen.» Sachte drehte Ari Fabian zu sich und erklärte: «Es ist wie Bannen, du musst den Gesang nur umleiten, dann bringt er keine Traurigkeit, sondern Energie, versuch es!»

Tränen liefen und Fabian konnte sie nicht halten, während Ari weitersang. Irgendwann sagte Ari: «Denk ans Bannen, du kannst es. Denke daran, dass du keine Traurigkeit zulässt.» Dann begann Ari, in Fabians Haaren herum zu wuseln und sagte: «Denk an ein tolles Erlebnis.»

Fabian erinnerte sich an den ersten Kuss, den er Patricia gab. Aber die Tränen liefen. Er stellte sich vor, wie schön es war, wenn sie sich umarmten. Dachte daran, wie es sich anfühlte, als er zum Ritter geschlagen wurde und sein Schwert überreicht bekam, das Cannoc einst geschmiedet hatte. Ari sang und Fabian überlegte, was Ari wohl mit seinen Haaren anstellte, da bemerkte er plötzlich, dass er gar nicht mehr weinte. Dann überkam ihn das Gefühl, frisch und ausgeschlafen zu sein. Als er sich wieder umdrehte, grinste Ari zufrieden und sagte: «Du lernst schnell. Hast ja auch ein Horn.»

Fabian befühlte sein Haar. Ari hatte es zu vielen einzelnen Strähnen verdreht oder verknotet, sodass es nun nicht mehr gekämmt werden musste. Fabian fügte alle Haarsträhnen mit einem Band zusammen, zu einem einzigen dicken Zopf. Nun könnte er Bäume ausreißen, so viel Tatkraft war in seinem Körper.

Bis zum Sonnenaufgang saßen beide an die Bäume gelehnt und hatten sich noch viel zu erzählen.

Nachdem die Sonne als roter Feuerball aufgegangen war und die Felsen des Drachenlandes beleuchtete, gingen Ari und Fabian zu ihren Höhlen.

Beim betreten der Höhle, hörte Fabian die vertraute Stimme von Medrandon, der gerade ein Gespräch mit Bias führte. Fabian hatte einen ungeheuren Hunger und stellte sich gerade sein Frühstück zusammen, als Bias fragte: «Wer hat dir das Haar so geflochten?»

«Eine Freundin», antwortete Fabian kurz, und vermied es, Bias anzuschauen. Seit ihrer ersten Begegnung hatte er das Gefühl, dass der grüne Drache, das Oberhaupt des Drachenlandes, ihn nicht mochte.

Fabian war erstaunt, als Patricia aus ihrer Schlafhöhle kam und fragt sie: «Wie kommt es, dass du noch nicht auf Kräutersuche mit den anderen bist?»

Sie schaute ihn nur scharf an, sagte aber nichts. Bias verließ die Höhle.

«Was war los, dass du in der Nacht nicht in deinem Nest geschlafen hast?», wollte Pacco von Fabian wissen. Auch Patricia hob neugierig den Kopf und wartete auf Fabians Antwort.

«Der Vollmond hat mich eingeladen, die Nacht draußen zu verbringen», antwortete Fabian.

Dann schwiegen alle. Nur das Schmatzen des Drachen und das Knistern des Feuers waren zu hören. Nach einer Weile der Stille fragte Fabian in den Raum hinein: «Ist es eigentlich möglich, dass verschiedene Rassen sich einander versprechen?»

«Wie meinst du das?», fragte Pacco mit vollem Mund. Fabian war sich nicht sicher, ob er von Ari erzählen sollte und so suchte er ein passendes Beispiel, ohne dass irgendjemand dabei an Ari und Bias dachte.

«Ich meine», erklärte Fabian langsam. «Wenn ein Drache und ein Mensch sich lieben, könnten sie ins Hochzeitstal gehen und sich einander versprechen? Und was würden die anderen Drachen im Land dazu sagen?»

Patricia ließ ihre Schale mit Früchten, die sie zum Frühstück essen wollte, fallen, erhob sich und verließ ohne ein Wort die Höhle. Fabian schaute ihr verwirrt nach und zuckte nur mit den Schultern, als auch Pacco fragend blickte.

«Die Kräuter», meinte Fabian und winkte mit der Hand ab.

«Ja, das kenn ich», erzählte Pacco niedergeschlagen. «Es gab da mal ein Drachenmädchen, ich glaube, sie hieß Smetta, aber das ist lange her.»

«Nun habt euch mal nicht so», mischte sich Medrandon ein, «Vincent und die anderen leisten gute Arbeit. Sie forschen nach ...»

«Ach, lass mal, Medrandon», unterbrach Pacco seinen Großvater und scherzte: «Smetta erzählt mir schon genug, ich bin froh, wenn ich mal keine Kräuter sehe. Erzähl uns lieber, ob Fabian und ich ins Hochzeitstal gehen können, falls das mit Patricia und Smetta nichts mehr wird.»

«Da Fabian kein richtiger Mensch mehr ist, sehe ich da kein Problem», blödelte der Großvater, um Fabian aufzuziehen, aber ernst fügt er hinzu: «Natürlich geht das, ihr solltet wissen, dass Liebe keine Grenzen kennt!»

Fabian fühlte sich bestätigt und würde es bei passender Gelegenheit Ari noch einmal sagen.

Pacco und Fabian arbeiteten im Garten, bis die Sonne hoch am Himmel stand. Der Nachmittag gehörte dem Schwertkampf. Am Abend tobten die Zwei ausgiebig in den Quellen. In später Nacht, bevor jeder der Beiden in seinem Nest verschwand, berichtete Pacco seinem Freund, wie sehr ihm Smetta fehlte.

«Kja, kja, du Schlafmütze! Alle sind schon unterwegs, nur du verschläfst den schönen Tag», krächzte Doran und zwickte Fabian liebevoll am Oberarm. «Ich soll dich von Ari grüßen, und ausrichten *«wenn du Lust hast, komm am Abend vorbei.»* «So, ich muss weiter, falls du Pacco suchst, der ist bei den Quellen und Patricia im Wald am Garten.»

«Danke, Doran, richte Ari bitte aus, dass ich kommen werde», sagte Fabian und dachte an Aris wundervolle Augen. Wie könnte er da eine Bitte um ein Treffen ablehnen?

In Gedanken an Ari versunken kleidete Fabian sich gut gelaunt an.

Am Wasser war Pacco sofort an seinen bunten Schuppen auszumachen, er saß gegen einen Felsen gelehnt und blickte grinsend vor sich hin.

«Was ist los, Pacco», fragte Fabian seinen Freund. «Du lächelst so, dabei sehe die schöne Liev gar nicht.»

«Liev», sagte Pacco langsam, als habe er den Namen zum ersten Mal gehört. «Smetta. Ich habe heute Smetta gesehen.»

«Und was hat sie dir erzählt, dass du so glücklich dreinschaust», hakte Fabian nach.

«Sie hat nichts gesagt», griente Pacco breit.

«Geht es dir denn gut?»

«Es ging mir nie besser», antwortete der Drache und schloss seine Augen, was für Fabian so viel hieß, das er ihn nun in Ruhe lassen sollte. Das machte er auch und schwamm im Wasser einige Runden, bevor er sich zu einer Gruppe Drachen gesellte und mit ihnen herumalberte. Gerade wurde er von dem Drachenmädchen Kumala immer wieder untergetaucht, als Keemun plötzlich dastand. Mit Wut in den Augen blies er eine Flamme in Fabians Richtung, stürmte auf Kumala zu und zog sie mit sich.

«Was hast du Keemun getan?», wollte Saba wissen.

«Ich weiß auch nicht? Ist er denn so eifersüchtig, dass ich nicht mal mit seiner Freundin ein paar Späße machen darf?», fragte Fabian.

Hinter dem Hochzeitstal

«Komm, wir fliegen übers Drachenland!», lud Saba Fabian ein, auf ihren Rücken zu steigen. Gern nahm er das Angebot an. Sie flogen über die Höhlen, den Eissee, die höchsten Berge des Drachenlandes, über das Hochzeitstal und immer weiter. So weit war Fabian noch nie in dieser Richtung gewesen. Hier gab es nichts weiter als braunen nackten Felsen, nur ein kleiner See war die einzige Abwechslung in dieser kargen Landschaft. Eine ziemliche Einöde, dachte Fabian, doch dann tat sich vor ihnen ein Tal auf, mit grünen Wiese und riesigen Bäumen. Saba landete. «Es ist wunderschön hier, nicht wahr?», schwärmte sie. «Manchmal, wenn ich Ruhe brauche, fliege ich in dieses Tal, dann lege ich mich unter einen Baum und höre den Blättern zu. Denn die Bäume können in diesem Tal sprechen.»

Fabian sah ebenfalls begeistert zu den Bäumen hinauf. «Ich lausche auch gern dem Rauschen der Bäume», erwiderte er. «Nein, nein», sagte Saba. «Ich meine nicht das Rauschen und Rascheln, wenn der Wind durch die Blätter fährt. Ich höre den Bäumen zu, denn hier in diesem Tal können sie sprechen.» Fabian glaubte nicht an sprechende Bäume, aber er sagte nichts. Wie auch Saba legte er sich auf die Wiese und schloss die Augen. *Das Säuseln der Blätter und die warme Sonne machten ihn schläfrig. Er sah Patricia über die Wiese laufen, mit bernsteinfarbenen Schuppen auf dem Rücken, statt ihren bunten. Sie drehte sich zu ihm um und blickte ihn an, mit wunderschönen blauen Augen, die Aris sehr glichen. Pacco kam angeflogen, mit Einhornflügeln auf dem Rücken.*

«Hörst du das?», riss Sabas Stimme ihn aus dem wirren Traum.

«Das sind nicht die Blätter der Bäume, das sind Einhörner», erkannte Fabian sofort das Geräusch und setzte sich auf. Eine Herde von mindestens dreißig Tieren landete nicht weit vor ihnen. Fabian traute seinen Augen nicht. Er konnte sie sehen.

«Meine Güte, sind die Einhörner alle verletzt», fragte er, sprang auf und ging auf sie zu.

«Einhörner, wo?», fragte Saba verdutzt.

«Na, hier auf der Wiese!», rief Fabian und zeigte mit der Hand in die Richtung der faszinierenden Wesen.

Fabian bemerkte an Sabas fragendem Blick, dass sie die Einhörner nicht sehen konnte und war beruhigt. Denn somit waren sie wohl nicht verletzt, denn sonst könnte Saba, sie ja sehen.

Was ihn beruhigte, war der Gedanke, dass die Tiere also nicht verletzt waren.

Aber warum kann ich sie sehen und Saba nicht, überlegte Fabian und staunte, denn er konnte sie nicht nur sehen, er hörte auch was sie sprachen.

Ein Einhorn galoppierte über die Wiese, direkt auf ihn zu. Blieb stehen und sprach: «Hallo, Fabian, oder muss ich jetzt Weiser Fabian zu dir sagen? Wie ich sehe, ist dir ein Horn gewachsen, steht dir ausgezeichnet.»

Fabian war sprachlos.

«Du bist jetzt ein Ritter und in dir fließt Drachenblut, so wie in deiner Freundin auch, nicht wahr?»

Ganz langsam fand Fabian seine Stimme wieder: «Woher weißt du das?»

«Die Weisen Drachen besuchen Thales regelmäßig, so sind wir immer auf dem Laufenden, was das Drachenland betrifft.» Jetzt erinnerte Fabian sich wieder, in dem Buch über Menschen, Drachen, Zwerge und Einhörner hatte er bereits von Thales, dem Weisen Einhorn gelesen. In dem Buch stand auch etwas von Kontakten, die zwischen den Weisen bestanden, obwohl die verschiedenen Völker nicht direkt zusammenlebten.

Wie sollten Drachen und Einhörner sich untereinander verständigen und Kontakt halten, wenn sie nicht miteinander reden konnten? Erst jetzt schlussfolgerte Fabian und verstand, dass die Weisen mehr sehen mussten. Wie sollten sie denn sonst mit den Einhörnern reden oder sich mit ihnen treffen?

Saba saß bei Fabian und schaute erstaunt zu, wie er sich mit Mondfell, dem Einhorn, unterhielt.

«Wir haben uns letzten Sommer kennengelernt», erklärte Fabian dem Drachenmädchen. «Zu dieser Zeit war Mondfell verletzt, mein Vater fand ihn im Wald und pflegte es gesund.»

Unterdessen hatte sich ein kleines Einhorn mit kaum sichtbarem Horn neben dem Drachenmädchen niedergelassen und ließ sich über sein weißes Fell streicheln.

Als die Einhörner das Tal wieder verließen, brachen auch Fabian und Saba auf. Auf dem Flug auf Sabas schuppigem Rücken überlegte Fabian. Ob Patricia, Pacco und Vincent wissen, dass wir nun mit Einhörnern reden können und sie sogar sehen können? Er bat Saba über den Garten und dann über den Wald zu fliegen. Sofort wollte er Patricia und Vincent diese Neuigkeit mitteilen.

«Da sind sie», rief Saba in den Wind und landete etwas abseits der Gruppe. Vincent und Marietta standen zusammen, der große Smettko stand mit seiner Schwester Smetta und Veon da. Keemun schien mit Patricia irgendetwas auf dem Waldboden, zwischen altem Laub, zu suchen. Bis auf Veon, der die Hand hob und winkte, schien niemand froh zu sein, Fabian zu sehen. Und selbst Veon winkte nur Saba zu und nicht ihm.

«Patricia, ich habe was Tolles entdeckt! Du wirst es nicht glauben ...», erzählte Fabian, immer noch aufgeregt, aber Patricia unterbrach ihn und rief zurück, ohne ihn überhaupt anzusehen: «Ich habe keine Zeit!»

Fabian fand es zu blöd, dass er seine Freude mit niemandem teilen konnte. Zuckte mit den Schultern und stieg niedergeschlagen auf Sabas Rücken, sie winkte Veon noch einmal zu, dann erhob sie sich in die Luft.

«Was ist mit euch, habt ihr Streit?», fragte Saba, denn sie fand das Benehmen von Patricia nicht in Ordnung. Obendrein hatte sie Fabians Niedergeschlagenheit natürlich auch bemerkt.

«Nein, sie ist ... ach, ich weiß auch nicht, was mit ihr los ist!»

In weiter Ferne sah er die Weisen Drachen das Land verlassen, da fiel ihm Ari ein und er freute sich auf das Treffen.

Ihr werde ich von den Einhörnern erzählen, nahm er sich vor, und bat Saba zu landen.

Ari freute sich mit Fabian und lange saßen sie bei Speis und Trank am Feuer und redeten.

«Möchtest du nicht nach Hause, es ist schon spät», fragte Ari.

«Nein, die Nacht ist so schön» antwortete Fabian, «es ist zwar kein Vollmond, aber wir könnten trotzdem etwas durch das Drachenland gehen.»

Ari fand die Idee gut und so gingen sie gemeinsam am Eissee und an den Quellen entlang.

Fabian zeigte seine noch unbewohnte Höhle und Ari bewunderte die Malerei, mit der Arcus bereits begonnen hatte. Sie liefen weiter und wurden immer wieder angeschaut, wenn ihnen Drachen entgegenkamen. Gern würde Fabian Ari das Tal zeigen, in dem er den Einhörnern begegnete, aber der Weg wäre zu weit. Also gingen sie wieder Richtung Hochzeitstal und schauten vom Berg zu, wie der Mond mit seinen Sternen über das Firmament zog. Irgendwann wurde Fabian müde und da Ari nicht sang, schlief er ein.

Im Traum stand er an einem Hügelgrab, auf dem gelbe Blumen im Wind hin und her wippten. Plötzlich zog ein Sturm auf. Die zarten Blumen knickten einfach ab und lagen flach auf dem Boden. Fabian drehte sich weg vom Hügelgrab und stand nun mitten in einem Kampf. Einhörner mit schwarzen Rüstungen, Menschen und Drachen kämpften gegeneinander. Noch bevor Fabian irgendetwas sagen oder machen konnte, stand er bis zu den Knöcheln im Blut. Einer nach dem anderen starb auf dem Schlachtfeld und sein Blick fiel auf Pacco, der am Rand mit Patricia und vielen Drachen dastand und herüberrief: «Jetzt sind wir dran!» Dann verteilten sich die Drachen auf dem Schlachtfeld. Patricia und auch Vincent lächelten noch einmal herüber und begannen gegeneinander zu kämpfen. Das Blut auf dem Schlachtfeld stieg und Fabian steckte schon bis zu den Knien fest. Er schrie: «Aufhören! Aufhören! Kommt doch zur Vernunft.» Wieder versuchte er, Drachen und Menschen zu trennen und sie vom Feld zu zerren.

Doch er schaffte es nicht, erreichte niemanden und über sein Flehen lachten sie nur und kämpften weiter. Völlig verzweifelt liefen ihm Tränen übers Gesicht, als er seine Freunde im Blut liegen sah.

«Fabian, wach auf. Du hast nur geträumt.»

Fabian glaubte, dass Patricia ihn geweckt hatte, wie schon so oft. Er rückte näher an den Ketanuren heran, der mit seinem Fell gegen einen Baum gelehnt saß und nun beruhigend über Fabians Rückenschuppen strich und dabei leise zu singen begann. Nach einiger Zeit fühlte Fabian sich wieder munter und setzte sich auf. Der Mond war weitergezogen und im Osten war zu erkennen, dass der Himmel sich dunkelblau färbte.

«Was hast du geträumt», wollte Ari wissen, nachdem der wunderbare Gesang beendet war.

Fabian erzählte von seinem Traum, aber auch von den Kämpfen, die er bei Vladir, dem Befragungsstein in Gedanken gesehen hatte. Er berichtete auch von den Hügelgräbern und dem Schlachtfeld, an denen er und seine Blutsgeschwister im letzten Sommer vorbeikamen, auf ihrem Weg nach Arkamoor.

«Aber das Schlimmste, was ich je erlebt habe, war, als Vincent vor mir lag und beinahe gestorben wäre. Es war schrecklich, hätten wir das Herz von Arkamoor nicht bei uns gehabt», verriet Fabian. «Dieses Gefühl, wie mir sein Blut durch die Finger rann und sein Leben langsam mit sich nahm ... Des Nachts schleicht sich das Blut immer wieder in meine Träume, das Blut, welches aus Vincent rann.»

«Manches, was wir erleben, braucht Zeit, bis es auch von unserer Seele akzeptiert wird», sagte Ari leise.

Überraschung

Als Fabian frühstückte, betrat Patricia die Höhle und setzte sich zu ihm. Nach einer Umarmung und während sie nachdenklich mit den Fingern durch sein zu vielen Zöpfen geflochtenes Haar strich, sagte sie: «Es tut mir leid, dass ich in letzter Zeit viel unterwegs war. Hast du heute Zeit für mich?»

«Natürlich habe ich Zeit für dich, welch eine Frage.» Er schaute sie freudestrahlend an, bemerkte jedoch das Glitzern in ihren Augen nicht. Sie verabschiedete sich mit den Worten: «Also, bis heute Abend, wir treffen uns hier, bei Sonnenuntergang. Ich habe eine Überraschung für dich.»

«Seid ihr heute schon so früh fertig?», fragte Fabian, «da wird Pacco sich freuen, dass Smetta mal wieder Zeit für ihn hat.» Patricia grinste nur und ging aus der Höhle.

Fabian war in bester Laune und steckte alle in seiner Umgebung damit an. Im Schwertkampf war er an diesem Morgen fast so gut wie Pacco.

Der Himmel verdunkelte sich, Liev und Saba landeten auf dem Berg. Nachdem die beiden Drachenmädchen gegen Fabian und Pacco verloren hatten, stieg Fabian auf Sabas Rücken und sie flogen davon. Da Liev und Pacco gerade nichts zu tun hatten, jagten sie den beiden hinterher. Immer höher und schneller glitten sie durch die Luft. Sabas und Lievs Flügel ließen dieses liebliche Geräusch erklingen, das Fabian so glücklich machte, oder war es der Gedanke, dass Patricia den Abend mal wieder mit ihm verbringen würde?

Vielleicht sitzen wir nachher mit Pacco, Smetta, Keemun und Kumala zusammen am Feuer. Das wird bestimmt lustig, überlegte Fabian und feuerte Saba an.

Nach einer munteren Hetzjagd landeten Saba und Liev mit ihren Reitern am Rande des großen Gartens. «Wenn wir schon mal hier sind», sprach Fabian, «sollten wir uns etwas nützlich machen.» Die Drachen nickten und so zogen sie mit Fabian auf einem großen Feld das Unkraut und harkten die Erde auf. Zufrieden mit ihrer Arbeit ernteten sie Früchte, die sie in der Nähe der Quellen verspeisten. Nach dem Mahl zogen sie wieder auf den Drachenrücken ihre Runden.

Die Sonne stand bereits tief, als Fabian die Drachen bat, auf dem großen Platz zu landen. Smetta und Smettko waren bereits dort. Pacco umarmte seine Freundin und Fabian lief schnellen Schrittes zur Höhle der Großeltern. Sicher würde Patricia dort schon auf ihn warten.

Sie blickte kurz auf, als sich Fabian näherte und unterbrach kurz das Zerkleinern des Gemüses.

«Fertig», sagte sie und überreichte Fabian eine Schale mit Essen. Dabei strahlte sie übers ganze Gesicht: «Das habe ich extra für dich zubereitet!»

Sie setzten sich ans Feuer und Fabian begann zu essen. Schon nach den ersten Bissen wünschte Fabian, Patricia hätte sich nicht die Mühe gemacht und das Essen zusammengestellt. Es schmeckte einfach nur scheußlich. Obendrein hinterließ es einen bitteren Geschmack und ein pelziges Gefühl in seinem Mund. Er wollte Patricia aber nicht kränken, deshalb würgte er sich Stück für Stück herunter und lobte sie. Mit Mühe hatte Fabian die Hälfte des Gemüses gegessen, als Vincent den Garten betrat. Patricia lief ihm entgegen, sie kehrten ihm den Rücken und unterhielten sich leise, dass Fabian kein Wort verstand.

Er blickte in seine halbleere Schale. Die Gelegenheit war günstig und er warf kurzerhand die Mahlzeit ins Feuer. Vincent verabschiedete sich und verließ den Garten wieder. Grinsend bot Patricia noch mehr Gemüse an, als sie Fabians leere Schale sah.

«Danke, ich bin satt. Das war wirklich lecker», log Fabian. Smetta und Pacco kamen hinzu und brachten Keemun und seine Freundin Kumala mit. Es war ein lustiger Abend, schon allein deshalb, weil Keemun sich ungemein bemühte, im Beisein seiner Freundin alles richtig zu machen, allerdings ging ihm noch mehr schief als sonst.

Als er Kumala einen Becher mit Wein

reichen wollte, stolperte er und überschüttete das Drachenmädchen mit der roten Flüssigkeit. Sein zweites Missgeschick passierte, als er sich vom Feuer erhob, um Essen aus der Höhle zu holen, dabei trat er auf ihren Schwanz. Als er sie küsste, entfuhr ihm eine so große Flamme aus der Schnauze, dass er Patricias Haar beinahe ansengte.

Fabian füllte seinen Becher mit Wasser aus der Höhle, und setzte sich ans Feuer zwischen Kumala und Patricia. Keemun riss an seiner Freundin und zerrte sie auf die andere Seite, so dass er nun zwischen Fabian und Kumala saß.

«Soweit kommt es noch, dass du neben Kumala sitzt. Sie ist meine Freundin!», fauchte Keemun Fabian böse an, wobei Funken aus seiner Drachennase sprühten.

«Was soll das denn heißen? Hab ich etwa die Schuppenkrankheit!», gab Fabian beleidigt von sich.

«Das nicht, aber du sagst zu keinem Mädchen nein. Ob Drache oder Mensch, da machst du ja keinen Unterschied. Wenn Ketanuren hier leben würden, dann ...»

Pacco sah das Ganze als Spaß und unterbrach den Drachen: «Tja, Keemun, Fabian ist halt geschickt und Geschmack hat er auch.»

Smetta blickte zu Patricia herüber und meinte, sie müsse mit ihr noch etwas besprechen, sie zog Patricia bei Seite und beide verschwanden. Nach einer Weile wurde Fabian müde. *Ist ja auch kein Wunder, denn in der letzten Nacht habe ich kaum geschlafen und auch noch schlecht geträumt,* überlegte er noch und kippte schlafend gegen Pacco. Der Drache trug ihn ins Nest, obwohl Fabian noch auf Patricia warten wollte.

Irgendwann in tiefer Nacht hörte er Patricias flüsternde Stimme: «Erzähl von Saba.» Und da er immer wieder aufgefordert wurde, begann Fabian zu sprechen: «Saba ist ein Drachenmädchen mit bernsteinfarbenen Schuppen und grünen Augen, etwa so groß wie ich, sie fliegt hervorragend und schnell.» Fabian kuschelte sich tiefer ins Nest und zog die Decke über seine Schultern.

«Was hast du alles mit ihr gemacht», forderte Patricia weiterzuerzählen.

«Wir haben gekämpft und sind geflogen, wir waren baden», antwortete Fabian, der nur schlafen wollte. Mit der Hand suchte er das Nest nach Patricia ab.

«Frag ihn doch mal, ob er Liev mag», flüsterte eine andere, ihm jedoch auch vertraute Stimme, nämlich Vincents.

«Nein, ich will wissen, was da mit Saba läuft», sagte Patricia mit boshafter Stimme. Fabian öffnete die Augen und meinte Patricia und Vincent vor seinem Nest zu sehen. Er war sich aber nicht sicher, ob sie es waren, da er alles nur ganz verschwommen wahrnahm.

Blöder Traum, dachte er und suchte im Nest weiter nach Patricia. Dann erinnerte er sich daran, dass Pacco ihn ins Nest getragen hatte.

«Bist du mit Saba zusammen?», erklang wieder Patricias Stimme.

Fabian verstand nicht, was diese Fragerei sollte, aber Patricia war unermüdlich: «Wo warst du in den Nächten, die du nicht in die Höhle gekommen bist? Wo warst du mit Saba und was habt ihr gemacht?»

«Was sollen diese Fragen und warum sehe ich alles so verschwommen. Ich habe nur Wasser, keinen Wein getrunken», überlegte Fabian laut und war überrascht, dass seine Stimme so dröhnend war, als er rief: «Pacco! Pacco! Irgendetwas stimmt nicht. Wo bist du?»

«Ich komme, Fabian, was ist denn los?», antwortete Pacco aus dem Gewölbe nebenan.

«Vincent, was machst du denn hier, mitten in der Nacht? Pacco, es geht mir nicht gut, ich kann nicht richtig sehen», jammerte Fabian.

«Ach, haben sie dich auch überredet, Pilze und Kräuter zu probieren», lachte Pacco.

«Nein, ich habe nichts gegessen», lallte Fabian.

«Hast du Wein getrunken?», hakte der bunte Drache nach.

«Nein. Wasser. Nur Wasser.»

Pacco sah zu Vincent und Patricia und wetterte los: «Reicht es denn nicht, dass ich diese verdammten Pilze und Kräuter für euch ausprobiere? Müsst ihr sie denn nun auch schon heimlich untermischen? Ich finde das ziemlich gemein von euch! Ihr seid doch nicht ganz bei Trost.»

«Das Essen! Patricia hatte heute Abend mal Zeit für mich, sie hat mir ein Essen zubereitet», lallte Fabian und stand aus dem Nest auf, gestützt von Pacco. Er blickte Patricia mit schielenden Augen an und flüsterte: «Du weißt genau, dass ich jedes Kraut für dich probiert hätte, genau wie Pacco, aber warum mischt du mir heimlich was unter? Ich dachte immer, wir können uns gegenseitig vertrauen.»

«Das dachte ich auch», sagte Patricia böse, als Pacco und Fabian die Höhle verließen. Vor dem Eingang saß Fabian gegen den Felsen gelehnt und atmete die kühle Nachtluft.

Patricia ging mit Vincent an den Freunden vorüber und Fabian hörte, wie Patricia sagte: «Ich verstehe das nicht, er hätte tief und fest schlafen müssen, es waren genug Pilze ...»

Die Worte schallten durch die Nacht und wurden immer leiser, bis nichts mehr von ihnen zu hören war.

«Also, ein schlechtes Gewissen hat Patricia scheinbar nicht», sagte Pacco nachdenklich.

«Mir ist übel», klagte Fabian.

«Dann lass uns zum Eissee gehen, die kühle Luft dort wird dir sicher gut tun», schlug Pacco vor. Den Rest der Nacht verbrachten sie am Eissee.

Als die Sonne aufging, legten sich beide ins warme Wasser der Quellen.

Fabian wusste nun, warum Pacco in den letzten Tagen von Magenschmerzen geplagt wurde, viel geschlafen oder dumm gegrinst hatte. Er musste massenweise Kräuter und Pilze futtern und hinterher berichten, wie es ihm damit erging.

«Aber damit ist jetzt Schluss! Wenn die so gemein sind und dir das Zeug untermischen, ohne dich zu fragen, dann mach ich da nicht mehr mit», schimpfte Pacco und flüsternd fügte er hinzu, «Endlich habe ich einen Grund, «Nein» zu sagen.»

Auf dem Weg zur Höhle trafen die beiden auf Arcus: «Na, wie sieht es aus, sollen wir nachher die Schwerter klingen lassen?»

«Aber gern», sagte Fabian und freute sich.

Auch Patricia und Marietta liefen den Weg entlang. Fabian drehte sich beleidigt weg. Patricia grüßte ihren Drachenvater und ging weiter.

Nach einem ausgedehnten Frühstück machte Fabian sich auf den Weg zu Arcus. Pacco wollte ihn nicht begleiten, weil Smetta unerwartet auftauchte.

Während das Metall laut gegeneinander schlug, vergaß Fabian alles um sich herum. Er war sehr gut im Umgang mit dem Schwert geworden, das bedeutete einen langen Kampf, bis er von Arcus besiegt würde.

Als Patricia am Garten entlang ging, sagte Arcus: «Dort ist Patricia.»

Dann schaute er Fabian an. Fabian wollte Patricia ignorieren, wendete seinen Blick nicht von

Arcus. Sie sahen sich einander tief in die Augen.

«Ich verstehe das nicht», sagte Arcus verwundert. «Sie war mit Vincent an eurem Nest. Aber was ist passiert, dass du wütend auf sie bist?»

Erschrocken fragte Fabian: «Woher weißt du, was ich eben gedacht habe?»

«Du bist bereits so lange hier, hast selbst schon Schuppen und weißt immer noch so wenig von uns Drachen», antwortete Arcus und lachte schadenfroh.

«Da gebe ich dir Recht, Arcus! Aber gut, dass du mich aufklärst. Also, warum weißt du, was ich eben dachte?», hakte Fabian nach.

«Deine Gedanken waren nicht verschlossen, ich konnte in ihnen lesen wie in einem aufgeschlagenem Buch», meinte der Drache grinsend und erklärte, dass es mit dem Gedankenlesen das gleiche sei, wie mit dem Bannen. «Nur der Wille zählt. Verschließt du deine Gedanken, kann sie niemand lesen. Öffnest du deinen Gedankenstrom, ist er für jeden zugänglich.»

«Hast du schon oft in meinen Gedanken geblättert?», fragte Fabian vorsichtig.

Arcus grinste breit.

«Bring es mir bei!», forderte Fabian.

«Das können nur Drachen.»

«Ich kann auch bannen und in mir fließt Drachenblut. Also bring es mir bei», verlangte Fabian.

«Schaden kann es nicht, wenn nicht jeder deine Gedanken kennt. Wir werden es versuchen», meinte Arcus und bedeutete Fabian, ihm gegenüber Platz zu nehmen.

Arcus und Fabian schauten sich in die Augen, während der Drache Anweisungen gab: «Wir probieren erst das Verschließen. Du denkst an irgendwas und möchtest nicht, dass ich es erfahre, also verschließt du deine Gedanken.»

Fabian schaute in Arcus Augen und überlegte angestrengt, was er denken sollte, dabei las er Arcus Gedanken: *Der kann fast so gut Bannen wie ich und mit dem Schwert umgehen, der wird auch seine Gedanken verschließen können, da bin ich mir sicher.*

«Ich werde so lange üben, bis ich es kann», sagte Fabian.

Ja, geduldig ist er, dachte Arcus.

«Und ich verfüge über Zeit», plauderte Fabian. «Schließlich habe ich im Moment keine Verpflichtungen.»

«Was soll das? Du liest ja meine Gedanken! Das ist sehr frech von dir», schimpfte der Drache.

«Arcus, ich dachte immer, dass ich mir nur einbilde, was die anderen gerade denken. Ich habe schon oft Gedanken der anderen gelesen», flüsterte Fabian.

Arcus nickte ernst und sagte: «Dann lass uns jetzt üben, dass nicht jeder auch deine Gedanken lesen kann.»

Das war schwer für Fabian und immer wieder las er Arcus Gedanken, obwohl das nicht beabsichtigt war.

Er wurde immer ungeduldiger und ärgerte sich maßlos darüber, dass es kein einziges Mal funktionierte.

Der Himmel verdunkelte sich und veranlasste Fabian dazu, nach oben zu schauen. Sieben Drachen flogen über sie hinweg, in Richtung der heißen Quellen, also würden sie das Drachenland verlassen. Fabian gab für heute das Üben mit Arcus auf und beschloss, Ari aufzusuchen.

Ohne dass Ari danach fragte, erzählte Fabian von den untergemischten Pilzen und wie es ihm in der letzten Nacht ergangen war.

«Wenn Patricia dir irgendwelche Pilze untermischt und dich versucht, über dieses Drachenmädchen auszufragen, solltet ihr vielleicht mal miteinander reden. Es hört sich an, als ob Patricia eifersüchtig ist», meinte Ari.

«Ich rede mit niemandem, der versucht mich zu vergiften. Außerdem bin ich es doch nicht, der keine Zeit hat, sie ist jeden Tag unterwegs. Soll ich etwa nur in der Höhle warten, dass sie irgendwann mal wieder auftaucht?», erwiderte Fabian stur.

«Rede mit ihr», versuchte Ari es wieder.

Dann sagte Fabian nichts mehr davon und sie saßen schweigsam am Feuer, während Ari mit einem Stock in der Glut stocherte.

«Was hast du auf dem Herzen, Ari? Möchtest du es mir erzählen?», fragte Fabian, dem das traurige Gesicht Aris nicht entgangen war, obwohl der Ketanur versucht hatte, es zu verbergen.

«Ach Fabian, ich bin mir nicht sicher», sagte Ari traurig, «ob ich hier richtig bin.»

«Wie meinst du das?», hakte Fabian nach.

«Weißt du, es ist alles so schwierig. Wenn wir Besuch haben, behandelt Bias mich wie Luft oder wie einen Diener, nicht wie einen, den man liebt. Wenn ich ihn darauf anspreche, redet er sich raus. Er braucht Zeit und dass es nicht so einfach ist. Dann beteuert er mir jedes Mal, wie sehr er mich liebt. Aber immer braucht er Zeit. Weißt du, Fabian, ich zweifle langsam, ob es der richtige Entschluss war, mit ins Drachenland zu kommen.»

Mit so viel Ehrlichkeit hatte Fabian nicht gerechnet und es war ihm unangenehm, solch persönliche Dinge über Bias, den Obersten der Weisen Drachen, zu erfahren.

Fabian überlegte eine Weile, dann riet er Ari, was er jedem seiner Freunde raten würde, dass es dabei um Bias ging, verdrängte er: «Setz ihn unter Druck. Mach ihm klar, dass er sich entscheiden soll. Für dich, mit allen Konsequenzen oder gegen dich. Du wirst sehen, wie er dann reagiert.»

«Es ist schwer für Bias, den Weisen, ich bin kein Drache und ... ich möchte nicht, dass er Schwierigkeiten bekommt. Ich kann mir keinen Besseren vorstellen, der sein ganzes Wissen dazu benutzt, zu helfen, wo er kann. Du magst ihn nicht, aber wenn ihr euch näher kennen würdet, hättest du sicherlich die gleiche Meinung von ihm wie ich.»

«Ach, du liest also auch in meinen Gedanken», fragte Fabian, dem plötzlich klar wurde, dass Ari es bei ihrem ersten Treffen schon getan hatte. Er hatte gar nicht laut gesprochen, er dachte nur: «Welch eine hässliche Kreatur.»

«Was denkst du, warum ich dich so mag, Fabian? Du bist ehrlich», lachte Ari und schaute mit seinen blauen Augen zu Fabian herüber.

«Ich fühle mich so dumm, es gibt so viel, was ich nicht weiß», sagte Fabian niedergeschlagen.

Ari rückte zu Fabian und legte einen Arm um ihn, Fabian lehnte sich an die schuppige Schulter und flüsterte: «Ich verstehe Bias wirklich nicht, an seiner Stelle würde ich sogar das Drachenland mit dir verlassen, wenn es sein müsste. Weiser hin, Weiser her, das ist doch alles unwichtig! Du bist so schön und ...»

«Fabian! Lass das niemals jemanden hören, sonst kommt derjenige noch auf falsche Gedanken», redete Ari amüsiert.

«Und wenn schon, meine Gedanken liegen doch eh jedem offen.»

Ari begann zu singen und Fabian fühlte sich geborgen wie in einem Nest und überlegte: *Was, wenn mich Patricia sehen würde, wie ich bei Ari im Arm liege? Bei diesem schönen blauäugigen Ketanurenmädchen, mit dem herrlich weichen Fell. Dann könnte sie mir Pilze untermischen und mich ausfragen, aber sicher würde sie mich dann ganz und gar vergiften.* Fabian lachte auf, während er über Aris Rückenfell strich. Ari schaute Fabian an und sagte: «Du hast gelernt, wie man Kraft schöpft aus meinem Gesang, da wirst du auch lernen, deine Gedanken zu verschließen.»

Sie setzten sich gegenüber und schauten sich in die Augen. Fabian sah Bücher in Aris Gedanken, er sah, wie ein dickes Buch auf seinem Schoß lag, er schien zu lesen.

Soll ich ein Buch lesen?, fragte Fabian in Gedanken, Ari antwortete auch in Gedanken: *Ja, ich werde dir Bücher mitgeben, lies sie.*

Dann sah er, wie ein Ketanur im Wasser der Quellen seinen Spaß hatte.

Okay, gehen wir baden, dachte Fabian, aber in Aris weiteren Gedanken hatte Bias seine schuppigen Hände um seinen Hals gelegt und würgte ihn.

«Ich habe vor Bias keine Angst.»

«Ich weiß», sagte Ari und grinste. «Also wir können uns in Gedanken unterhalten, das ist doch schon mal prima. Jetzt verschließe dich.» Sie schauten sich wieder in die Augen, aber Fabian bannte Ari, anstatt sich zu verschließen. Ari kippt auf die Seite und war für einen Augenblick nicht fähig, sich zu rühren. Als Fabian ihm hoch half, sagte Ari verärgert: «Verschließen, nicht bannen!»

Dann probierte Fabian immer wieder,

seine Gedanken zu verschließen, aber es funktionierte nicht. Stattdessen wurde Ari noch dreimal gebannt. Später ging Fabian mit einem Buch über Ketanuren nach Hause.

Niedergeschlagen saß er am Feuer und überlegte, warum es ihm nicht gelang, sich zu verschließen. Patricia, Vincent, Pacco und Smetta betraten die Höhle. Fabian schaute nur kurz auf und da er immer noch sauer auf Patricia war, beachtete er sie nicht weiter.

Pacco fühlte sich hin und her gerissen, genau wie Vincent und Smetta. Einerseits wollten sie gern mit Fabian reden, aber da Patricia und Fabian sich wie Luft behandelten, war das nicht einfach. Also herrschte Stille, das war nun Fabian wieder unangenehm. Er erhob sich und verließ die Höhle, um sich vor den Eingang auf einen Stein zu setzen.

Die Reise

Als Medine den Garten betrat, stand sein Entschluss fest. «Medine, ist es dir recht, wenn ich das Land verlasse?», fragte Fabian. Medine gesellte sich zu ihm und lächelte ihn an. «Gibt es irgendetwas, das dir Sorgen bereitet?»

«Nein, ich habe keine Sorgen, ich möchte nur meine Eltern und einen Freund besuchen», antwortete Fabian und verspürte ein großes Bedürfnis, Vladir, den Befragungsstein, wieder zu treffen.

«Du bist freiwillig in dieses Land gekommen und du kannst es auch jeder Zeit wieder verlassen», sagte Medine und fügte hinzu, «aber dir ist hoffentlich klar, dass wir dich vermissen werden!»

«Das hoffe ich doch», sagte Fabian lachend und umarmte die Drachengroßmutter.

«Wann willst du los?»

«Bei Sonnenuntergang werde ich aufbrechen», erwiderte Fabian und machte sich auf den Weg, einen Drachen zu suchen, der ihn fliegen würde. Spontan fiel ihm nur Saba ein und er besuchte sie in ihrer Höhle. Er hatte gehofft, sie allein vorzufinden, aber Liev war bei ihr.

Trotzdem trug er sein Anliegen vor. Als hätten die Drachenmädchen nur darauf gewartet, wollten sie ihn fliegen. Beinahe kam es zum Streit zwischen den Drachen, doch Fabian sagte schnell: «Ihr könnt mich doch auch abwechselnd fliegen, es ist schließlich ein weiter Weg.»

Froh darüber, dass sie ihn fliegen würden, verabschiedete er sich. Er beschloss, seine Sachen zu packen und sich von Pacco zu verabschieden.

In der Höhle war Pacco damit beschäftigt, einen Beutel mit Obst und Gemüse zu packen. Ein zweiter stand schon bereit, bis oben hin gefüllt.

«Pacco, ich möchte mich von dir verabschieden, aber in ein paar Tagen und Nächten bin ich wieder zurück, denn ich möchte ...»

«Spar dir deine Erklärungen, ich begleite dich», sagte Pacco und grinste. «Oder denkst du wirklich, ich lasse dich allein in diese scheußliche Menschenwelt gehen? Außerdem habe ich Angst, dass du nicht mehr zurückkehrst.»

Fabian umarmte seinen Freund und war froh, dass er ihn begleiten wollte. «Wann soll es losgehen?», fragte der Drache.

«Wenn wir gepackt haben», gab Fabian Auskunft.

Die Freunde schnallten sich ihre Schwerter um und Fabian legte seinen schwarzen Umhang über die Schultern. Sie gingen über den steinigen Weg an vielen Höhlen vorbei und überquerten den großen Platz. Noch einmal blieben sie an Cannoc dem Steindrachen stehen und schauten die Steine an, die er in seinen Händen hielt. Das Herz von Arkamoor und den Stein, der geboren wurde in einer Quelle.

«Das Drachenland ist sicher, wir können es beruhigt verlassen. Aber ich würde mich noch gern von Patricia verabschieden», meinte Fabian. Pacco nickte und als sie sich umdrehten, sahen sie Patricia und Smetta am Brunnen stehen. Pacco eilte auf Smetta zu und küsste mit ihr, als würde es kein Wiedersehen geben. Fabian hatte es nicht so eilig, denn er war noch immer enttäuscht und wusste auch nicht so recht, was er sagen sollte.

«Grüß deine Eltern von mir», sagte Patricia.

Fabian nickte.

«Wer fliegt dich», fragte sie, während sich ein kleines Stück weiter Pacco und Smetta hell leuchtende Flammen um die Schnauzen bliesen. Über ihnen im Abendhimmel zeichnete sich ein dunkler Drachenschatten ab. Patricia und Fabian schauten hinauf, dann fragte Patricia noch einmal: «Wer fliegt dich?»

«Saba und Liev», antwortete er und Patricia nickte.

«Also bis bald», sagte sie knapp und ging davon. Pacco löste sich von Smetta, hastete seiner Schwester hinterher und verabschiedete sich von ihr. Die Freunde gingen zum felsigen Ausgang.

«Was ist denn da los?», wollte Fabian

wissen, denn einige Drachen warteten bereits in der Dunkelheit.

«So, wir sind bereit», ertönte Arcus Stimme.

Fabian erkannte neben Arcus, Cilla, Liev und Saba und als er gerade fragen wollte, was Arcus und Cilla hier machten, tauchte aus dem Schatten der Felsen noch ein Drache und zwei menschenähnliche Gestalten auf. Es war der grüne Veon mit seinem Bruder Vincent und Ari. Fabian war schon überrascht, dass Arcus und Cilla hier auftauchten, aber mit Ari hatte er nicht gerechnet. Mit schnellen Schritten ging er auf Ari zu, zog ihn außer Hörweite der anderen, und sagte: «Ari, weiß Bias, dass du mit mir kommst?»

«Nein, er ist ja nicht da», sagte Ari und grinste.

«Dafür wird Bias mich töten», flüsterte Fabian.

«Hör zu, Ritter Fabian, ich lebe auch in diesem Land und wenn ich der Meinung bin, du brauchst meinen Schutz, dann bekommst du ihn auch. Ob du willst oder nicht. Ich komme mit dir!» An Veon gewandt sagte Ari: «Also, ich bin soweit.»

Fabian verabschiedete sich von Vincent, der ihm versicherte, nichts von den Pilzen in seinem Essen gewusst zu haben. Er war nur am Nest aufgetaucht, um zu sehen wie sie wirkten, nachdem Patricia ihm erzählte, dass sie einige ins

Essen gemischt hatte. Das Ganze fand er natürlich nicht gut.

Fabian könnte Vincent gar nicht böse sein, auch wenn er ihm die Pilze untergemischt hätte und er erzählte: «Patricia hat ja so getan, als habe sie für mich extra ein leckeres Mahl zubereitet, es hat aber nicht so gewirkt, wie sie es gern gehabt hätte. Ich habe nämlich, weil es so scheußlich geschmeckt hat, die Hälfte davon ins Feuer geworfen, als du in den Garten kamst.» Dann lachten beide darüber und Vincent umarmte seinen Blutsbruder.

«Bitte, komm wieder», verlangte Vincent.

«Schau, wer mich alles begleitet, da wird mir wohl nichts anderes übrig bleiben», sagte Fabian und schwang sich auf Lievs Rücken. Nachdem sich auch Pacco von seinem Blutsbruder Vincent verabschiedet hatte, stieg er auf den Rücken seines Vaters Arcus. Die Drachen breiteten ihre schwarzen Flügel aus. Mit wenigen Schlägen erhoben sie sich und flogen im Schutze der Dunkelheit durch die Nacht.

Vorneweg Fabian auf Liev, rechts Pacco auf Arcus, links Ari auf Veon und hinter ihnen Cilla und Saba. Fabian zählte in Gedanken: Sechs Drachen, ein Ketanur und ich, das sind acht. Die Weisen sind nur zu siebt unterwegs. Dann grinste er glücklich, denn er fühlte sich wie ein König mit Geleitschutz.

Es ist herrlich durch die Nacht zu fliegen, das Geräusch, welches die Drachenflügel verbreiten, ist reinste Musik. Die klare kühle Luft zu atmen und genau zu wissen, dass man nicht allein ist, ist das schönste was es geben kann. Nur schade, dass Patricia sich verändert hat, sonst wäre alles perfekt, dachte Fabian.

Als die Nacht ihr tiefstes Schwarz an den Himmel zauberte, legten sie eine Pause am Rande eines Waldes ein. Nur das Rauschen eines Baches in der Nähe war zu hören und ab und zu der Schrei eines Vogels.

«Woher wusstet ihr, dass ich das Land verlasse, und warum begleitet ihr uns?», fragte Fabian Arcus und Cilla.

«Im Drachenland bleibt nichts lange geheim, und Medine hat sich um dich gesorgt», antwortete Cilla. Arcus fügte hinzu: «Außerdem möchte ich nicht, dass du Patricia unglücklich machst, indem du dich in Gefahr bringst oder aus einem anderen Grund nicht mehr zurückkehrst.»

«Denkst du etwa, ich würde davonlaufen, Arcus?», fragte Fabian beleidigt und als Arcus grinste, bannte Fabian ihn. Arcus kippte vorn über und lag mit der Schnauze auf der Wiese. Cilla half ihm hoch und schimpfte: «Jetzt habt ihr euch so lange gut benommen, ich habe geglaubt, ihr wärt erwachsen geworden.»

Das gibt Rache, dachte Arcus als er wieder auf seinen Drachenbeinen stand. *Kein Wunder, dass Patricia böse auf dich ist.*

«Sie ist nicht böse auf mich, sondern ich bin böse mit ihr. Ich bin beleidigt und warte auf eine Entschuldigung!»

Alle Umherstehenden blicken zu Arcus und Fabian, verstanden aber nicht, um was es ging.

Das sehe ich aber anders, nach allem was mir zu Ohren gekommen ist, solltest du dich bei ihr entschuldigen, dachte Arcus und Fabian gab in Gedanken zurück: *Dafür, dass sie mich vergiftet hat? Niemals! Das war ein glatter Vertrauensbruch.*

Ich weiß, warum sie wütend auf dich ist, neckte Arcus in Gedanken, dann konnte Fabian nichts mehr in seinen Augen lesen.

«Dann sag es mir!», schnauzte Fabian den orange-braunen Drachenvater an.

«Ich misch mich doch nicht in deine Angelegenheiten», foppte Arcus, dann beugte er sich ganz nah zu Fabians Kopf und flüsterte: «und in meinen Gedanken wirst du nichts lesen, ich kann sie schließlich verschließen, wenn ich will.»

Fabian wollte Arcus bannen, der schon damit rechnete und sich davor schützte, was Fabian nur noch wütender machte. Er stapfte zornig mit dem Fuß auf, lief ein paar Schritte, kehrte dann wieder um und setzt sich neben Pacco.

«Ihr seid wie kleine Kinder», tadelte Cilla.

Am Feuer schaute Fabian mit funkelnden Augen in die Runde. Veon wich sofort seinem Blick aus und starrte ins Dunkel der Nacht. Liev und Saba waren in ein Gespräch vertieft und beachteten ihn nicht. Pacco hatte nur Augen für die hübschen Drachenmädchen und sah sie verträumt an.

Lievs Schuppen erinnerten an brennendes Gold im Schein des Feuers und Sabas bernsteinfarbene Schuppen sahen herrlich aus, wie noch nie.

Sie ist wirklich sehr hübsch, dachte Fabian und konnte Pacco verstehen. Dann wanderte sein Blick weiter, während Veon ihn beobachtete. Fabian blieb an Aris blauen Augen hängen.

Bring es mir bei, Ari. Ich muss es lernen, dachte Fabian flehend.

Gut, versuch es, dachte Ari.

Aber so sehr er auch seine Gedanken verschließen wollte, es funktionierte nicht.

«Wir sollten uns wieder auf den Weg machen», unterbrach Arcus den Gedankenaustausch.

Feuer

Als alle auf den Drachen saßen, erhoben sich diese in die Finsternis und Fabian war Arcus schon nicht mehr böse.

Als weit hinter ihnen der Himmel schon heller wurde, erkannte Fabian, der jetzt auf Saba saß, den Schein eines großen Feuers. Die Drachen flogen immer tiefer und landeten schließlich an Fabians Elternhaus. Die Eltern standen erwartungsvoll da und begrüßten Arcus und Cilla, bevor sie Fabian entdeckten und in die Arme schlossen. Fabian überragte seinen Vater mittlerweile um einen halben Kopf.

«Meine Güte, wann hörst du endlich auf zu wachsen, mein Junge?», fragte der Vater und begrüßte Liev, dessen Namen er bereits kannte, und alle anderen.

«Wir werden nicht alle ins Haus passen, aber wenn es euch nichts ausmacht, können auch einige im Stall schlafen, ihr seid sicherlich sehr müde nach der langen Reise», sagte die Mutter besorgt.

«Woher wusstet ihr, dass wir euch besuchen?», fragte Fabian, der noch nie ein so großes

Feuer bei den Eltern gesehen hatte, wie es hier zwischen Schweinewiese und Haus brannte. Die Mutter legte einen Arm um Fabian und deutete auf zwei Vögel, die etwas abseits des Feuers auf dem Zaun saßen.

«Die beiden haben uns benachrichtigt», sagte sie. Dann erkannte er Doran, seine Dohle, und Aris Uhu, dessen bernsteinfarbene Augen durch das Feuer hell erleuchtet waren. Ari streichelte den Uhu und redete mit ihm. Der Vater ging auf Ari zu, um ihn zu begrüßen. Ari drehte sich zum Vater und sie schauten sich in die Augen. Fabian meinte zu erkennen, dass sein Vater von den wasserblauen Augen, die scheinbar Sterne und die Sonne in sich vereinten, genauso fasziniert war, wie er selbst.

«Vater, denk jetzt nichts Falsches», wollte Fabian am liebsten rufen, aber da lachte Ari auch schon und grinste Fabian an. *Unverkennbar dein Vater, auch seine Gedanken liegen offen wie ein Buch,* gab Ari in Gedanken preis. Dann erhob er das Wort und alle waren augenblicklich still: «Wenn Gefahr droht, möchte ich nicht, das es zum Kampf kommt. Wenn es sich vermeiden lässt. Jeder greift sich einen, der nicht fliegen kann, und wir erheben uns.»

Alle nickten zustimmend. Dann setzten sie sich zusammen, Doran nahm auf Fabians Schulter Platz und biss ihm ins Ohr.

«Au, was soll das?», schimpfte Fabian und

Doran antwortete: «Danke für die Mitteilung, dass du das Drachenland verlässt! Hast mich wohl auch vergessen, genau wie Patricia, was?»

«Ich habe dich nicht vergessen, dachte nur, du bist beschäftigt», verteidigte Fabian sich.

«Ach, beschäftigt, wie Patricia», krächzte die Dohle.

«Was soll das? Kümmere dich um deine Angelegenheiten», flüsterte Fabian böse, aber das nützte nichts, alle Blicke waren auf ihn und Doran geheftet.

«Was ist mit Patricia? Warum ist sie nicht hier», hakte natürlich auch noch der Vater nach.

«Fabian hat ja nicht gefragt, ob sie uns begleitet», stichelte Arcus.

«Dich habe ich auch nicht gefragt, Arcus! Du bist einfach so mitgekommen», sagte Fabian scharf und setzte sich so hin, dass er weder Arcus noch seinen Vater anschauen musste.

«Die zwei haben gerade eine Krise», flüsterte Arcus gerade so laut, dass Fabian es mitbekam, «deshalb wollte Fabian auch das Drachenland verlassen, ich begleite ihn nur, damit er auch wieder mit zurückkommt. Schließlich ist er ja einer unserer Ritter.» Dabei zwinkerte Arcus dem Vater zu und amüsierte sich, weil er Fabian ärgern konnte.

Schau nur, in welche Familie ich da reingerutscht bin, Ari, dachte Fabian. *Und mein Vogel ist doch wohl die Höhe, beißt mir ins Ohr.*

Die haben dich alle sehr gern. Alle, sonst hätten sie das Drachenland nicht verlassen, beschwichtigte Ari.

Nach gutem Essen, fleischlos versteht sich, da die Eltern mittlerweile wussten, dass die Bewohner des Drachenlandes niemals tote Tiere essen würden, suchte sich jeder einen Schlafplatz.

Das Haus, in dem die Eltern wohnten, hatte einen großen Raum, in dem gekocht und gegessen wurde, mit einem Kamin und dazu noch zwei Zimmer, eins für die Eltern und das frühere Zimmer von Fabian. Veon hatte von seinem Menschenbruder Vincent gehört, wie furchtbar es war, in einem Bett zu schlafen, mit einem Dach über dem Kopf, anstatt einer Höhle. Fabian bot ihm sofort sein Bett an und legte sich davor auf Stroh, welches die Eltern schon hereingeschafft hatten. Neben ihm Pacco. Liev und Saba hatten sich am Kamin niedergelassen, Arcus und Cilla waren im Stall hinter dem Haus. Ari wurde das Bett der Eltern angeboten, aber er hatte dankend abgelehnt. Während Liev und Saba am Feuer kicherten und Ari auf dem Bett an Veons herausragendem Schwanz saß, war Fabian ganz schläfrig. «Bist du froh, wieder hier zu sein», fragte Veon und Fabian antwortete: «Jaah.»

«Das hört sich aber nicht überzeugend an», gab der Drache von sich.

«Hast du eigentlich eine Freundin, Veon?», fragte Fabian daraufhin. Viele kleine Funken flogen aus der grünen Drachennase und Fabian wusste ganz genau, dass Veon nun nicht mehr weiterfragen würde.

Fabian nahm *Kleine Sonne* aus seiner Hosentasche, küsste sie und legte sie an sein Herz.

«Ari, sing bitte», verlangte Fabian und bedeutete Ari, sich an seine Seite zu legen. Ari legte sich auf das Stroh und sang, fast flüsternd, doch Fabian merkte, wie Pacco und Veon sich wegdrehten, damit nicht auffiel, wie ergriffen sie waren und dass ihnen Tränen über die Drachenschnauzen liefen.

Mit seiner Eidechse auf dem Herzen und von Freunden umgeben, schlief Fabian geborgen ein, wie sonst in seinem Nest.

Am nächsten Morgen war Veon begeistert: «Also, ich fand es toll, in einem Bett zu schlafen, was hat Vincent nur dagegen einzuwenden?»

Ari hatte Stroh in seinem dichten Fell, aber jeder war behilflich, ihn davon zu befreien. Fabians Haare waren auch mit Stroh behaftet und als er sich die einzelnen Halme herauszog, löste er einige der verdreht geflochtenen Zöpfe.

«Liev, machst du mir bitte die Zöpfe neu?», bat Fabian. Das Drachenmädchen gab zu, nicht flechten zu können. Ari eilte herbei und flocht die Haare neu zusammen. Liev und Saba standen interessiert dabei und sahen beim Flechten zu. Sie wollten es auch lernen und so standen sie um

Fabian herum und jeder versuchte, so lange eine Haarsträhne zu flechten, bis es klappte.

«Komm, Ari, wir flechten dein Fell, es ist mittlerweile lang genug», schlug Saba vor.

Ari legte sich auf ein sonniges Fleckchen Wiese und ließ es zu, dass sein weiches Fell zu vielen kleinen Zöpfen geflochten wurde. Auch Fabian und Pacco brachten sie es bei. So hatte jeder ein bisschen Fell, das er bearbeitete. Ari war äußerst kitzelig. Er lachte und zappelte immer wieder und machte es den Zopfflechtern somit nicht gerade leicht.

Bei Ari standen die geflochtenen Zöpfe waagerecht vom Körper ab.

«Siehst jetzt ein bisschen so aus, wie ein riesiger Igel, der auf zwei Beinen geht.», äußerte sich Pacco.

Sie gingen durch den Wald zum nahen Bach, in dem sie tobten und planschten, als wären es die heißen Quellen im Drachenland.

In das Gelächter hinein fragte Liev: «Wie weit bist du mit deiner Arbeit, Ari?»

«Welche Arbeit?», fragte Ari unwissend.

«In Bias Büchern, du bist doch deshalb mit ihm ins Drachenland gekommen, weil du einige davon lesen möchtest. Und wir wissen doch alle, dass er seine Bücher nicht verleiht.»

«Wer hat gesagt, dass ich wegen der Bücher ins Drachenland gekommen bin?», forschte Ari nach, während er Liev anblickte.

«Ich habe da was anderes gehört», mischte sich Saba ein, die gar nicht beachtet wurde. Fabian meinte, Lievs Gedanken zu lesen und sie überlegte genau, was sie jetzt antworten sollte.

«Ich hab es gehört», sagte sie.

«Ach so», sagte Ari nur, aber auch Fabian las in ihren Gedanken, dass die Worte von Bias stammten.

Ari machte weiterhin Scherze mit allen, doch Fabian merkte, dass etwas nicht stimmte. Später tat Fabian, als müsse er Ari unbedingt etwas zeigen, und sie gingen allein durch den Wald. Aris geflochtene Zöpfe hingen nass und schwer herunter.

«Liev hat es nur gehört», sagte Fabian. «Aber Saba weiß, dass ihr zusammen seid.»

«Wegen Bias Büchern ... du hast recht, ich werde ihn unter Druck setzen. Ich will endlich Klarheit, aber vorher werde ich noch mit Vladir sprechen.»

«Bist du deshalb mitgekommen? Damit du mit ihm reden kannst?», hakte Fabian nach und Ari antwortete: «Ja, ich möchte wissen, was Vladir dazu sagt, schließlich bin ich ein ...»

«Da sind sie!», rief Pacco, der gerade mit Veon durch das Laub stapfte.

«Na, möchtest du Ari die Stelle zeigen, an der du das erste Mal mit Patricia Händchen gehalten hast? Oder wo wir den Drachenschwur geschworen haben?»

«Patricia? Wer ist Patricia?», ärgerte Fabian seinen Freund.

Pacco ging ganz nah zu Fabian heran, hob den Kopf und flüsterte: «Mir machst du nichts vor, ich sehe doch, wie du leidest. Und sie auch. Für mich seid ihr Dummköpfe, nichts weiter. Kindische Dummköpfe. Unter Drachen würde es so ein Verhalten nicht geben.»

«Nein, natürlich gibt es so etwas bei Drachen nicht! Die lassen sich gern und freiwillig vergiften, das macht ihnen gar nichts aus.»

Nun rangelten die Freunde zum Spaß und rollten über den Waldboden.

«Lass uns das lieber mit dem Schwert austragen», schlug Pacco vor.

Doran flog umher und berichtete, dass keine Menschen in der Nähe waren, und so fand zwischen Pacco und Fabian ein fairer Kampf statt, der alle anlockte und faszinierte. Nach langer Zeit hatte Pacco gewonnen. Ari nahm sich Paccos Schwert und Fabian freute sich, gegen Ari zu kämpfen. Das vorn beschuppte und hinten fellige Wesen stellte sich Fabian gegenüber und erhob das Schwert, dabei schauten sie sich in die Augen. Ari bannte und Fabian fiel in den Dreck. Als Fabian wieder zu sich kam, sagte Ari nur: «Du solltest nie einem fremden Gegner so unbedacht in die Augen schauen. Vor einem Bann solltest du dich schon schützen.»

Arcus lachte laut auf und spendierte Ari

Beifall, denn gestern wurde er noch von dem Jungen gebannt.

Du bist mir nicht fremd, dachte Fabian wütend und wollte mit dem Schwert auf Ari losgehen. Doch Ari stoppte ihn und sagte: «Mit Wut im Bauch? Hast du denn gar nichts gelernt?»

Du redest schon wie Patricia, typisch Mädchen. Können wir vielleicht jetzt anfangen zu kämpfen, dachte Fabian, wobei er Ari anfunkelte.

Für die Umherstehenden schauten sich die beiden nur an, denn vom Gedankenaustausch bemerkt niemand etwas. *Danke für den Vergleich,* dachte Ari und grinste, *ich fasse das mal als Kompliment auf.*

Fabian versuchte Ari zu bannen, es klappte nicht. Dann begann der Kampf und alle Umherstehenden folgten ihm begeistert, denn sie konnten von Aris Technik noch jede Menge lernen. Als Fabian besiegt war, wollte auch Pacco, dann die anderen gegen Ari kämpfen. Einer nach dem anderen wurde von Ari geschlagen und zum Schluss war er nicht mal außer Puste.

«Du bist einfach fabelhaft, Ari», sagte Fabian anerkennend.

«Ja, du musst öfter mit uns kämpfen, wir können noch viel von dir lernen», meinte Pacco bewundernd.

Beim Essen schlug Fabian vor, morgen in aller Frühe nach Arkamoor zu fliegen und Vladir aufzusuchen. Veon ließ vor Aufregung seinen Maiskolben fallen, starrte Fabian mit offenem Mund an und fragte: «Weißt du, wo wir Vladir finden?»

«Ich denke schon, aber wenn wir ihn nicht finden, wird *Kleine Sonne* uns den Weg weisen. Sie ist schließlich ein Kind von ihm.»

Saba legte ihre Hand auf Veons schuppigen Arm und fragte: «Gibt es denn etwas, weshalb du ihn befragen musst?»

Als Antwort sprühten Funken aus Veons Nase und er tat, als habe er sich am Mais verschluckt, obwohl er schon längst keinen mehr in seiner Schnauze hatte. Ari flüsterte mit seinem Uhu, der sich wenig später erhob und Richtung Osten davon flog.

Fabian schaute Ari in die Augen, als schon alle zu Ende gegessen hatten, denn er versuchte wieder, seine Gedanken zu verschließen. Einer nach dem anderen stand vom Feuer auf und bald saßen nur noch die beiden da und blickten sich an. Arcus wusste, was sie vorhatten, aber Pacco überlegte, ob sie sich gegenseitig bannen wollten.

Später erzählte Fabian seinen Eltern von der Zeit im Drachenland, nur von Patricia sprach er kein Wort. Das blieb den Eltern nicht verborgen und der Vater fragte: «Du schaust dir mit Ari immer in die Augen, ist sie deine neue Freundin?»

Fabian lachte und erklärte: «Ari ist mit Bias, dem Obersten der Weisen, zusammen. Ich bin mit

Ari befreundet, wir blicken uns oft in die Augen, weil wir üben, damit es mir irgendwann einmal gelingt, meine Gedanken zu verschließen.»

«Was?», fragte der Vater erschrocken.

Fabian nickte lachend und flüsterte: «Ja, Drachen und Ketanuren können Gedanken lesen. Auch deine Gedanken liegen wie ein offenes Buch bereit, genau wie meine. Das hat Ari mir gesagt.»

«Und für so eine Welt hast du dich entschieden?», erwiderte der Vater kopfschüttelnd.

«Du siehst doch selbst, ich gehöre dort hin», sagte Fabian und zeigte auf sein Horn. «Außerdem haben sie mich begleitet, nur weil ich euch besuchen wollte. Es sind meine Freunde und ich könnte mir keine besseren vorstellen.»

Der Vater nickte verständnisvoll und die Mutter streichelte Fabian über seinen schuppigen Rücken.

Für Veon schien diese Nacht kein Ende zu nehmen. Er war so aufgeregt, weil sie am nächsten Morgen einen Befragungsstein aufsuchen würden. Bisher hatte er immer nur in Büchern von ihnen gelesen und von Vladir hatte er gehört, was sein Bruder Vincent, Patricia, Fabian und Pacco erzählt hatten.

Vor Aufregung begann er immer wieder Fragen zu stellen, während Ari, Fabian und Pacco schon fast schliefen. Irgendwann sprach Ari ein

Machtwort und verbot Veon zu reden und endlich, nachdem alle anderen schon längst schnarchten, schliefen auch die vier ein. Veon wälzte sich in Fabians Bett hin und her, träumte von riesigen Menschen, die ihn nicht zu Vladir lassen wollten. Veon kämpfte und verlor dabei sein Schwert, da blieb ihm nichts anderes übrig, als Feuer gegen seine Gegner zu spucken. Sein Drachenkopf war in Aris Richtung gedreht und kleine Flammen kamen aus seiner Schnauze.

«Fabian», flüsterte Saba, «ich höre Einhörner, vielleicht ist Mondfell dabei.»

Fabian setzte sich auf und rieb seine Augen, überall auf Ari sah er rot leuchtende Punkte. Obendrein stieg ihm ein ekliger Geruch in die Nase.

«Was ist los, Fabian», wollte Pacco wissen.

«Saba hört Einhörner, komm lass sie uns begrüßen», flüsterte Fabian und sah immer noch rote Punkte.

Wie Glut, dachte er und bemerkte endlich, dass Aris Fell glomm. Schnell schlug er mit der flachen Hand auf Aris Rücken, um die Glut zu löschen. «Warum haust du mich? Lass das!», motzte Ari.

«Ari, dein Fell glimmt», rechtfertigte Fabian sein Tun.

«Was?», rief Ari laut und war sofort hellwach. «Verdammt, stinkt das! Ist da viel verbrannt?»

«Nein, man sieht es kaum», log Fabian.

«Oh man, wie soll ich das Bias erklären?»,

fluchte Ari laut und weckte damit Veon auf. Nach einer kurzen Erklärung Fabians guckte der Drache absolut schuldbewusst und ängstlich.

«Der wird denken, ich habe neben einem Drachen geschlafen.»

«Hast du doch auch», sagte Pacco und lachte, «und nicht nur neben einem.»

«Wenn er danach fragt», machte sich nun auch Fabian über Aris Sorge lustig, «dann sag, du hast zwischen zwei und einem halben geschlafen.»

«Werde ich machen, wenn ihr unbedingt im Eissee baden wollt», gab Ari wütend von sich.

Veon schaute mit großen Augen in die Runde und flüsterte beschämt: «Entschuldige bitte, das wollte ich nicht.»

Fabian verließ mit Pacco das Zimmer, sie gingen durch den großen Raum mit Kamin, vor dem Liev noch schlief. Pacco blieb stehen und schaute Liev eine Weile beim Schlafen zu. Sie lag zusammengerollt auf dem Stroh und bei jedem ihrer Atemzüge hob und senkten sich die Schuppen und schimmerten dabei herrlich.

Veon verließ auch das Haus, aus Angst, Ari würde ihm in seiner Wut irgendetwas Schreckliches antun.

Vor dem Haus wartete Saba in der Dunkelheit der Nacht, die nur vom Mond erhellt wurde. Eine große Herde Einhörner stand vor dem Haus.

«Fabian schau nur, ich kann heute auch eins sehen», rief sie. «Ich sehe ganz viele Einhörner, sind die schön!», jubelte Pacco.

«Ich habe es vergessen dir zu erzählen, aber seit wir ein Horn haben, können wir sie sehen und auch mit ihnen reden.» Pacco guckte ungläubig.

«Ich war mit Saba an einer Stelle weit hinter dem Hochzeitstal, da kannst du sie oft antreffen.»

«Wart ihr auch im Hochzeitstal?», rutschte es Veon raus.

«Dann wäre Arcus nicht so freundlich zu Fabian, oder?» Saba grinste.

Pacco unterhielt sich mit vielen Einhörnern. Fabian sprach mit Mondfell, während Ari wütend zu Fabian ging und darum bat, das verschmorte Fell abzureißen. Fabian tat sein Bestes. Doch auch als das verschmorte Fell entfernt war, stank Ari noch immer nach verbranntem Haar. Wütend blickte er zu Veon herüber und begab sich in den Wald, um zu baden. Veon erzählte dem Drachenmädchen von Aris angesengtem Fell und gestand, dass es seine Schuld war.

«Ach, nimm es nicht so schwer, Veon, das kann nun wirklich jedem passieren. Ich habe Ari mal mit viel größeren Brandflecken im Fell gesehen und die waren sicherlich vom Weisen Bias.»

«Genau deshalb ist Ari ja sauer, denn was wird Bias jetzt denken?», sinnierte Fabian und grinste. Er beugte sich herunter, zu dem Einhorn, welches Saba und Veon sehen konnten, denn es war verletzt. Mit Sabas und Veons Hilfe reinigte Fabian eine Wunde, die sich das hübsche Wesen am Bauch zugezogen hatte und legte einen Verband an.

Einer nach dem anderen stand von seinem Schlaflager auf und alle waren begeistert von dem Einhorn. So wie Fabian es auch war, als er Mondfell zum ersten Mal begegnete.

Als die Mutter aus dem Haus kam, schloss sie das kleine Wesen sofort in ihr Herz und der Vater redete ihm tröstend zu, dass es bald wieder gesund sein würde. Mondfell stupste den Vater an und bedankte sich so bei ihm.

Die Einhörner verabschiedeten sich und flogen ohne ihren verletzten Artgenossen davon.

Pacco entzündete ein kleines Feuer, um das sich alle setzten, um zu frühstücken. Gestärkt flogen sie dann weiter, Richtung Westen nach Arkamoor.

Antworten, die keine waren

Als die Sonne die Nacht vertrieben hatte und alles in ein helles Licht tauchte, landeten die Drachen mitten im Wald von Arkamoor. Fabian setzte *Kleine Sonne* auf den Waldboden und sagte: «Bist du so nett und weist uns den Weg zu Vladir?»

Die Eidechse lief über das Laub. Fabian und Pacco blieben dicht bei ihr, der Rest der Gruppe folgte. Es dauerte noch eine Weile bis sie bei Vladir waren.

Arcus blieb, mit Abstand zum Stein, neben Cilla stehen. Währenddessen begrüßten Fabian und Pacco den Stein mit einer Verbeugung, dann setzten sie sich. Die anderen guckten skeptisch, denn niemand hätte gesehen, dass ausgerechnet dieser Stein ein Befragungsstein war. Unscheinbar stand er mitten im Wald ohne herausragende Schönheit, einfach so, von braunem Laub umgeben. Doch für Fabian war es der bedeutendste und schönste Stein, den er je erblickt hatte, denn dieser war sein Freund. Ari blickte Vladir an und sprach einige Sätze in einer für die anderen unverständlichen Sprache, legte seine schuppigen Hände vor der Brust aufeinander und verbeugte sich. Fabian bedeutete Arcus und Cilla, sich ebenfalls zu setzen.

«Ach, wir warten hier und halten Wache», gab Arcus von sich und Fabian glaubte, Angst in der Drachenstimme zu hören. «Du brauchst uns nicht zu bewachen, das wird Vladir machen», sagte Fabian ungeduldig.

Zögerlich setzten sich auch Arcus und Cilla und sofort kamen von allen Seiten Eidechsen angelaufen. Die kleinen Tierchen bildeten einen Kreis um die auf dem Waldboden Sitzenden. Die Eidechsen rückten zusammen und ein Tier berührte das nächste, bis der Kreis geschlossen war. Sofort begannen sie, in den schönsten Farben zu leuchten. Fabian und Pacco kannten diesen farbenprächtigen Kreis bereits, aber für die Freunde, die zum ersten Mal vor Vladir saßen, schien es unbegreiflich. Sie kamen gar nicht mehr aus dem Staunen heraus. Allen wurde leicht ums Herz. Jede Sorge, die sie in sich trugen, hatte Vladir ihnen abgenommen.

Fabian hatte wieder das Gefühl, dass Vladir seine Gedanken durchwühlte und sich alles Vergangene anschaute. Die Sonne zog über den Himmel und Vladir begann, in Gedanken mit ihm zu reden. Zeit, Tag, Nacht, Hunger oder Durst hatten in dem Eidechsenkreis keine Bedeutung mehr. Nichts, was mal war oder noch sein würde, war von Wichtigkeit, nur das Hier und Jetzt zählte.

Wie ich sehe, ist das Drachenland gerettet und

du hast das Schwert, welches mein Sohn für dich geschmiedet hat. Du und deine Freunde, ihr habt eure Sache gut gemacht. Ihr habt es verdient, Ritter zu sein.

Danke, Vladir, dass du uns geholfen hast, antwortete Fabian in Gedanken. *Ohne dich hätten wir das Herz von Arkamoor nicht gefunden und niemals den zweiten Stein herstellen können. Nun leben die Menschen und Drachen, ja sogar ein Ketanurenmädchen, geschützt im Drachenland.*

Es ist der Stein der Schwäche, der aus der Quelle kam, bedeutete Vladir.

Stein der Schwäche? Das ist aber kein schöner Name, meinte Fabian. *Zumal der Stein doch dafür sorgt, dass die Machtgier der Menschen, das Herz von Arkamoor besitzen zu wollen, ausgeschaltet wird.*

Ist es denn nicht eine große Schwäche, immer nur die Macht im Auge zu haben?, erkundigte sich der Stein.

Macht?, meinte Fabian. *Das Herz von Arkamoor trägt mehr in sich als nur Macht! Vincent war am Ende seiner Kräfte, er lag in seinem eigenen Blut und war dem Tode geweiht, da hat der Stein ihn gerettet. Er hat Vincents Wunden innerhalb kürzester Zeit verschlossen und uns zu Brüdern gemacht. Ich fand das großartig, aber es macht mir auch Angst.*

Du hast ein reines Herz und Weisheit in dir, deshalb bist du von der Macht nicht besessen.

Vladir, das ist es, was mir Sorgen macht, erklärte Fabian in Gedanken. *Ich habe im Buch des Cannoc gelesen, dass die mit dem Horn weise sind. Aber ich fühle mich in keiner Hinsicht weise. Ich glaube, die Eidechsen haben bei mir einen Fehler gemacht.*

Hat dich nicht ein Weiser gewarnt und gemeint, das Buch ist noch nichts für dich, fragte Vladir.

Du hörst dich an wie Bias, meckerte Fabian, *also brauch ich dich auch nicht zu fragen, was es mit den weißen und schwarzen Mächten auf sich hat? Dienern und den Kräften, die wir spüren werden.*

Du handelst bereits weise, also haben sich die Eidechsen nicht geirrt.

Fabian atmete erleichtert auf.

Nicht immer, manchmal handelst du auch dumm, so dumm wie ein Mensch nur handeln kann. Was die Mächte angeht, wirst du diese spüren, wenn die Zeit dazu gekommen ist.

Die Nacht brach herein und Fabian blickte Pacco an, der neben ihm saß und zufrieden lächelte. Einige Gesprächsfetzen gelangten immer wieder in Fabians Kopf, aber da er nichts von den anderen hören wollte, schaute er den Eidechsen beim Leuchten zu oder dem Mond bei seiner Wanderung über den Himmel. Der Mond zeigte sich an manchen Stellen, wo das Blätterdach des Waldes nicht so dicht war. Ari saß neben Pacco und machte ein zufriedenes Gesicht, schaute zu Fabian herüber und lächelte ihn an. Die Sonne hatte schon längst wieder ihren höchsten Stand erreicht, da fragte Fabian: *Vladir, kannst du mir sagen, wie ich meine Gedanken verschließen kann?*

Du weißt es bereits, sprach der Stein.

Aber wie gelingt es mir?, hakte Fabian nach.

Du hast Schuppen, ein Horn und in dir fließt Drachenblut, aber immer noch hörst du nicht auf dein Herz, sondern auf Worte! Gehe in dich, dann findest du die Lösung für alles.

Die Eidechsen verschwanden alle nacheinander und jeder verabschiedete sich von Vladir mit einer Verbeugung. Nun erst spürten sie den kalten Wind, der durch den Wald zog, die Sonne war bereits untergegangen.

Jeder schien noch seinen Gedanken nachzuhängen, während sie zurück zu Fabians Eltern flogen. Nur das lieblich klingende Geräusch der Drachenflügel im Wind war zu hören, niemand sagte auch nur ein Wort.

Von den Eltern wurden sie herzlich begrüßt und an ein Feuer gebeten, wo schon Essen und Trinken für die Reisenden bereitstand. Nach einem recht schweigsamen aber ausgiebigen Mahl begaben sich alle zu ihren Schlafplätzen. Fabian sah, dass Pacco froh dalag, mit seinen Händen auf dem Drachenbauch. Ari hatte ein Grinsen in seinem grün geschuppten Gesicht, das gar nicht aufhörte. Nur Veon schaute verwirrt, geradezu unsicher.

Pacco legte einen Arm über Fabian und schlief ganz schnell ein. Fabian drehte sich im Schlaf zu Ari und kuschelte sich in sein weiches

Fell. Ari achtete sehr darauf, dass er nicht wieder mit dem Rücken zu Veon lag, aus Angst vor seinem Rachenfeuer.

Missverständnisse

Am nächsten Morgen verabschiedeten sich alle von Fabians Eltern und von dem verletzten Einhorn. Es würde so lange bei den Eltern bleiben, bis es wieder gesund war.

Die Drachen spannten ihre Flügel, erhoben sich und flogen der Sonne entgegen, zurück zum Drachenland. Ari war wieder auf Veons Rücken gestiegen und dem Drachen war die Erleichterung anzusehen, dass Ari nicht mehr böse auf ihn war.

«Veon, mach dir nichts draus, Mädchen sind nun mal eigen mit ihrem Fell, ihren Haaren oder Schuppen», sagte Fabian mit Blick auf Ari. «Schau dir Marietta an, sie hat immer gekämmtes Haar. Liev habe ich noch nie mit zerkratzten oder kaputten Schuppen gesehen. Smetta hat wohl auch irgendwelche Kräuter, mit denen sie ihren Schuppenpanzer einreibt, denn sie glänzt genau so wundervoll wie Saba.»

Veon blickte Saba an, als habe er erst bei Fabians Worten bemerkt, dass sie auch mit ihnen flog.

Die Sonne brannte heiß herab, als sie das Drachenland erreichten. Sie landeten auf dem großen Platz und erfrischten sich am Brunnen. Fabian dankte allen und begab sich mit Pacco zur Höhle der Großeltern, voller Freude auf ein leckeres Frühstück. Doran war bereits vorausgeflogen und hatte die Heimkommenden angekündigt. Die Großeltern saßen mit Patricia, Arcus und Cilla am Feuer und verspeisten heiße Äpfel. Als Pacco und Fabian die Höhle betraten, erhob sich Patricia und lief ihnen entgegen. Fabian freute sich, denn er mochte Patricia nicht mehr böse sein, er wollte sie in die Arme schließen und ihr verzeihen. Doch Patricia umarmte nur ihren Bruder und sagte, wie froh sie sei, ihn zu sehen. Dabei drückte sie ihn und sie küssen sich nach Drachenart, indem sie ihren Mund gegen seine Schnauze rieb, aber ohne dass Pacco Feuer spuckte. Für Fabian hatte Patricia nur ein kühles «Hallo» übrig.

Nach dem Frühstück legten sich Fabian und Pacco ins warme Wasser der Quellen.

«Einfach herrlich», meinte Pacco und als Smetta auftauchte, war sein Glück perfekt. Pacco schwamm mit dem gelbgrünen Drachenmädchen an eine Stelle, an der sie ungestört waren. Fabian schloss die Augen und genoss die Ruhe. Die Vögel zwitscherten und das Wasser blubberte leise und warf mal mehr und mal weniger Blasen.

«Stör ich?», fragte die vertraute Stimme Vincents.

«Du störst nie, mein Bruder», sagte Fabian und tat seiner Freude kund, indem er Vincent fest umarmte und ihm sagte, dass er ihn vermisst habe.

Ein Stück entfernt sprangen Keemun und Kumala ins warme Wasser und küssten sich. Fabian und Vincent schauten dem Treiben der beiden zu. Immer näher kamen die Verliebten beim Toben und Küssen, bis sie bemerkten, dass sie nicht allein waren.

«Hallo Fabian, na, wieder im Lande?», grüßte Kumala freundlich. Keemun blickte böse zu Fabian herüber und zog Kumala fort, ohne Fabian oder Vincent zu grüßen.

«Was hat Keemun bloß», fragte Fabian, «der ist in letzter Zeit irgendwie komisch mir gegenüber.»

«Der wird Angst um Kumala haben», antwortete Vincent.

«Wieso?»

«Fabian, ich möchte mich nicht in deine Angelegenheiten mischen», erklärte Vincent ernst.

«Du bist mein Blutsbruder, wenn nicht du, wer sonst?», sagte Fabian ungeduldig. «Also sprich.»

«Geh zu Patricia und entschuldige dich. Ich sehe, wie du leidest und ich sehe, wie sie leidet. Klärt die ganze Sache», schlug Vincent vor.

«Erstens, was hat Patricia mit Kumala zu tun? Und warum soll ich mich bei ihr entschuldigen? Etwa, weil sie mir heimlich Pilze untergemischt hat?», fragte Fabian und schüttelte ungläubig den Kopf.

«Überleg doch mal! Warum hat sie dir die Pilze untergemischt?»

«Aus reiner Liebe sicherlich nicht», erwiderte Fabian immer ungehaltener.

«Fabian, wir haben euch gesehen», sagte Vincent eindringlich.

«Kannst du auch so reden, dass ich dir folgen kann?»

«Wir haben dich und Saba gesehen, oben auf dem Felsvorsprung», erklärte Vincent.

«Ich verstehe immer noch nicht, wovon du redest, bitte erklär es mir», verlangte Fabian.

Vincent rieb mit der Hand über sein dunkles Gesicht, und blickte sich verstohlen um, bevor er flüsterte: «Wir waren auf dem Weg in den Wald, um dort eine bestimmte Art von Pilzen zu suchen. Da haben wir euch auf dem Felsvorsprung gesehen. Dich und Saba.»

Fabian überlegte laut: «Ja, ich erinnere mich. Ich war mit Saba dort oben, aber ist es denn verboten, mit einem Drachenmädchen auf einem Felsen zu sitzen?»

Vincent schaute Fabian böse an und sagte langsam: «Ihr knutscht und umarmt euch und du fragst, ob es verboten ist, sich mit einem Drachenmädchen zu treffen?»

«Halt mal die Luft an, Vincent! Saba und ich haben nichts dergleichen getan, was denkst du denn von mir?», sagte Fabian empört und klatschte wütend mit den Händen auf die Wasseroberfläche, dass es nur so spritzte.

«Was ich von dir denke, ist doch egal, wir haben euch gesehen. Patricia, Keemun, Veon, Smetta, Smettko, Marietta und ich.»

«Dann seid ihr alle blind, glaub mir, Vincent, ich habe nie mit Saba geküsst!» Fabian erzählte, was er und Saba auf dem Felsvorsprung gemacht haben, und Vincent beteuerte, dass es anders ausgesehen hatte.

«Alle denken, ich hintergehe Patricia und niemand sagt mir etwas davon!», ließ Fabian seinen Unmut lautstark raus. «Ich wundere mich schon die ganze Zeit, dass Patricia so komisch ist und Veon mich immer so anstarrt. Ganz zu schweigen von Keemun, der richtig feindlich mir gegenüber geworden ist. Ich muss das sofort klarstellen.»

Fabian verließ das Wasser und lief zu Sabas Höhle, doch das Drachenmädchen war nicht da.

Neue Liebe

«Doran!», rief Fabian laut, «Doran!»

Es dauerte nicht lange und die Dohle landete neben Fabian auf einem Felsen.

«Doran, kannst du mir sagen, wo Saba und Patricia sind», fragte er.

«Ich habe Saba auf dem großen Platz gesehen und nach Patricia werde ich Ausschau halten.»

«Gut, ich gehe zum großen Platz und du sagst mir gleich, wo ich Patricia finde. Es ist sehr wichtig», sagte Fabian eindringlich zu seinem Vogel. Schnellen Schrittes lief er über die sandigen Wege, welche immer wieder Abzweigungen zu den Gärten mit den dazugehörigen Höhlen hatten.

Auf dem großen Platz hielten sich viele Drachen auf, sie spielten ein Spiel mit Steinen. Ein großer Stein lag in einiger Entfernung. Kleinere Steine wurden im Wechsel geworfen und sollten so nah wie möglich beim großen Stein liegen bleiben. Bei wem die meisten seiner fünf kleinen Steine am nächsten beim großen Stein liegen blieb, der hatte gewonnen.

«Saba!», rief Fabian schon von Weitem,

«Saba, hast du Zeit, es ist wichtig, es gibt da ein Problem!»

Saba eilte herbei. Doran landete auf Fabians Schulter und sagte, dass sich Patricia in der Höhle der Großeltern befand, mit Smettko und Marietta. Fabian bedankte sich bei Doran, der sich wieder erhob und davon flog.

«Saba, stell dir vor», berichtete Fabian, «wir wurden auf dem Felsvorsprung beobachtet, angeblich haben Keemun, Vincent und die anderen gesehen, dass wir uns geküsst haben. Jetzt glaubt Patricia, ich bin mit dir zusammen.»

Saba blickte erstaunt und sagte: «Das ist doch lächerlich … komm, wir gehen zu ihr und klären das, jetzt sofort.»

«Das würdest du machen?», fragte Fabian.

«Wir sind doch Freuende, mehr nicht, das werde ich Patricia auch sagen.»

Auf dem Weg zur Höhle kamen ihnen Smettko und Marietta entgegen. Saba und Fabian wussten nun, warum die zwei so komisch guckten.

«Jetzt wird mir einiges klar», sagte Saba und kicherte.

«Ach, ist man dir auch aus dem Weg gegangen?»

«Nein, ich wurde aber immerzu angestarrt und wusste nicht warum. Ich dachte schon, meine Schuppen sind nicht in Ordnung oder so etwas», flüsternd fügte sie noch hinzu, «und kein Junge wollte mit mir zusammen sein.»

Fabian schüttelte ungläubig den Kopf.

Endlich waren sie an der Höhle angekommen und Fabian sagte laut und eindringlich: «Patricia, ich muss mit dir reden! Es gibt da ein Missverständnis. Was du und deine Kräuterexperten gesehen haben, sah anders aus, als es war!»

«Wovon redest du?», entgegnete Patricia und tat so, als hatte sie keine Ahnung, wovon Fabian da gerade sprach.

Doch Fabian las in Patricias Gedanken, dass sie genau wusste, was er meinte.

«Wir haben weder geküsst, noch sind wir zusammen», dabei zeigte Fabian auf Saba und sich.

«Ach ja?», tat Patricia gelangweilt und wollte sich wegdrehen. «Patricia! Hör bitte zu, Saba wird dir erzählen, was auf dem Felsvorsprung gewesen ist.»

Saba begann zu reden und Patricia hörte zu. Als das Drachenmädchen geendet hatte, stemmte Patricia die Hände in die Hüften und baute sich vor Saba auf. «Woher kann ich wissen, dass ihr euch nicht abgesprochen habt?»

«Weil ich es sage und Saba auch», entgegnete Fabian.

Patricia funkelte die beiden an. In ihren Augen konnte man lesen, dass sie kein Wort glaubte.

Fabian und Patricia schauten sich an, plötzlich sagte Fabian: «Nein, niemals! Dann glaub, was du willst.»

«Was möchtest du, Patricia?», fragte Saba. «Wie kann ich dir beweisen, dass es wahr ist, was ich eben sagte?»

Patricia grinste Saba an und sagte: «Hahnenfuß.»

«Das ist verboten, aber ich möchte nicht schuld daran sein, dass ihr euch streitet», stellte Saba klar. «Also gut, gib mir Hahnenfuß.»

«Saba, nein!», versuchte Fabian, sie von dieser Dummheit abzuhalten.

«Du hast sicherlich die Kräuter hier, also gib sie mir, dass ihr euch endlich wieder vertragt», entschied Saba.

«Patricia!», tobte Fabian lautstark, «Du musst Saba und mir glauben! Es ist nicht nötig, sie mit diesen Kräutern zu vergiften. Hast du vergessen, wie schlecht es Pacco ging, als er die Kräuter gegessen hat?»

Doch Patricia beachtete Fabians Worte nicht, sondern verschwand schon in ihrer Schlafhöhle.

«Lass es», versuchte Fabian es weiter, «entweder hast du Vertrauen zu mir oder nicht!»

Sie nahm einen Beutel aus einer bemalten Nische im Felsen und hielt Saba eine Handvoll gelber Blütenköpfe hin.

«Patricia, du weißt, dass es für Drachen verboten ist, Hahnenfuß zu essen, warum glaubst du uns nicht? Hast du denn nach all der Zeit kein bisschen Vertrauen zu mir? Ich dachte immer, wir stehen uns nah, warum hast du nicht gefragt, was ich mit Saba so mache? Ich hätte doch alles erzählt.»

Währenddessen kaute Saba auf den getrockneten Kräutern herum.

«Was sollte ich denn groß fragen?», entgegnete Patricia mit Tränen in den Augen. «Fabian, wir haben dich mit Saba gesehen, bist du jetzt mit ihr zusammen? Oder vertreibst du dir nur die Zeit mit ihr, so wie du dir sicherlich gern die Zeit mit Liev vertreiben würdest!»

«Patricia, was soll das denn jetzt? Erst Saba und nun auch noch Liev? Es sind Drachenmädchen und die wären wohl kaum die richtigen Partnerinnen für mich, oder? Hab ich etwa Verbrennungen im Gesicht von ihren Küssen?», sprach Fabian ziemlich übellaunig.

Saba begann zu kichern und sagte: «Ihr seid vielleicht dumm, ihr liebt euch so sehr, aber streitet. Vertragt euch endlich wieder, denn ihr seid ein so schönes Paar.»

Patricia wandte sich an Saba und stellte ihr einige unbedeutende Fragen, bevor sie von Fabian redete.

Hahnenfuß oder Ranunculus skeleratus, wie es auch genannt wurde, war als Wahrheitskraut bei den Drachen bekannt. Drachen, die davon aßen, konnten nur noch die Wahrheit sagen. Auch Saba konnte nicht anders und antwortete auf alle

Fragen, die Patricia ihr stellte, mit der Wahrheit.

«Liebst du Fabian?», fragte Patricia, als sie sicher war, dass die Kräuter wirkten.

«Ja, ich liebe ihn, wie einen Bruder, er ist einfach toll.»

«Ihr wart viel zusammen», stocherte Patricia weiter, «was habt ihr getan während dieser Zeit?» Saba erzählte zwischen Lachanfällen, was sie gemeinsam unternommen hatten. Sie berichtete vom Schwimmen und Toben in den Quellen, von langen Abenden am Feuer, bei denen sie sich näher kennenlernten. Eine Weile konnte Saba nur lachen. Als sie wieder Luft bekam, erzählte sie von ihrem Ausflug zum Tal, in dem sie die Einhörner trafen. Auch die Reise zu Vladir ließ sie nicht aus, auf der sie sich mit Liev abgewechselt hatte, Fabian zu fliegen.

«Glaubst du uns jetzt», giftete Fabian Patricia an, die es nicht lassen konnte, weiter zu fragen: «Warst du mal in Fabian verliebt, Saba?»

«Das geht jetzt wirklich zu weit!», schrie Fabian, «Saba hat dir alles erzählt, was wir gemeinsam gemacht haben, jetzt lass sie endlich in Ruhe!»

Doch Patricia stellte ihre Frage noch einmal: «Warst du mal in Fabian verliebt?»

Saba schielte und antwortete, obwohl Fabian ihr immer wieder sagte, dass sie keine Fragen mehr beantworten sollte. Schließlich wusste

Patricia bereits, was sich auf dem Felsvorsprung abgespielt hatte.

«Ja, ich war verliebt in Fabian, ich dachte, ihr seid nicht mehr zusammen und habe mir Hoffnungen gemacht. Mir hätte es nichts ausgemacht, mit einem Menschen zusammen zu sein, nicht bei Fabian. Aber er liebt nur dich, dich, dich, nur dich. Nun vertragt euch endlich.»

«Hast du jetzt genug gehört?», fragte Fabian leise, während Saba laut kicherte. Patricia ging einige Schritte auf Fabian zu und sagte: «Entschuldige bitte, dass ich gezweifelt habe.»

«Entschuldige dich bei Saba, wenn es ihr wieder gut geht», fauchte Fabian und machte einen Schritt auf Saba zu, stützte sie und verließ mit ihr die Höhle.

«Fabian, es tut mir leid», rief Patricia den beiden hinterher. Fabian ging mit Saba davon, ohne sich noch einmal umzudrehen.

Er brachte sie in den Wald hinter den großen Garten. Dieser schattige Ort schien ihm der richtige Platz, sich auszuruhen und wieder zur Besinnung zu kommen. Er hoffte nur, dass sich Saba nicht übergeben musste. Er erinnerte sich noch zu gut, wie es Pacco ergangen war, nachdem er Hahnenfuß gegessen hatte.

Saba kicherte unentwegt und Fabian glaubte, dass die Redewendung «sich totlachen» sicherlich von den Drachen stammte, die Hahnenfuß gegessen hatten.

Mitten im Wald legte Saba sich nieder und schaute Fabian an, der sich neben dem Drachenmädchen an einen Baum lehnte. «Du hättest das Kraut nicht essen sollen, Saba», flüsterte Fabian.

«Du musst mir versprechen, dass wir immer Freunde bleiben», lallte Saba, «Versprich es mir, Ritter Fabian.»

Fabian nickte. «Ich verspreche es.»

«Nun geh und vertrage dich mit Patricia», flüsterte das Drachenmädchen und schlief ein. Fabian strich über ihren Kopf und dachte dabei an Patricias Rückenschuppen. Doch er wollte nicht an sie denken.

Er hoffte, Saba hier im Wald solange versteckt halten zu können, bis es ihr wieder gut ging und sie nach Hause konnte. Niemand durfte bemerken, dass sie Hahnenfuß gegessen hatte. Im Drachenland wurde Hahnenfuß, als Wahrheitskraut, nur von den Weisen Drachen verwendet. Fabian konnte sich allerdings nicht erinnern, dass ein Drache dieses Kraut je essen musste, damit er den Weisen die Wahrheit erzählte. Es war nicht geschehen, seit er im Drachenland lebte.

Säuseln von Drachenflügeln ließ Fabian hochschrecken und er bemerkte erst jetzt, dass er eingeschlafen war. Saba lag noch immer neben ihm.

Selbst wenn sie schläft, ist sie hübsch, dachte Fabian und erblickte zwischen den Bäumen Veon. Der Drache blickte auf die schlafende Saba und flüsterte: «Ich habe dich gesucht, du sollst zu Bias kommen.»

Fabian erschrak und überlegte: *Hat Bias etwa gemerkt, dass Patricia Saba Hahnenfuß gegeben hat? Dann bekommen wir alle furchtbaren Ärger. Patricia, weil sie die Kräuter verabreicht hat, Saba, da sie diese gegessen hat und ich hätte es verhindern müssen.*

«Den anderen Rittern habe ich auch schon Bescheid gegeben, und den Weisen», flüsterte Veon weiter.

«Ich kann Saba hier nicht allein lassen», meinte Fabian.

«Ich weiß, was geschehen ist», murmelte Veon, «ich bleibe bei Saba. Mach dir keine Sorgen. Geh, Bias wartet.»

«Von wem hast du erfahren, was los ist?», wollte Fabian wissen.

«Ich kam gerade hinzu, als Vincent gepredigt hat, Patricia solle endlich aufhören, allen Kräutern unterzumischen. Wie geht es Saba denn? Hat sie irgendwas erzählt?»

«Ganz gut, glaube ich», sagte Fabian leise und erhob sich, «Du bleibst bei ihr bis ich wieder da bin, verstanden?»

«Natürlich», sagte Veon, als wäre es ganz selbstverständlich. Fabian eilte aus dem Wald heraus, durch den Garten, schnellstmöglich zu Bias Höhle.

Wenn Fabian sonst die Höhle betreten hatte, traf er nur auf Ari. Doch heute waren die sieben

Weisen, die Ritter und noch einige andere Drachen um Bias Höhlenfeuer versammelt.

Die meisten der hier Anwesenden kannte Fabian gut. Schnell schaute er, ob es eine bestimmte Sitzordnung gab. Jeder hatte sich aber scheinbar so hingesetzt, wie es ihm beliebte, so ließ er sich zwischen Umbra und Pacco nieder, obwohl neben Patricia auch noch ein Platz frei gewesen wäre.

Bias beobachtete Patricia und Fabian, dann begann er zu erzählen: «Schön, jetzt sind wir alle beisammen. Ich habe euch rufen lassen, weil es seit einigen Monden immer wieder Gerüchte um Noxius gibt. Er hat etwas vor und ihr wisst, was das bedeutet.»

«Noxius», überlegte Fabian, Patricia sprach es aus: «Wer ist Noxius? Der schwarze Drache, dem alle schwarzen Drachen ergeben dienen?»

In der Höhle herrschte Stille, Bias nickte kurz, jeder wartete darauf, seine nächsten Worte zu hören. «Immer wieder verschwinden Ketanuren, aber niemand kann sagen wohin. Sie scheinen sich zu sammeln. Wir wissen nicht wo und auch nicht wozu. Aber es bedeutet nichts Gutes. Denn die Kräfte der Ketanuren dürften euch ja bekannt sein.»

Wieder herrschte Stille und Fabian überlegte, *Was meint Bias damit, Kräfte der Ketanuren. Klar, wenn sie singen, dann wird den meisten ganz schwer ums Herz, ging mir ja nicht anders. Ari kann auch noch sehr gut mit dem Schwert umgehen, aber sind das die gemeinten Kräfte? Auch in den Büchern hatte Fabian nichts gelesen, über welche Kräfte die Ketanuren verfügen.*

«Hat jemand eine Idee, wie wir herausfinden können, was Noxius plant?», fragte Bias und blickte einen nach dem anderen an.

«Haben wir denn niemanden, der für uns Informationen sammeln kann?», fragte Pacco.

«Nein, die schwarzen Drachen leben unter sich und keiner wäre bereit, irgendetwas zu verraten», erklärte der Oberste der Weisen. «Sie haben nur mit wenigen Rassen Kontakt.»

Es wurde noch lange diskutiert und Bias beantwortete, wie auch die anderen Weisen, noch viele Fragen. Während Fabians Gedanken von den schwarzen Drachen, dessen Anführer Noxius, abschweiften.

Was wird Ari dazu sagen, dass immer wieder Ketanuren verschwinden, sich irgendwo sammeln, um Unheil anzurichten? Ob sie noch hier ist, irgendwo in einer der hinteren Höhlen? Fabian guckte sich suchend um. Doch er konnte Ari nirgendwo entdecken, stattdessen starrte Bias ihn eindringlich an. Fabian wandte sich schnell ab, damit Bias nicht in seinen Gedanken lesen konnte. Fabian entdeckte Patricia und ihre Blicke trafen sich. *Sie hat die allerschönsten Augen von allen,* dachte Fabian, schob den Gedanken aber schnell bei Seite, denn er wollte wütend auf Patricia sein. Schließlich hatte sie ihm heimlich Kräuter untergemischt und Saba genötigt, Hahnenfuß zu essen.

«Ich hatte es hier stehen, das ist sein Platz», sagte Bias und stand vor einer Höhlenwand, die komplett mit Büchern gefüllt war, sodass kaum noch Stein zu sehen war. «Vielleicht liest Ari gerade darin, ich werde euch das Buch später zeigen.»

Bias war regelrecht anzusehen, dass er überlegte, wo das Buch über schwarze Drachen abgeblieben war. An alle in der Höhle gerichtet sagte er: «Bitte denkt darüber nach, vielleicht hat jemand eine Idee, wie wir herausfinden können, was bei den Ketanuren und den Schwarzen los ist. Bitte lasst mich wissen, wenn euch etwas einfällt!»

Die ersten Drachen standen bereits auf und verließen die Höhle.

Auch Patricia war fort. Pacco fragte: «Fabian, hast du Lust auf einen Kampf?»

«Später vielleicht, ich muss noch was erledigen», antwortete Fabian dem bunten Drachen und verließ Bias Höhle. Draußen stand Patricia und schien auf ihn zu warten. Als er an ihr vorbeiging, flüsterte sie: «Fabian, es tut mir leid.»

«Lass mich einfach in Ruhe», wehrte Fabian das Gespräch ab und wollte weitergehen. Patricia hielt ihn am Ärmel fest und sagte: «Du fragst beim Essen, ob Drache und Mensch sich binden können. Kurz vorher haben wir dich mit Saba gesehen!

Was sollte ich denn da denken?»

Fabian machte sich mit einem Ruck von Patricia los und ging weiter, was Patricia so wütend werden ließ, dass sie ihn anschrie: «Du bist natürlich fehlerfrei! Ich sage nur: Vincent und ich im letzten Sommer! Wie hast du dich da benommen? Viele Male ging die Sonne auf und wieder unter und du hast nicht mit mir gesprochen!» Sie lief einige Schritte hinter Fabian her und schrie noch lauter: «Aber du bist natürlich fehlerfrei! Denk mal darüber nach!»

Fabian blieb stehen und sah Patricia in die Augen, während er langsam sagte: «Ich vergifte niemanden, so wie du!»

Er drehte sich um und rannte, so schnell er konnte, durch den Garten in den Wald, um zu sehen, wie es Saba ging.

In ihm brodelt es. Patricia hatte sich bei ihm entschuldigt und Saba hatte gesagt, er solle sich wieder mit ihr vertragen. Eigentlich wollte er auch wieder Frieden schließen und verliebt in ihre schönen Augen schauen, sie in die Arme nehmen und über ihre bunten Rückenschuppen streichen. Aber statt ihr zu verzeihen, war er stur und deshalb wütend auf sich selbst.

Warum bin ich nur so verbohrt und nachtragend?, fragte er sich selbst. *Weshalb kann ich nicht so sein wie Drachen? Die streiten sich kaum, sind nicht nachtragend und mischen sich nirgendwo ein.* Wütend stapfte er durch den riesigen Garten, der Obst und

Gemüse für alle Drachenlandbewohner hergab.

Schon vom Weiten sah er einen winzigen Feuerschein im düsteren Wald. Sabas bernsteinfarbene Schuppen schimmerten herrlich. Er brauchte nicht zu überlegen, was das bedeutete. Er rannte die letzten Schritte zu den beiden Drachen und schrie wütend: «Veon! Was fällt dir ein, Saba zu küssen?»

Veon ließ von Saba ab und schaute Fabian an, der bannte den Drachen so stark, dass dieser nur noch bewusstlos zur Seite kippte und liegenblieb. Alle Wut, die sich nach der Begegnung mit Patricia auf dem Weg durch den Garten angesammelt hatte, bekam nun Veon im Bann zu spüren. Und obwohl der Drache bewusstlos dalag, schrie Fabian weiter auf ihn ein: «Wie kannst du Saba nur so schamlos ausnutzen? Du solltest auf sie Acht geben und küsst sie einfach, was fällt dir ein?»

«Fabian», meldete sich Saba zu Wort, «Ich habe Veon auch geküsst.»

«Das ist etwas anderes», sagte Fabian, noch immer wütend, «Du hast Hahnenfuß gegessen, du wusstest nicht, was du tust. Aber Veon sollte es wissen!»

Saba half Veon sich aufzurichten und strich ihm über den Kopf.

«Wenn du ein Mensch wärst, würde ich dich ...», tadelte Fabian den nun wieder sitzenden Veon. Saba legte einen Arm um Veon und unterbrach Fabian mit den Worten: «Ich habe nur wenig

Hahnenfuß gegessen. Außerdem darf Veon mich so oft küssen, wie er möchte, wir sind nämlich zusammen!» Darauf hin legte sie auch den zweiten Arm um Veon und küsste ihn.

Veon blickte Fabian an und grinste.

«Seit wann?», fragte Fabian ungläubig.

«Seit wir bei Vladir in seinem Eidechsenkreis saßen», berichtete der Drache, «da war es plötzlich so klar, dass wir zusammengehören, dass es so sein soll. Dass wir für einander bestimmt sind.»

Beim letzten Satz schaute Veon verliebt in Sabas Augen und lächelte.

«Das tut mir leid», sagte Fabian und fügte schnell hinzu: «Das mit dem Bannen natürlich. Für euch beide freut es mich ungemein. Meinen Glückwunsch! Kommt, ich werde für euch ein leckeres Mahl bereiten, als Wiedergutmachung, oder möchtet ihr lieber allein sein?»

Die Drachen nahmen Fabians Angebot, mit ihm zu speisen, dankend an. Gemeinsam pflückten sie im bereits dämmrig daliegenden Garten alles, was sie an Essen für eine schöne laue Nacht am Feuer brauchten.

Klarheit

Am nächsten Morgen saß Fabian vor der Höhle und las in einem Buch, das er von Ari ausgeliehen hatte.

Patricia kam in den Garten und setzte sich neben ihn.

«Fabian», sagte sie leise.

Fabian blickte sie an und nahm sich fest vor, ihr diesmal zu verzeihen und ihre Entschuldigung anzunehmen.

«Ich habe nachgedacht ... und festgestellt, dass es mit uns nicht funktioniert. Weißt du, wir sollten mal klare Verhältnisse schaffen.»

«Wie meinst du das», fragte Fabian, der mit einer erneuten Entschuldigung gerechnet hatte.

«Du hast es sicherlich schon gemerkt, ich rede, du möchtest nicht zuhören. Dann nur Missverständnisse zwischen uns ... und ...», erklärte Patricia. Sie stockte und blickte dabei auf ihre Hände. «Wir können Freunde bleiben und die Blutsbrüderschaft und der Drachenschwur verbinden uns eh, aber ich möchte gern wissen, woran ich bin.»

«Ja, das wollte ich dir auch vorschlagen»,

sprudelten die Worte aus Fabians heraus, obwohl er eigentlich etwas ganz anderes sagen wollte. «Schließlich sind wir Ritter und stehen für das Drachenland ein, da können wir es uns nicht leisten, verfeindet zu sein.»

«Genau, wir sollten vernünftig sein», flüsterte Patricia und vermied es, Fabian anzublicken, damit er ihre Tränen nicht sah.

«Ich bin verabredet, bis später», log Fabian und ging mit dem Buch unterm Arm davon, damit Patricia seine Tränen nicht sah.

Ohne Ziel lief Fabian und stand plötzlich vor Bias Höhle.

Nach einmaligem Rufen bat Ari ihn herein.

«Bringst du das Buch schon zurück?», fragte Ari, nahm es ihm, ohne eine Antwort abzuwarten, ab und stellte es an seinen Platz im Felsen. Mit einem Handwink bot Ari Fabian einen Platz am Feuer an, brachte für beide einen Becher mit heißem Wasser und Kräutern. Als Ari sich ihm gegenüber setzte und ihre Blicke sich trafen, machte Fabian sich nicht mal die Mühe, es mit dem Verschließen zu probieren.

Ari holte tief Luft und Fabian sagte: «Es ist besser so, mit uns das konnte nicht gut gehen.»

Ari summte eine Weile, bis er zu singen begann. Fabian brach in Tränen aus, hielt sich die Hände vors Gesicht und konnte aus Aris Gesang diesmal keine Kraft schöpfen.

Ari rückte zu Fabian heran und schloss ihn

in die Arme, bis er nicht mehr weinte.

«Entschuldige bitte», sagte Fabian, als er sich langsam wieder beruhigt hatte, «ich bin schon wie ein Mädchen, heul deine ganzen Schuppen voll.»

«Dazu sind Freunde doch da, oder», meinte Ari lächelnd und küsste Fabian auf sein Horn. «Aber du solltest jetzt besser gehen. Morgen früh werde ich an den Quellen mit meinem Schwert auf dich warten. Dann werden wir baden und gegeneinander kämpfen.»

Fabian nickte, erhob sich und verließ die Höhle, bevor Bias zurückkehrte.

Hilfe von unerwarteter Seite

Auf dem Berg stand Ari, das Fell pitschnass herunterhängend und unter den Füßen eine Pfütze auf dem sandigen Boden. Das Schwert vor sich und in die Augen Fabians blickend, dauert es nur einen kurzen Augenblick, bis der Kampf im Gange war.

Der große Smettko, Aulet, Veon und Vincent betrachteten den Kampf und niemand wagte es auch nur einen Augenblick fortzuschauen, aus Angst, einen Schwerthieb zu verpassen.

Schnell trocknete Aris Fell in der Sonne und als es wieder locker an seinem Rücken wippte, war Fabian besiegt.

Auch Smettko kämpfte gegen Ari, während Fabian auf dem Felsen saß und sein langes Haar kämmte. Nach Smettko wurden noch die anderen Zuschauer von Ari besiegt.

Ari setzte sich neben Fabian und sagte: «Wenn du mit deinem Haar fertig bist, dann sei so nett und kämme mein Fell.»

Fabian kam der Bitte nach und zog den Kamm vorsichtig durch Aris schwarze Pracht.

Die anderen Drachen hatten sich auf dem

Berg verteilt, nur Vincent saß bei Ari und Fabian.

«Kommst du heute Abend auch mit Patricia zu Smetta und Smettko?», fragte Vincent. «Wir wollen gemeinsam speisen und euch erzählen, was wir über Kräuter und Pilze herausgefunden haben.»

Fabian schüttelte den Kopf.

«Warum nicht? Patricia wird sehr traurig sein, wenn du kein Interesse an ihrer Arbeit zeigst», sagte Vincent verständnislos.

Fabian blieb mit dem Kamm in Aris Fell hängen und riss aus Versehen ein Haarbüschel heraus.

«Au!», schrie Ari. «Ein bisschen vorsichtiger, wenn ich bitten darf!»

«Entschuldigung», sagte Fabian und entfernte die Haare aus dem Kamm.

«Also, kommst du nachher?», hakte Vincent noch einmal nach.

«Ich werde nicht hinzukommen, weil Patricia keinen Wert darauf legt. Wir sind noch Blutsbrüder und haben den Drachenschwur, der uns verbindet, sonst nichts mehr.»

«Was soll das heißen», fragte Vincent erstaunt.

Fabian holte tief Luft, zog Ari unabsichtlich den Kamm wieder etwas zu fest durchs Fell und sagte: «Wir sind nicht mehr zusammen. Sie meint, es ist besser so.»

«Aber warum, was ist passiert?», fragte Vincent ungläubig.

Noch ehe Fabian antworten konnte, begann Ari zu singen.

Fabian kämmte weiter und Vincent wandte sich ab, weil er nicht wusste, dass der Gesang eines Ketanuren sich in Kraft und körperliche Energie umwandeln lässt.

Zufrieden betrachtete Fabian Aris Fell, blickte dann in die blauen Augen und sagte in Gedanken: «Danke Ari, ich liebe deinen Gesang.»

Sie griffen wieder zu den Schwertern. Ein erneuter Kampf begann und Fabian war besser als zuvor.

Am nächsten Morgen drangen bereits Stimmen durch die große Höhle der Großeltern, als Fabian sein Nest verließ.

Medrandon, Medine, Arcus, Patricia und der Weise Bias saßen ums Feuer und speisten. Fabian nahm sich ein Stück Brot und einen Becher mit Wasser aus einer Nische der Höhle und setzte sich zu ihnen. So weit wie möglich von Patricia weg, neben Bias.

«Bis nachher», verabschiedete sich Medrandon, als er aus der Höhle ging. Arcus folgte ihm mit Bias, der zuvor noch einen Blick auf Patricia, die in die Flammen starrte und auf Fabian, der sein Essen anblickte, warf.

Die Drachen waren fort und Medine wuselte in der Höhle herum. Fabian war es unangenehm, dass nur er und Patricia noch um das Feuer saßen. Patricia schien es genauso zu gehen, denn eilig stand sie auf und lief ohne ein Wort davon. Traurig blieb Fabian zurück. Nach einer Weile beschloss er, Ari aufzusuchen, um wenigstens einmal in die wundervollen Augen zu blicken. *Vielleicht singt sie auch für mich,* überlegte Fabian und ging zu Bias Höhle.

Er war froh, dass Ari ihn hereinbat und gab vor, ein neues Buch zu wollen.

«Mir machst du nichts vor, sag was du möchtest», zischte Ari mit ernster Miene.

«Ich, ich wollte in deine wunderschönen Augen sehen und dich darum bitten, dass du für mich singst», gab Fabian ehrlich zu, da Ari es sowieso in seinen Gedanken lesen würde.

«Ich wollte es auch nur aus deinem Mund hören», sagte Ari und grinste. «Habe es längst gesehen. Wann lernst du das Verschließen endlich?»

«Wahrscheinlich in diesem Leben nicht mehr», gab Fabian von sich und setzte sich neben Ari, der zu singen begann.

Schnell verschwand Fabians Niedergeschlagenheit und übermütig kuschelte er sich an Ari und kraulte im weichen Rückenfell.

«Ach, wenn Bias doch mehr Zeit für mich

hätte und mich auch wieder mehr kraulen würde», gestand Ari. «Aber immerzu ist jemand bei uns in der Höhle und da ist Bias mir gegenüber sehr abweisend.»

«Wenn du meine Freundin wärst, würde ich dich an jedem Ort und zu jeder Zeit im Fell kraulen», gab Fabian beschwingt von sich.

Ari küsste Fabian daraufhin auf die Wange und sagte: «Du bist süß, Menschlein. Aber auch dumm.»

«Ich bin nicht dumm», wehrte Fabian sich und kitzelte Ari an den Schuppen an Stellen, wo er selbst auch kitzelig war.

«Es ist wunderbar mit dir», offenbarte Fabian, als sie außer Puste auf dem Höhlenboden lagen und lachte Ari an.

Ari grinste und strich Fabian durchs Haar.

«Du musst gehen», sagte Ari und drückte Fabian ein großes Buch in die Hand.

Fabian verließ gut gelaunt die Höhle.

Auf dem Weg in die Schlafhöhle ging er an Medrandon vorüber, der kurz vor ihm die Höhle betreten hatte.

Er blickte Fabian ernst an, dann das Buch und sprach: «Fabian, du bewegst dich gerade auf sehr dünnem Eis! Du weißt, wer Bias ist und ich finde, du treibst dich zu oft in seiner Höhle herum, wenn er nicht dort ist!»

Fabian zuckte nur mit den Schultern und

glaubte, Medrandon keine Rechenschaft schuldig zu sein. Legte das Buch in eine Felsnische und verließ mit seinem Schwert in den Händen die Höhle.

Einige Drachenlandbewohner warteten bereits auf dem Berg, wo er sich immer zum Schwertkampf traf. Gegen jeden der Anwesenden trat Fabian an. Es waren gute Kämpfe, aber auch solche, die Fabian etwas in die Länge ziehen musste, da der Gegner schon nach wenigen Schlägen besiegt worden wäre. Nachdem er gegen jeden Anwesenden angetreten war, suchten sie die Quellen auf und badeten und tobten ausgiebig.

In später Nacht, als er allein im Nest lag, schob sich Patricia in seine Gedanken. Er wälzte sich hin und her und nahm sich vor, schon in aller Frühe am nächsten Morgen den Berg aufzusuchen und zu kämpfen, denn mit dem Schwert in der Hand dachte er an nichts.

Auch nicht an Patricia.

«Fabian! Bias erwartet dich in seiner Höhle», weckte Arcus Fabian unsanft. «Zieh dir was über, dann fliege ich dich zu ihm.»

Fabian tat, was Arcus verlangte und fragte beim Anziehen: «Gibt es irgendwelche Schwierigkeiten? Wegen der Schwarzen Drachen?»

«Nein, dann hätte er auch die Weisen zu sich gerufen. Ich glaube, es ist etwas Privates.»

Ob Bias mitbekommen hat, dass ich mich oft mit

Ari getroffen habe?, überlegte Fabian und senkte schnell den Kopf. Patricias Vater durfte auf keinen Fall die Gedanken in seinen Augen lesen.

Fabian kletterte, noch ohne gefrühstückt zu haben, auf den Drachenrücken. Arcus spannte seine großen schwarzen Flügel und bewegte sie auf und nieder. Schon erhob sich der Drache mit Fabian auf dem Rücken in luftige Höhe. Sie flogen über einzelne Höhlen und Wege. Fabian betrachtete den Sonnenaufgang, der dem Himmel einen breiten rosa Streifen schenkte, doch schon machte Arcus einen Sturzflug und landete vor Bias Höhle.

«Bis dann», verabschiedete sich der Drache, als Fabian wieder festen Boden unter den Füßen hatte und ging davon.

«Komm rein», rief Bias aus dem Inneren des Berges.

Fabian betrat die Höhle und stolperte beinahe, als er Patricia sah. An den Büchern stehend und die Zeichen auf den Buchrücken betrachtend. Kurz schaute sie auf und ihre Blicke trafen sich. Schnell drehte Fabian den Kopf zu Bias, der ein großes Pergament vor sich hielt und darin zu lesen schien.

«Moment noch», murmelte Bias und faltete das Papier zusammen, ohne dass Fabian erkannte, was draufstand. In der Höhle brannte wie immer nur ein kleines Feuer und ein Duft von Büchern lag in der Luft. Dieser vertraute Geruch ließ Fabian ohne Zögern an Aris blaue Augen denken.

Suchend schaute er zu den Eingängen der Schlafhöhlen und tatsächlich tauchte Ari lächelnd auf.

Mein Wunsch wurde erfüllt, dachte Fabian.

Bias folgte seinem Blick und beobachtete Fabian mit zusammengekniffenen Augen.

«Hallo, schön euch zu sehen», sagte Fabian schnell, der Ari in Bias Beisein wohl einen Moment zu lange angelächelt hatte. Schnell drehte er sich zu Patricia, damit er weder Ari noch Bias anschauen musste.

«Patricia, Fabian, ihr seid Ritter des Drachenlandes», begann Bias ohne Umschweife, «und ich verlange von euch, dass ihr miteinander reden könnt. Wenn es sein muss, solltet ihr gemeinsam für eine Sache einstehen.»

«Ja, das tun wir», kam es fast zugleich aus Patricias und Fabians Mund.

«Das tut ihr eben nicht! Jedes Mal, wenn ich euch zusammen sehe, vermeidet ihr es, euch anzublicken oder nur in der Nähe des anderen zu sitzen. Fabian hat sich freiwillig neben mich gesetzt, obwohl neben dir noch genug Platz war.» Bias blickte von Patricia zu Fabian. «Es herrscht eine Stimmung zwischen euch, die kälter ist als der Eissee.»

Ari reichte Patricia einen Klumpen, der aussah wie getrockneter Drachendung.

Bias nahm Fabians Hand in die Seine und betrachtet sie von innen und außen. Nun legte er ihm eine grüne Kugel in die Hand, nicht größer als ein Vogelei.

«Knetet es, die Masse wird dann ganz weich», sagte Ari und grinste.

Er hatte Recht, die erst noch harte Masse wurde zäh und je mehr sie kneteten, wurde sie immer weicher.

«Denkt nach», ergriff Bias wieder das Wort, «wie wollt ihr gemeinsam stark sein, wenn ihr einander nicht mal in die Augen blicken könnt. Oder für ein Problem die Lösung finden, ohne miteinander zu reden. Und was ist mit den Drachen, die euch beide mögen, wie sollen sie sich verhalten, wenn ihr gemeinsam in einer Höhle seid. Euer Benehmen lässt zu wünschen übrig! So etwas würde es unter Drachen nicht geben.»

Patricia und Fabian schwiegen betreten und blickten auf ihre Hände, in der sie die Klumpen kneteten.

«Fabian, nimm die Masse in deine rechte Hand», sagte Bias, «und Patricia, nimm sie in die Linke.»

Bias hielt ihre Hände, achtete aber genau darauf, mit seinen grünen schuppenbesetzten Händen nicht die Masse zu berühren.

Langsam führte er die Menschenhände zusammen, sodass die Masse zwischen den Fingern hervorquoll.

Bias berührte Patricia und Fabian nur noch

an den Armen. Sie verharrten aus Ehrfurcht vor dem Obersten der Weisen und wagten es nicht, ihre Hände zurückzuziehen.

«Ihr werdet in Ruhe alles überdenken», flüsterte Bias, «und euch wie Ritter benehmen.»

«Es wird heiß an meiner Hand», bemerkte Fabian.

«Das ist gut so, schließlich sollt ihr auch was spüren», sagte Ari und hustete, wobei es Fabian so vorkam, als ob Ari lachte. Ihn auslachte.

«So, wir haben alles geklärt, ihr könnt nun gehen, ich wünsche euch noch einen schönen Tag. Sprecht euch mal richtig aus. Manchmal sind es nur Missverständnisse, die zum Streit führen!», sagte Bias und klopfte mit einem Finger auf die mittlerweile harte Masse, die ihre Hände umschloss, und grinste.

Fabian wollte sich von Patricia lösen, doch alles ziehen und zerren nützte garnichts. Die zähen Massen hatten sich verbunden und waren nun ein hartes Ding geworden, das ihre Hände eingeschlossen hatte.

Patricia wird sicherlich ein Mittel kennen, das dieses Klebeding wieder weich werden lässt, dachte Fabian und zog sie hinter sich her, hinaus aus Bias Höhle.

Wütend drehte er sich noch einmal um, als aus dem Berginneren Aris und Bias Gelächter zu hören war. Doch Patricia ging weiter.

«Diese Verräterin», sagte Fabian und fand es

gar nicht lustig, was die beiden sich da ausgedacht hatten.

«Du hast ein Kraut dagegen, nicht wahr?», sagte Fabian mehr, als das er fragte.

«Nein, gegen so etwas nicht», antwortete Patricia kopfschüttelnd.

«Aber du verbringst doch deine Zeit mit Kräutern und Pilzen.»

«Ja schon, aber wir probieren anderes aus!»

«Stimmt ja», zischte Fabian, «hatte ich schon fast vergessen! Du horchst nur Menschen aus, nachdem du ihnen scheußliche Speisen zubereitest, die freiwillig nicht mal ausgehungerte Tiere nach einem langen Winter essen würden.»

Patricia blickte ihn böse an.

«Und Drachen zu vergiften, das ist auch so eine Spezialität von dir, Hahnenfuß eignet sich schließlich optimal dazu. Nicht wahr! Aber für dieses», Fabian riss an seinem, somit auch an ihrem Arm, «hast du kein Kraut!»

«Du tust mir weh!», schrie Patricia ihn an und zog wie er kräftig an ihrem Arm.

«Du mir auch», flüsterte Fabian, ließ das Reißen sein und ging zur Höhle der Großeltern.

Setzte sich mit Obst, Gemüse und Brot ans Feuer. Patricia hatte keine andere Wahl, als sich ebenfalls zu setzen.

Fabian spießte sich umständlich Pilze auf einen Stock und erwärmte sie in den Flammen.

Medine und Medrandon betraten die Höhle

und Patricia blickte sich suchend um. Nicht weit entfernt lag ein großer Stoffbeutel, in dem das Gemüse vom Garten zur Höhle transportiert wurde. Sie machte sich lang, angelte den Beutel mit ihrer freien Hand und legte ihn über ihre zusammengeklebten Hände.

Eilig nahm sie sich etwas von Fabians Essen und tat so, als speise sie auch.

Medrandon ließ seinen Blick über die beiden wandern, die fröhlich, vielleicht etwas zu fröhlich, «Guten Morgen» wünschten. Die Großmutter blickte Medrandon an und zog ihre schuppige Drachenstirn kraus.

Fabian hatte aufgegessen und Patricia sagte: «Ich habe eine Verabredung mit Marietta, kommst du bitte!»

«Nein», antwortete Fabian und blieb sitzen.

«Ich habe dich auch essen lassen, jetzt komm du auch mit zu Marietta», sagte Patricia im bestimmenden Tonfall.

Sie erhoben sich und gingen zu Marietta. In ihrer Höhle warteten schon Aulet, Keemun, Smettko und Smetta. Alle blickten Fabian an und ein Lächeln huschte über ihre Gesichter.

Sie redeten über Beeren und Pilze.

«Brauchst du noch lange?», fragte Fabian leise.

«Ja, so lange, bis ich hier fertig bin», antwortete Patricia gereizt.

«Ich würde gern zum See.»

«Geh doch im Eissee baden», flüsterte Patricia und zu Smetta sagt sie: «Aber wie können wir uns da sicher sein, wir haben doch nur die Beeren genommen, die in der Nähe des Drachenlandes wachsen.»

«Ich werde einen Ausflug machen und noch welche suchen», schlug Keemun vor, «aber wir brauchen mehr Drachen, die sie ausprobieren.»

«Oder Menschen», sagte Patricia und grinste böse, «Fabian, du bist uns doch sicherlich behilflich dabei. Oder!»

Fabian atmete zur Antwort nur einmal tief ein und aus.

«Was ist los mit euch?», fragte Marietta, «habt ihr euch vertragen oder nicht?»

«Vertragen?», flüsterte Patricia und hatte plötzlich einen Kloß im Hals, «Fabian hält es für besser, wenn wir getrennte Wege gehen.»

«Moment!», sagte Fabian laut und bewegte dabei seine Arme, dass der Stoff runterrutschte. «Du hast Schluss gemacht, es war deine Idee, getrennte Wege zu gehen!»

In der Höhle war es plötzlich ganz still geworden, allen schien der Streit unangenehm zu sein. Doch Keemun begann zu lachen. Lauthals, dass kleine Flammen und Funken aus seiner Schnauze schossen. «Seht euch das an», schrie er zwischen Lachern, «wer bringt so etwas fertig?»

Smetta und Smettko beugten sich vor und berührten vorsichtig die steinharte Masse.

«Wie habt ihr das gemacht?», fragte Aulet ehrfürchtig.

«Es waren Bias und Ari», antwortete Patricia.

Smetta schaute Patricia an und sagte: «Ich habe davon gelesen, es aber nicht für möglich gehalten.»

«Sicherlich kennt einer von euch ein Kraut oder sonst was, das die Masse wieder weich werden lässt», sagte Fabian in die Runde. Alle Anwesenden schüttelten nur den Kopf und ließen sich nach und nach von Keemuns Gelächter anstecken.

«Können wir jetzt gehen, Patricia? Denn ich für meinen Teil bin genug ausgelacht worden!»

Ohne ein Wort erhoben sie sich und gingen aus der Höhle.

Patricia wollte den Garten der Großeltern betreten, doch Fabian hielt stumm dagegen und lief weiter.

«Was möchtest du hier?», fragte Patricia nach einer Weile und schaute über das Wasser der Quellen. Überall schienen an diesem Morgen nur Pärchen im Wasser und auf den Felsen zu sein. Viele der Drachen hauchten sich ihr Rachenfeuer um die Schnauzen. Patricia blickte von den Drachen langsam zu Fabian herauf.

Es wäre so schön, wenn wir auch dazugehören würden, las Fabian in ihren Augen.

«Du verschließt deine Gedanken nicht», flüsterte Fabian.

«Warum meine Gedanken verschweigen, ich habe keine Geheimnisse vor dir!»

«Nein, du hast keine Geheimnisse. Nur Kräuter, die Geheimnisse ausplaudern lassen», sagte Fabian schon wieder aufgebracht.

«Pilze! Es waren Pilze!», sagte Patricia und wurde mit jedem Wort wütender. «Mit dir und Saba, das sah anders aus, als es war! Aber wie oft soll ich mich dafür noch entschuldigen?»

Fabian sagte, während er ins Wasser stieg und Patricia hinter sich herzog: «Du brauchst dich nicht dafür zu entschuldigen, es ist doch alles geklärt. Aber weißt du eigentlich, dass Saba und Veon zusammen sind, schon ziemlich lange?» Er zog sie durch das seichte Wasser an eine Stelle zwischen den Felsen, wo sich noch keine Drachen aufhielten.

Ihr gegenüberstehend, suchte er nach den richtigen Worten, blieb aber stumm.

«Ich dachte, du lenkst ein, wenn ich sage, dass wir lieber getrennte Weges gehen sollten», flüsterte Patricia.

«Und ich dachte, es ist aus, weil ich dir verzeihen wollte und nicht damit gerechnet habe, so etwas von dir zu hören.»

Patricia lächelte niedergeschlagen.

«Wir haben Drachenblut in uns, also lass uns auch so sein wie die Drachen. Lass uns endlich wieder Frieden schließen», schlug Fabian vor, dann machten sie das gleiche wie die anderen im Wasser, nur ohne Feuer.

Die Haut schon fast aufgeweicht, kletterten sie aus dem Wasser, was mit zusammengeklebten Händen gar nicht so einfach war. Sie legten sich auf einen von der Sonne beschienenen Fels, um sich trocknen zu lassen.

Nachdem der warme Wind sie getrocknet hatte, suchten sie ihre eigene gemeinsame Höhle auf. Sie war nicht weit von den Quellen entfernt.

Arcus hatte begonnen, den Wald von Arkamoor an ihre Höhlenwand zu malen und sie betrachteten die Zeichnung.

«Schau nur, er hat schon ein wenig von Vladir gemalt», sagte Patricia. «Genau so habe ich den Befragungsstein in Erinnerung.»

«Und guck mal dort», freute sich Fabian und zeigte mit dem freien Arm in eine Mauernische. «Dein Vater hat alles für ein köstliches Mahl bereitgestellt.»

«Das hat er aber nicht für uns hergebracht», sagte Patricia und lachte. «Sicherlich musste er nur kurz fort und kommt gleich zurück, um weiterzumalen.»

«Umso schneller müssen wir essen! Ach nein, ich habe eine bessere Idee», sagte Fabian geheimnisvoll und nahm so viel Speisen wie er tragen konnte. Eilig verließen sie ihre Höhle, schlugen den Weg zum Eissee ein, gingen an den Quellen vorbei. Nach einer Weile überquerten sie eine große Wiese und gingen in einen Wald. Am Saum des Waldes stiegen sie auf einen hohen Berg, der das Hochzeitstal säumte. Oben angekommen blickten sie in ein Tal. Blühende Bäume verzauberten das Tal in rosa und weiß, als hätten sich die Wolken vom Himmel gelöst und in diesem Gelände niedergelegt. Nur darauf wartend, dass Patricia und Fabian sich hier niederlassen würden. Ein lieblicher Geruch ging von den Blüten aus und aller Streit, der einmal war, schien vergessen.

Sie setzten sich und aßen alles auf, was sie Arcus entwendet hatten. Später gingen sie hinunter ins Tal, wanderten durch die Blütenpracht und konnten es nicht lassen, sich immer wieder in die Augen zu schauen. Unter einem Baum, dessen Blüten weiß zu leuchten schienen, bliebe sie stehen und gelobten, nie wieder irgendwelche Missverständnisse zwischen sich kommen zu lassen. Erneut versprachen sie sich einander, für immer zusammen zu bleiben, und es kam beiden so vor, als waren sie so glücklich wie noch nie.

Die Masse an ihren Händen zerbrach wie ein getrocknetes Blatt im Herbst, aber trotzdem lösten sich Patricia und Fabian nicht von einander. Sie verbrachten die Nacht im Hochzeitstal und ihr Nest war ein weißer Blütenteppich.

Arm in Arm liefen sie im Sonnenaufgang an ihrem Berg vorbei, Pacco rief: «Es wurde aber auch Zeit, dass ihr euch wieder vertragt!»

Fabian und Patricia grinsten hoch zu Pacco

und dem daneben stehenden Vincent. Wie auch der Drache hielt er sein Schwert in der Hand und sagte: «Zerstritten seid ihr wirklich furchtbar! Jeder einzeln von euch einfach zu nichts zu gebrauchen. Aber ich hoffe mal, für euch und alle, die euch mögen, dass ihr daraus gelernt habt!»

«Ja, großer Bruder, das haben wir!», sagte Patricia lachend.

Erschütterung

Die nächsten Tage waren Patricia und Fabian unzertrennlich. Sie wurden überall zusammen gesehen, wenn nicht Hand in Hand, dann eng umschlungen. Man hätte meinen können, die Klebe von Ari und Bias wirkte noch immer.

Bei Vincent, Marietta und den anderen Kräuterforschern tauchten sie gemeinsam auf und auch wenn es um den Schwertkampf ging, war Patricia immer mit dabei.

An einem herrlichen Morgen sagte Patricia: «Fabian, ich möchte heute gern mit Marietta und einigen anderen Mädchen allein sein.»

«Das ist mir ganz recht», antwortete Fabian und dachte an ein Buch, das er noch zu Ende lesen wollte. Er küsste Patricia zum Abschied und blickte ihr nach, als sie aus der Höhle ging.

«Ich treffe mich mit Vincent bei den Quellen, kommst du mit?», fragte Pacco.

«Vielleicht später», antwortete Fabian, ging in seine Schlafhöhle, um das Buch zu holen und setzte sich damit in den Garten. Die Sonne wärmte ihn, während er ganz vertieft Seite für Seite las.

Die Sonne stand schon hoch am Himmel, als Medine mit Obst und Gemüse aus dem großen Garten kam und alles in die Höhle brachte. Fabian las die letzten Sätze und klappte das Buch nachdenklich zu. Er hob die Nase und folgte dem süßen Geruch gebackener Äpfel, der aus der Höhle wehte.

«Medine, deine gebackenen Äpfel sind die besten, die es im ganzen Drachenland und in der Menschenwelt gibt. Weißt du, dass Pacco mich mit seiner Schwärmerei davon ins Drachenland gelockt hat?»

Medines Antwort war ein Lächeln.

Fabian hatte das Buch unter dem einen Arm und einen warmen Apfel in der anderen Hand.

«Was hast du da für ein prachtvolles Buch?», fragte Medine und strich über den hölzernen Buchrücken. In ihrem Gesicht war jedoch zu lesen, dass es ihr lieber wäre, kein Buch dieser Art in ihrer Höhle haben.

«Ari hat es mir geliehen, ich werde es ihr noch heute zurückbringen», beruhigte Fabian die Großmutter.

«Ihm», sagte Medine und zerriss Salatblätter. «Weiß Bias davon?»

«Nein, Ari hat mir das Buch geliehen und ihr werde ich es auch zurückgeben, nicht Bias.»

«Ja, ich verstehe schon, dass Bias dir kein

Buch gegeben hat. Wir wissen alle, wie sehr er seine Bücher liebt», sie blickte kurz vom Salat auf und sagte: «Aber Ari ist ein Junge. Also wirst du ihm das Buch zurückbringen.»

Verwirrt legte Fabian das Buch auf sein Nest und begab sich zu den warmen Quellen. Sprang ins Wasser und schwamm weit hinaus zu Pacco.

«Hast du mal einen Moment für mich, Pacco?»

Sofort tauchte Pacco seinem Freund entgegnen und gemeinsam suchten sie eine Stelle auf, an der sie ungestört waren.

«Pacco, weißt du, dass Ari ein Junge ist?», sagte Fabian ernst.

Pacco lachte laut und schallend auf. «Natürlich weiß ich das, ich kann schließlich Ketanurenmädchen und -jungen unterscheiden.»

«Aber ich, ... ich dachte ... sie ist, ... er ist, ein Mädchen. Ich habe mich mehr als einmal in ihr, ... ich meine ... in sein weiches Fell gekuschelt und ich liebe es, ihm in die Augen zu schauen und seinen Gesang zu hören», sagte Fabian. Schuldbewusst wartete er darauf, dass Pacco wieder lachte.

Aber Pacco sagt nur: «Und?» Blieb dabei aber ernst.

«Ich habe Ari geraten, Bias unter Druck zu setzen, weil er Ari immer wie einen Gast behandelt, wenn irgendwer bei ihnen in der Höhle ist. Ich habe auch gesagt, sie sollen ins Hochzeitstal gehen, weil sie sich lieben.»

«Wer sich liebt, sollte ins Hochzeitstal gehen und sich einander versprechen. Hast du doch auch gemacht!»

«Patricia ist ein Mädchen und ich ein Junge», sagte Fabian unsicher.

«Ja sicher, aber nun frage ich dich, was magst du an Patricia?»

Fabian überlegte einen Moment, bevor er antwortete: «Ihre schönen Augen, die bunten Schuppen, ihr manchmal so aufbrausendes Wesen. Ich bin einfach glücklich, wenn es ihr gut geht und sie in meiner Nähe ist. Ich mag es, wenn ich mich nachts an sie lehnen kann, nach einem schlechten Traum. Ich mag alles an ihr.»

«Jetzt stell dir vor, Patricia wäre ein Junge. Würde es was an deinen Gefühlen ändern?»

Fabian blieb stumm und grübelte.

Pacco blickte Fabian in die Augen und sagte: «Würde es nicht. Weil du alles an ihr liebst und da macht es keinen Unterschied, ob du einen Jungen oder ein Mädchen liebst.»

«Aber was sagen die anderen Drachenlandbewohner dazu?», wollte Fabian wissen.

Pacco zuckte mit den Schultern und meinte: «Viele wissen, dass da mehr zwischen den beiden ist, als nur die Liebe zu den Büchern. Saba spricht es aus, aber andere denken sich nur ihren Teil, du weißt doch, dass wir Drachen uns nicht in die Angelegenheiten anderer einmischen.»

«Glaubst du, dass irgendwer etwas dagegen

hat?», erkundigte sich Fabian.

«Dass Bias und Ari sich lieben?», fragte Pacco und blickte Fabian an. Kopfschüttelnd sagte er: «Nein, das glaube ich nicht.»

Der Drache machte sich lang im warmem Wasser und erzählte: «Es gab viele Menschen und Drachen, die sich bis an ihr Lebensende eine Höhle geteilt haben. Oder gemeinsam von Land zu Land flogen, vielleicht aus der gleichen Angst heraus, wie du sie hast.»

«Ich habe keine Angst», stellte Fabian klar.

«Ach nein? Und warum bist du dann völlig aufgelöst?», neckte Pacco. «Völlig aufgelöst, weil du dich selbst in Aris schöne Augen verliebt hast und nur zu gern in seinem Fell wuselst.»

Fabian griff lachend nach Paccos Hals und stemmte sich mit seiner ganzen Kraft gegen ihn und tauchte ihn unter. Pacco machte sich einen Spaß daraus und tauchte auf den Grund des Sees, dabei zog er Fabian mit sich. Prustend kamen sie wieder ans Ufer.

«Ich dachte immer, dass nur Liev und Saba interessant für dich sind, aber nun auch noch Ari», sagte der Drache. «Das sollte meine Schwester aber nicht erfahren. Oder doch?»

«Du weißt also auch von dem Missverständnis mit Saba?», fauchte Fabian und ging dem Drachen erneut an den Hals.

«Natürlich! Jeder im Drachenland wusste von eurer Liebelei!», sagte Pacco und drückte

Fabians Kopf unter Wasser.

«Danke, danke, mein Bruder, dass du mir geholfen hast, dieses Missverständnis beiseite zu räumen!», tobte Fabian und schnappte nach Luft. «Sicherlich hast du geglaubt, was über uns erzählt wurde. Du dummer Drache!»

«Wenn ich mich recht besinne, bist du doch der Dumme, oder habe ich Ari für ein Mädchen gehalten?», fragte Pacco lachend und winkte einen Drachen herbei, der Fabian griff und mit ihm hoch in die Luft flog. Er selber ließ sich auch fliegen und so jagten sie auf den großen Drachen um die Felsen herum und über den Garten und wieder zurück. Die Drachen warfen sie ab und von hoch oben landeten sie mit heftigem Platschen im Wasser.

Pacco griff Fabians Kopf mit seinen schuppigen Händen und sagte: «Ich habe mich nur nicht eingemischt, weil ich euch beide mag und ich nicht wusste, was alles wahr ist, an dieser Geschichte.»

Dann rieb er seine Drachenschnauze an Fabians Mund und tauchte lachend unter.

«Wie gut, dass ich noch einen weiteren Blutsbruder habe, sonst wüsste ich heute noch nichts davon», sagte Fabian lachend und schwamm Pacco hinterher.

Gemeinsam tobten sie noch und lachten über Fabians Unwissenheit.

Nach dem Baden ging Fabian direkt zu Bias Höhle und rief an dessen Eingang nach Ari.

Ein Leises: «Komm rein», ertönte und Fabian

ging durch die große Höhle in eine der hinteren, in der er noch nie zuvor gewesen war.

Ein Feuer brannte darin, und sein Licht ließ Schatten an den Höhlenwänden tanzen. Ari stand an einer Felswand und malte an einem Baum, dessen Stamm so aussah, als wachse er tatsächlich in dieser Höhle. Fabian betrachtete ihn stumm bis Ari sich umdrehte.

Sie blickten sich an und Fabian sagte: «Der Baum ist wunderschön.»

Ari lachte, aber es war ein ernstes Lachen: «Du weißt es also. Das meinte ich damit, als ich sagte, du bist so dumm.»

Fabian nickte und ließ sich am Feuer nieder.

«Es hat lange gedauert. Ich habe dir Bücher über Ketanuren mitgegeben und dir gesagt, dass du dumm bist. Aber du hast es nicht gemerkt», sagte Ari, legte sein Malzeug weg und setzte sich neben Fabian.

«Vielleicht bin ich dumm und blind», sagte Fabian und blickte Ari lange in die Augen. Es kann sein, dass ich von all dem wenig verstanden habe, was in den Büchern steht. Aber es ändert nichts daran, was ich gesagt habe. Und deine Augen sind für mich immer noch die zweitschönsten und werden es immer sein. Ich liebe deinen Gesang und es ist mir egal, ob du ein Drache, Ketanur, Mensch, Mädchen oder Junge bist.

«Und Bias?», flüsterte Ari. «Und ...?»

Fabian legte dem Ketanur die Hand auf den

Mund und schüttelt den Kopf: «Sag Bias, er soll zu dir stehen und geht endlich in Hochzeitstal. Ihr liebt euch doch.»

Ari grinste und Fabian sah, dass es ehrlich war.

«Eigentlich wollte ich dir ein Buch zurückbringen, aber das mache ich dann später», sagte Fabian, als Ari ihn aufforderte zu gehen.

Kaum auf dem Weg zwischen den Felsen flog Bias über ihn hinweg. Fabian war froh, dass Ari ihn bisher immer früh genug weggeschickt hatte, als ob er spürte, wann Bias zurückkehrte.

Am Abend trafen sich Vincent, Marietta, Fabian, Patricia und Pacco auf dem Kampfplatz und übten mit den Schwertern.

«Ihr sollt zu Bias kommen!», rief Arcus, der dicht über dem Berg flog, gefolgt von Cilla. Fabian und Vincent steckten ihre Schwerter ein und sie eilten mit Patricia, Marietta und Pacco zu Bias Behausung.

Vincent blieb noch einen Moment vor der Höhle und verabschiedete sich von Marietta, die nicht zu den Rittern oder Weisen des Landes gehörte. Fabian ging mit Patricia Hand in Hand in die Höhle und dachte: «Hoffentlich ist Ari da und lässt sich in seine schönen Augen schauen.»

So ganz in Gedanken hatte Fabian nicht bemerkt, dass Bias in der großen Höhle stand und ihn direkt anblickte.

Ein Schnaufen entfuhr dem grünen Drachen und ein böser Blick mit einem Bann traf Fabian. Für einen kurzen Augenblick musste er all seine Kraft gegen Bias Bann aufwenden.

«Danke, Bias», sagte Patricia und lächelte. «Wir haben uns ausgesprochen und nun ist wieder alles in Ordnung.»

«Ja, danke, Bias», sagte auch Fabian und suchte sich eilig einen Platz.

Vincent eilte in die Höhle und setzte sich zwischen Fabian und Pacco ans Feuer.

«Nun, hatte jemand einen Einfall?», fragte Bias ohne Umschweife.

Erst jetzt entsann Fabian sich wieder an das Verschwinden der Ketanuren. Aber diese Probleme waren so weit außerhalb des Drachenlandes, dass er sie völlig vergessen hatte.

Fabian sah vom Feuer auf. Bias blickte ihn höhnisch an, als ob er seine Gedanken lesen konnte, ohne dass sie sich in die Augen geblickt hatten. Bias legte den Kopf ein wenig schief und schien zu warten. Es waren nur einige Atemzüge lang, aber Fabian kam es wie eine Ewigkeit vor.

«Wir sollten sie besuchen und sehen, ob wir nicht doch etwas über das Verschwinden der Ketanuren in Erfahrung bringen können», sagte Fabian in die Stille.

«Ja, natürlich», sagte Bias grinsend, «wir fliegen am besten dich zu Noxius und du sagst: Hallo ich wollte dich mal besuchen.»

Die restlichen Drachen in der Höhle lachten und einige murmelten etwas vor sich hin.

Bias war für den Augenblick die Genugtuung in sein schuppiges Gesicht geschrieben, doch Fabian ignorierte sie und sprach weiter: «Nein, nicht gleich zu Noxius!»

Alle in der Höhle wurden augenblicklich wieder still.

«Wir reisen erst zu Thales, den Ketanuren, Wohan und dann erst zu Noxius. Natürlich nicht, ohne Vögel vorausgeschickt zu haben, die uns ankündigen.»

Bias durchbrach eine kurze Stille und fragte: «Und welchen Grund sollen wir angeben, warum wir sie besuchen?»

Alle Blicke hafteten nun auf Fabian, der ruhig antwortete: «Wir könnten der Grund sein.» Fabian zeigte auf Patricia, Vincent und Pacco. «Denn als Ritter des Drachenlandes möchten wir auch gern die anderen Länder kennenlernen, jetzt, wo wir die Einhörner sehen können.»

Gemurmel machte sich in der Höhle breit, Kopfnicken und abschätziges Kopfschütteln.

«Dein Vorschlag sollte überdacht werden», sagte Bias zu Fabian. «Aber sag mir mal, woher weißt du von Thales und Wohan?»

«Von Vladir, er hat mir von ihnen berichtet», log Fabian, der sein Wissen aus Bias Büchern hatte.

Probleme

«Man könnte meinen, Bias mag dich nicht», sagte Pacco kopfschüttelnd, als sie später in der Höhle der Großeltern waren.

«Ich glaube, da liegst du richtig, Pacco», meinte Fabian.

«Aber warum, er kennt dich doch gar nicht?»

«Frag ihn, vielleicht bekommst du eine Antwort. Denn ich weiß es auch nicht», sagte Fabian ernst und verschwand mit Patricia in seinem Nest.

Glücklich, Patricia in der Nähe zu haben und Pacco in der Nebenhöhle zu wissen, schlief Fabian ein. Erst ein Rütteln weckte ihn auf. Aber es schüttelte niemand an ihm, Patricia schlief tief und fest neben ihm. Fabian blickte sich in der Höhle um, aber entdeckte niemanden.

Er legte sich erneut nieder und wollte weiterschlafen, als es erneut wackelte. Alles schien in Bewegung zu sein, der Boden, das Nest, ja sogar die Höhle. Die wenigen Bücher fielen geräuschvoll aus den Felsnischen auf den Höhlenboden. Dann war es wieder vorbei, nichts mehr. Fabian blieb wach liegen, aber nicht das geringste Zittern durchfuhr das Gestein.

Am nächsten Morgen glaubte er, nur geträumt zu haben. Als er aber das Buch des Drachenlandes, das Kräuter- und Pilzbuch auf dem Boden liegen sah, wusste er, dass es kein Traum war.

«Habt ihr auch die ...?», fragte Fabian und der Boden bebte für einen Moment und ängstlich flüsterte er: «Das war in der Nacht auch schon mal, was ist das?»

«Ach, das kann viele Ursachen haben», winkte der Großvater ab. «Vergiss nicht, wir wohnen auf einem Berg und auch Berge leben.»

Medine schaute ihren Drachenmann mit einem Gesichtsausdruck an, der nicht verriet, ob sie besorgt war oder spöttisch guckte.

Patricia, die vom Beben des Felsens nichts mitbekommen hatte, kam verschlafen aus dem Nest und erklärte, dass sie gleich zu Marietta müsse, um ein wichtiges Kraut auszuprobieren.

«Sei mir nicht böse, ich gehe heute mal nicht mit», sagte Fabian an Patricia gerichtet, die Verständnis zeigte und keineswegs böse war.

Nach einem ausgiebigen Frühstück verließ Patricia gemeinsam mit Pacco die Höhle.

Sicherlich muss Pacco wieder herhalten und Kräuter testen, überlegte Fabian, wobei er aus der Höhle ging und den Weg Richtung Bias Höhle einschlug.

«Ari! Bist du da?», fragte Fabian in die Höhle hinein, aber statt einer Antwort ertönte lautes Schluchzen und ein Knall.

Besorgt betrat Fabian, auch ohne dass er hereingebeten wurde, die Höhle.

Wie immer brannte ein kleines Feuer darin. Doch heute lagen überall auf dem Boden Bücher herum. Gerade soweit entfernt von den Flammen, dass sie nicht anfingen zu brennen. An manchen Stellen der Wand, wo sonst die Bücher standen, war nun der nackte Fels zu sehen. Fabians Augenmerk fiel auf eine Nische, dort lag etwas und funkelte im Feuerschein. Ein Ring in Form einer Schlange mit grünen Augen.

Langsam ahnte Fabian, was das zu bedeuten hatte.

Ari kam aus einer der Schlafhöhlen und warf mit aller Kraft ein Buch zu Boden dass es nur so knallte. Die blauen Ketanurenaugen hätten wild gefunkelt, wären sie nicht voll mit Tränen gewesen. Hin und wieder lief eine über die dunkelgrünen Gesichtschuppen.

Fabian schloss Ari in die Arme und bald war sein Hemd nass von Aris Tränen.

«Was ist denn passiert?», fragte er.

«Ich habe ...», schluchzte Ari. «... ich habe ... Bias ...»

Bei Ausspruch des Drachennamens schluchzte der Ketanur heftig und der Boden bebte erneut. «Ich habe ihm gesagt ...», klagte Ari und der ganze Berg schien sich in Bewegung zu setzen. « ... ihn unter Druck ... ge … gesetzt!»

Ari stellte sich abrupt aufrecht hin, wischte die Tränen von den Schuppen und sagte: «Es ist aus! Ich werde das Land verlassen.»

Fabian wich alle Farbe aus dem Gesicht bei dem Gedanken, Ari nie wieder zu sehen, und er sagte: «Nein, das kannst du nicht machen. Du gehörst hier hin!»

Ari begann wieder herzzerreißend zu weinen und der Boden zittert erneut.

«Du hattest Recht», flüsterte Ari. «Ich habe ihn vor die Entscheidung gestellt ... und nun habe ich Klarheit.»

Erneut bebte der Boden, als Ari kaum noch Luft bekam und laut schluchzte.

Fabian drückte Ari fest an sich und sagt: «Wie kann Bias nur so dumm sein?»

Ari hörte langsam auf zu weinen und der Boden bebte nicht mehr. Da dachte Fabian an ein Buch, in dem erwähnt wurde, dass Ketanuren starke Wesen sind, die mehr Kräfte in sich trugen als Drachen.

«Ari, ich würde mit dir gehen, aber ich habe mich mit Patricia wieder vertragen und nun kann ich unmöglich das Land verlassen ...»

«Ich weiß, dass du mich begleiten würdest», unterbrach Ari.

«Bitte, geh nicht», flehte Fabian und sah Ari in die Augen, «ich könnte es nicht ertragen, wenn du fort bist und deine schönen Augen und der Gesang von dir unerreichbar weit weg wären.»

«Es geht nicht anders, wenn ich jetzt bleibe, wird Bias mich immer nur als Gast vorzeigen und niemals als ...»

«... seinen Freund», beendete Fabian den Satz. Er verstand Ari und schaute niedergeschlagen durch die Höhle. Ihre Auseinandersetzung musste sehr heftig gewesen sein, nicht umsonst würde Ari Bias geliebte Büchersammlung durch die Höhle werfen. Fabian wurde ganz schwer ums Herz, denn er konnte nur zu gut nachfühlen, wie es war, wenn eine Beziehung in die Brüche ging. Aber dank Ari und Bias war mit ihm und Patricia alles wieder in Ordnung gekommen. Umso trauriger war es, dass Ari und Bias nun auseinandergingen. Noch lange saßen sie schweigsam beieinander. Immer wieder bebte der Felsen, wenn Ari schluchzte.

«Ich hab es!», rief Fabian aufgeregt in die Stille, «du verschwindest aus Bias Leben, das ist erst mal gut! Aber du gehst nicht in dein Land zurück, wie er vermuten wird. Du lässt ihn nur denken, dass du fort bist. Er wird den Weg, der in dein Land führt, absuchen, um dich wieder zu finden. Aber du lässt dich nicht finden, sondern versteckst dich in meiner Höhle. Bias wird verrückt werden und den Streit bereuen, der dich dazu veranlasste, den Ring in die Nische zu legen.»

Aris nachdenkliche Augen hafteten an Fabian.

«Es gibt da nur eine Sache», sprach Fabian weiter, «du darfst nicht so heftig weinen, denn der bebende Boden würde verraten, dass du noch immer im Drachenland bist.»

«Dann musst du viel Zeit opfern und bei mir bleiben, damit ich nicht weine», sagte Ari zuversichtlich.

«Aber wie bekommen wir dich in meine Höhle, ohne dass es jemand sieht?», überlegte Fabian laut.

«Ganz einfach! Ich klettere bei Dunkelheit über die Höhlen und bin für alle verschwunden. Wenn du deine Gedanken verschließt, wird es auch niemand erfahren.»

«Ich werde aus dem Garten Essen holen und es für dich in die Höhle bringen», sagte Fabian erleichtert.

«Wir sehen uns bei Dunkelheit», sagte Ari und küsste Fabian auf die Wange.

Fabian pflückte Obst von den Bäumen, ging durch die Felder und erntete Gemüse, so viel er tragen konnte und brachte es in seine Höhle. Er begegnete nur wenigen Drachen. Sie betrachteten neugierig die Speisen und fragten, ob es ein Fest am See geben würde. Doch Fabian hatte sich bereits eine gute Ausrede einfallen lassen und erklärte: «Es gibt kein Fest von dem ich weiß, aber Arcus bemalt unser Höhleninneres, und da soll er auch gut speisen können.»

Damit waren die Drachen zufrieden und Fabian ging weiter.

Als der Tag sich dem Ende neigte, saß Fabian in der Höhle und wartete auf Ari. Ein kleines Feuer brannte und es duftete nach heißen Äpfeln und Mais.

Ari tauchte auf, mit drei Bündeln auf dem Rücken. Fabian war sofort behilflich und brachte alles in die hinterste Höhle. Dann hielt er Ari einen heißen Apfel hin, aber der Ketanur schüttelte nur traurig den Kopf.

«Morgen werde ich Zweige sammeln, dann bauen wir dir ein Nest», sagte Fabian.

«Danke», flüsterte Ari mit Tränen in den Augen. «Du bist der einzige Freund, den ich im Drachenland habe.»

Den nächsten und übernächsten Tag sammelte Fabian Reisig, soviel er tragen konnte, und brachte ihn in die Höhle.

Ari hatte Tücher darauf gelegt und schlief auf den Zweigen. Immerzu war Fabian bei ihm und erzählte Ari Geschichten, selbst Erlebtes und alles, was ihm einfiel, damit Ari nicht weinte. Fabian bat auch darum, dass Ari mit ihm das Verschließen übte, leise sang und sein Haar neu flocht. Jeden Abend ging er dann zurück in die Höhle der Großeltern, damit niemand Verdacht schöpfte.

Beim Essen sagte der Großvater: «Ari ist

fort, es gab da wohl Missverständnisse mit dem Weisen Bias.»

«Ach ja?», sagte Fabian scheinheilig, vermied es aber, den Großvater anzublicken.

Am nächsten Morgen saß auch Arcus mit am Feuer in der Höhle der Großeltern, als eine Stimme vor der Höhle fragte: «Darf ich eintreten?»

Die Großmutter bat den Drachen herein.

Es war Bias, dessen grüne Augen traurig blickten. Er sprach mit Medrandon und Medine, Arcus aß unterdessen weiter. Fabian schob sich den letzten Bissen seines Frühstücks in den Mund und stand eilig auf. Es war ihm unangenehmer als je zuvor, mit Bias in einer Höhle zu sein.

Auf dem Weg in seine Schlafhöhle erschallte ein lautes «Halt!»

Fabian wusste, dass er gemeint war, und blieb stehen. Langsam drehte er sich um und blickte in die grünen Augen des Drachen.

Wütend ging der Weise Bias drei große Schritte und stand direkt vor Fabian, während er flüsterte: «Wer hat dir die Haare geflochten?»

Fabian blickte Bias an und glaubte ihm nicht antworten zu müssen.

«Du weißt doch was. Nicht wahr? Du hast Ari gegen mich aufgehetzt und nun ...» Bias ging immer näher an Fabian heran. «Wo ist Ari? Du weißt es doch, also sag es mir!»

Arcus war aufgestanden und nickte Fabian lächelnd zu.

«Bias, es reicht, woher soll Fabian wissen, wo Ari steckt?», mischte sich nun Medrandon ein. «Ich denke, es ist deine Sache und nicht Fabians.»

Arcus führte währenddessen ein Freudentänzchen hinter Bias Rücken auf, dafür erntete er von Medrandon einen bösen Blick und heftiges Kopfschütteln.

Bias stieß mit seinen Händen gegen Fabians Brust, sodass er einige Schritte rückwärts gehen musste, um nicht zu fallen.

«Wenn ich herausfinde, dass du mit Aris Verschwinden zu tun hast», flüsterte Bias, «ist dein Ritterleben ausgehaucht.»

Dann drehte er sich um und lief eilig aus der Höhle.

Fabian atmete einmal tief durch und ging dem Drachen nach. Auf dem Weg vor der Höhle rief er: «Bias, du bist der Oberste der Weisen und man verlangt von dir und Ari, dass ihr zusammen reden könnt! Und wenn es erforderlich ist, auch für eine Sache gemeinsam einsteht!»

Bias stand Feuer schnaufend da, doch Fabian redete weiter: «Manchmal sind es nur Missverständnisse, die zum Streit führen. Sprecht euch mal aus, beim nächsten Treffen!»

Der Drache ging langsam und in gebückter Haltung auf Fabian los.

«Das hast du mir und Patricia auch geraten und du hattest vollkommen Recht damit. Es gab nur Missverständnisse zwischen uns», rechtfertigte Fabian sich.

Schwer atmend kam Bias immer näher und flüsterte bedrohlich: «Du hast also damit zu tun, du miese ...»

«Bias, vergiss nicht, wer du bist!», ertönte Medrandons Stimme.

«Ich krieg dich noch, stell dich schon mal auf einen weiten, sehr weiten Flug ein, nur wir beide.»

Bias erhob sich in die Luft und Medrandon blickte Fabian eindringlich an: «Hast du damit was zu tun?»

«Medrandon, du weißt, ich würde nichts machen, wenn ich keinen Grund hätte», erwiderte Fabian und ging Richtung Garten davon.

Nach dem Sammeln von Reisig und Pflücken von etwas Obst begab sich Fabian in seine Höhle.

Besuch

Ein heller Lichtschein flackerte aus der Höhle. Fabian holte tief Luft, um Ari zu belehren, dass das Feuer ihn verraten könnte. Doch anstelle des Ketanuren erblickte er den großen Arcus. Erschrocken fuhr Fabian zusammen. Arcus grinste und sagte: «Wenn Bias mich töten wollte, hätte ich auch Angst. Aber ich bin stolz auf dich. Du hast ihm nichts gezeigt. Gar nichts!»

«Heißt das ...?»

«Genau das! Du hast dich verschlossen! Deine Augen haben kein bisschen preisgegeben», erzählte Arcus triumphierend.

Fabian schwieg und sah Arcus beim Malen zu.

«Ich bin froh, dass du dich wieder mit Patricia vertragen hast, es ist nicht schön, in zwei traurige Gesichter zu blicken.»

«Weißt du, Arcus», sagte Fabian und konnte einen vorwurfsvollen Ton in seiner Stimme nicht unterdrücken. «Es war nur ein Missverständnis und alle im Drachenland wussten anscheinend davon. Hätte ich Vincent nicht gezwungen, mir zu erzählen, was alle wussten, nur ich nicht, wäre ich heute noch nicht wieder mit Patricia zusammen. Auch du wusstest von dem Missverständnis mit Saba und hast nicht das Geringste gesagt.»

«Es liegt nicht in unserer Natur, uns um Dinge zu kümmern, die uns nichts angehen», antwortete Arcus.

«Patricia ist deine Tochter und ich ...»

«Du bist wie ein Sohn für mich», sprach Arcus lächelnd.

«Aber du hast kein Wort gesagt, damit wir das Missverständnis aus dem Weg räumen», sagte Fabian resignierend.

«Und er würde auch nie etwas sagen, er nicht und auch die anderen Drachen nicht», sagte Ari und kam aus einer Schlafhöhle.

Arcus ließ vor Schreck den Stab fallen, mit dem er gerade an Vladir gemalt hatte, und stammelte: «Du … hast … wirklich damit zu tun? Ich dachte, es war Zufall, dass Bias es auf dich abgesehen hatte. Deshalb hat Medrandon gesagt, du bewegst dich auf dünnem Eis. Weißt du eigentlich, was du da tust, Fabian? Ari befindet sich in deiner Höhle.»

«Fabian weiß, was er tut», sagte Ari.

Arcus wich einen Schritt vor Ari zurück.

«Fabian schenkte mir seine Freundschaft. Mir und Bias, und das ist ein großes Geschenk. Manchmal glaube ich, er ist weiser als alle Weisen zusammen.»

«Fabian! Bias hat allen Grund dich umzubringen! Es wundert mich nicht, wenn Medrandon dich aus seiner Höhle wirft, ich glaube, er ahnt, was da vor sich geht. Aber damit das klar ist, ich möchte nichts damit zu tun haben. Es ist nicht meine Natur, mich in solche Angelegenheiten zu mischen. Schon gar nicht, wenn sie Bias betreffen», erklärte Arcus und blickte erst Fabian und dann Ari an.

Bei gutem Essen beruhigte Arcus sich wieder. Er erfuhr, dass Fabian Ari Unterschlupf gewährte, damit er das Land nicht verließ. Der Drache verstand nun und bot sich an, aus dem gesammelten Reisig ein Nest zu bauen. Ari sollte es wenigstens gemütlich haben, während er sich in Fabians Höhle versteckte.

Fabian nahm das Angebot gern an und ungeschickt schob Arcus die Zweige zusammen. Nach furchtbaren Flüchen aus der Drachenschnauze flochten auch Ari und Fabian Äste in das Gewüst, das einmal ein Nest werden sollte.

«Ich werde mir von Medrandon zeigen lassen, wie ein Nest geflochten wird», sagte Arcus zum Abschied.

Fabian begleitete Arcus vor die Höhle, wo der Drache sagte: «Ich werde es für mich behalten. Aber sieh zu, dass du die Sache mit Ari und Bias klärst, bevor du im Eissee ertrinkst.»

«Arcus hat recht», meinte Ari, als Fabian sich ans Feuer setzte, «ich werde es klären, bevor dir noch etwas passiert.»

«Ari, ich habe keine Angst. Nicht vor Bias», sagte Fabian ernst.

«Ich weiß», meinte Ari. «Aber ich habe Angst um dich. Nach allem, was Arcus berichtet hat, ist Bias zu allem fähig. Er benimmt sich nicht gerade weise.»

In dieser Nacht stieg Fabian in sein Nest, war aber mit den Gedanken bei Ari und Bias. In der Hoffnung, dass Bias endlich den Mut fasste, zu Ari zu stehen.

Endlich eingeschlafen erwachte Fabian in tiefer Nacht durch heftiges Beben des Berges.

Sofort dachte er an Ari und sah schon in Gedanken, wie er das Drachenland verließ. Traurig setzte er sich auf und betrachtete Patricia beim Schlafen. Wieder bebte es, kleine Gesteinsbrocken fielen von der Höhlendecke, dieses Mal erwachte auch Patricia. Fabian kleidete sich an und verließ die Höhle.

Er ging den Weg Richtung Eissee. Da der Berg so heftig bebte, glaubte Fabian, dass es zwischen Ari und Bias nun tatsächlich aus sein würde. Ari war wohl nun im Begriff, das Land zu verlassen. Er hoffte, Ari noch einmal zu sehen, damit er sich verabschieden konnte. In Gedanken bei Ari löste sich unerwartet ein Schatten von einem Felsen. Direkt daneben tauchten drei weitere Schatten auf.

Die Gestalten waren menschenähnlich, doch bei genauerem Hinsehen konnte man an ihnen Fell entdecken und Schuppen, die das fahle Mondlicht spiegelten.

«Ketanuren?», flüsterte Fabian in die Nacht hinein. Wieder bebte der Boden und ein heftiges hohes Schluchzen erschallte zwischen dem Gestein.

«Wer ist das», fragte Patricia, die Fabian gefolgt war.

Über ihren Köpfen flogen Drachen, die sich einen kurzen Augenblick zwischen Erde und Mond schoben, dass selbst das Mondlicht verschwand. Ein Raunen umgab die Ketanuren und Fabian vermutete, dass es ein Mädchen war, es weinte ängstlich, wobei der Berg wieder erzitterte. Mit ein paar schnellen Schritten war Patricia bei den Ketanuren, die eng an den Felsen gedrückt dastanden.

«Ihr braucht keine Angst mehr zu haben», ertönte die Stimme eines der Ketanuren. «Wir sind im Drachenland, in Sicherheit.»

«Ja, natürlich seid ihr hier in Sicherheit», erklärte Patricia, «aber vor was habt ihr Angst?»

Wieder flogen Drachen über die Felsen hinweg und die Ketanuren bückten sich ängstlich.

Aller Stolz, den Ari so würdevoll in sich trug, in seinen Bewegungen und in seinem prachtvoll wippenden Fell, schienen diese Ketanuren verloren zu haben.

«Kommt», sagte Patricia, «ich bringe euch zu unserer Höhle.»

Sie folgten ihr und ließen sich erschöpft am Feuer nieder. Fabian legte einige Holzscheite auf und reichte ihnen Schalen mit Kräuterwasser, während Patricia in die Schlafhöhle der Großeltern blickte, die sie allerdings leer vorfand. Pacco kam aus seiner Schlafhöhle und sagte unvermittelt: «Ich wusste nicht, dass wir Besuch haben.»

Der große Ketanur blickte Pacco einen Moment lang an und sagte: «Besuch ist der falsche Ausdruck, wir sind gekommen, um Schutz bei euch zu suchen. Und vielleicht Hilfe von den Weisen Drachen zu bekommen.»

«Aber warum, was ist passiert?», wollten Pacco und Fabian wie aus einem Mund wissen.

«Es sind immer wieder Familienmitglieder verschwunden», erzählte der Ketanur. «Erst dachten wir uns nichts dabei, aber sie kamen nicht zurück. Nicht viele, und wir begriffen erst, als immer wieder welche verschwanden. Die Menschen, wie wir vermuteten, hatten nichts damit zu tun. Wir haben sie lange aus den Wäldern heraus beobachtet, aber dort gab es keine Spur von den Verschwundenen. Dann, eines Nachts, kamen sie in unser Land, zwangen auch uns und viele andere, mit ihnen zu gehen.» Er machte eine Pause und blickte ins Feuer, bevor er weitererzählte. «Vielleicht sind wir stärker oder können uns besser schützen, auf jeden Fall gelang uns und noch einigen die Flucht. Wir sind die ersten, die anderen werden von den Drachen geholt.»

Beim Wort Drachen zuckte die kleinste zusammen, legte die Arme um einen größeren Ketanur und vergrub beide Hände im schmutzigen Fell.

«Waren es die schwarzen Drachen?», fragte Fabian.

Der Große nickte: «Du bist ihnen noch nie begegnet, nicht wahr? Aber glaub mir, sie mögen keine Nichtgeflügelten. Nach allem, was ich weiß, macht sich Noxius einen Spaß daraus, zu ...», dann blickte er auf den kleinsten unter ihnen und verstummte.

«Ihr könnt gern unsere Nester benutzen», sagte Patricia. «Nach diesem langen Weg seid ihr sicherlich müde.»

Der große Ketanur blickte in die Höhle, aus der Pacco kam und sagte: «Das Nest ist sehr groß, wir bleiben alle zusammen, dann könnt ihr auch noch schlafen.»

Aber auch wenn der Mond noch am Himmel stand und die Nacht weiterhin lange in Dunkelheit bleiben würde, war für die Freunde nicht mehr an Schlaf zu denken.

Sie setzten sich vor die Höhle, damit die Ketanuren durch ihr Reden nicht wach gehalten wurden.

Vor der Höhle flog Doran auf Fabians Schulter und berichtete von Drachen, die aus den östlichen Wäldern vor dem Drachenland Ketanuren aufsammelten.

«Wir wissen es bereits», erklärte Fabian und bat die Dohle: «Flieg zu Vincent und erzähl ihm davon.»

Nach kurzer Zeit saßen die vier Ritter des Drachenlandes und Doran um das Feuer im Garten. Sie stellten Mutmaßungen an über das, was den Ketanuren mit den schwarzen Drachen widerfahren war.

«Noxius und seine Schwarzen sind stark und gemein, das ist bekannt», sagte Vincent.

«Aber Ketanuren haben weit größere Kräfte als Drachen, deshalb verstehe ich das Ganze nicht», gab Fabian von sich. «Wenn sie weinen oder sehr traurig sind, bebt der Boden, sie sind ausgezeichnete Kämpfer, ob mit dem Schwert oder ihrem Körper, können hervorragend klettern.»

«Aber den Schwarzen sagt man auch allerlei nach, aber nichts Gutes», flüsterte Patricia.

«Noxius hat irgendwas vor, wir müssen nur noch herausfinden, was es ist», meinte Pacco. «Vielleicht ist die Idee von Fabian, ihn zu besuchen, gar nicht so schlecht. Gewiss wird er uns nicht gefährlich, wenn wir in Frieden kommen.»

Alle zeigten nickend, dass sie sich Paccos Meinung anschlossen.

Als die Sonne den Himmel rot einfärbte, landeten Medrandon und Medine im Garten.

Sofort wurden sie mit Fragen von den vier Rittern bestürmt.

«Immer langsam», sagte Medine. «Ihr wisst vom Verschwinden der Ketanuren. Es gab Angriffe der Schwarzen, doch einigen ist es gelungen, zu fliehen. Die ersten haben in dieser Nacht das Drachenland erreicht, weil sie hervorragende Kletterer sind. Sie haben es geschafft, den steilen Berg im Osten zu erklimmen, viele andere haben wir noch weit entfernt aufgesammelt. Das war nicht einfach, weil manche so verstört waren und uns in der Dunkelheit für schwarze Drachen hielten. Sie haben sich in Wäldern und zwischen Felsnischen versteckt. Einige Drachen sind noch immer unterwegs, um die Verängstigten bei Tageslicht einzusammeln.»

Der Boden, auf dem sie saßen, bebte und aus dem Feuer schnellten Funken in die Höhe, als hätte jemand ein dickes Holzscheit darauf geworfen.

«Das sind die Ketanuren», sagte Medrandon. «Sie sind sehr aufgebracht.»

«Ja, sie weinen so heftig, dass sich in unserer Schlafhöhle schon Gestein aus dem Felsen gelöst hat», sagte Fabian.

«Hmm», gab der Großvater von sich.

«Wir fanden vier Ketanuren zwischen den Felsen und boten ihnen an, unsere Gäste zu sein.»

«Das ist gut», sagte Medine. «Ich glaube, es gibt kaum eine Höhle, in der keine Ketanuren zu Gast sind.»

Der Entschluss

Am späten Morgen standen die Ketanuren aus Paccos Nest auf und aßen mit einem Appetit, den man ihnen noch in der Nacht nicht zugetraut hätte. Nach dem Mahl gingen sie mit Pacco und Patricia zu den Quellen, um den Schmutz aus ihrem Fell zu waschen.

«Was wird nun geschehen?», fragte Fabian und auch Vincent hob neugierig seinen Kopf vom dritten Frühstück an diesem Morgen.

«Was soll schon geschehen?», sagte Medine. «Wenn sie wieder bei Kräften sind, werden sie zurück in ihr Land gehen.»

«Nein, das geht doch nicht!», brauste Fabian auf. «Es werden immer wieder Ketanuren verschwinden und wer weiß, was die Schwarzen mit ihnen vorhaben. Wir müssen etwas unternehmen.»

«Wir können auf keinen Fall zusehen wie unsere Nachbarn verschleppt werden», unterstützte Vincent seinen Blutsbruder mit vollem Mund.

«Ihr seid den Schwarzen noch nicht begegnet, sonst würdet ihr nicht so leichtfertig reden», sagte Medrandon und blickte die beiden Menschen an.

«Wann wird Bias eine Versammlung einberufen?», wollte Fabian wissen.

«Du hast es aber ganz schön eilig, mein lieber Fabian», sagte der Großvater und lachte. «Sobald ich von irgendeinem Treffen bei Bias weiß, sage ich es dir sofort.»

Fabian lehnte sich zurück und die Gedanken wanderten zu Ari. Er fragte sich, ob er wieder bei Bias war oder in dieser Nacht das Drachenland verlassen hatte. Aber da er nicht einfach so fragen konnte, versuchte er es anders: «Patricias und meine Höhle ist leer, dort könnten auch Ketanuren untergebracht werden.»

Medine nickte: «Arcus hat dort schon welche hingebracht. Er fliegt nachher hin, um ihnen ein Nest zu bauen, damit sie nicht auf dem harten Boden schlafen müssen. Es wird eh schon ungemütlich für sie in einer Höhle sein.»

Durch Medines Antwort wusste er noch immer nicht, ob Ari seine Höhle noch benutzte oder vielleicht fortgegangen war.

«Wo schlafen sie denn sonst?», fragte Fabian, in Gedanken an Ari.

«Auf Bäumen, in einer Art Höhlen aus Holz.»

Die Ketanuren betraten tropfnass die Höhle und setzten sich ans Feuer. Die kleinste betrachtete Fabian und Vincent. Fabian blickte sie auch an und las Traurigkeit, Angst, aber auch Neugierde in ihren Augen. Fabian lächelte sie an und hielt ihr *Kleine Sonne* hin.

«Wenn ich traurig bin», flüsterte er, «dann halte ich sie dicht an mein Herz und bin ganz schnell wieder froh.»

Die Kleine guckte nur.

«Versuch es», sagte Fabian.

Sie streckte ihm ihre schuppigen Hände entgegen und Fabian setzte die Eidechse darauf. Von einer Hand zur anderen Hand ließ das Ketanurenmädchen *Kleine Sonne* laufen und schon bald huschte ein Lächeln über ihr Gesicht. Die Eidechse lief den Arm hinauf, über den kurzen Hals und am anderen Arm wieder herunter.

«Bist du ein Mensch?», fragte sie Fabian.

«Ja, das bin ich.»

«Aber du und Patricia, ihr seht nicht aus wie Menschen, nur der.» Sie deutet mit dem Kopf in Vincents Richtung.

«Euer Haar hat keine Farbe und die Haut auch nicht.»

«Jum. So etwas sagt man nicht», sagte einer der größeren Ketanuren und schimpfte in Gedanken weiter.

Jum schaute betreten auf die Eidechse und Fabian flüsterte zu ihr: «Von wegen wir haben keine Farbe.» Er drehte ihr den Rücken zu und zog sein Hemd hoch, dass die bunten Schuppen sichtbar wurden.

«Du bist ein Halbdrache!», kreischte Jum begeistert. «Ich habe von solchen gehört, sie sind Ritter des Drachenlandes.» Ihre Stimme wurde ganz leise. «Sie sind weder Mensch noch Drache und haben geschworen, das Drachenland zu beschützen, in ihnen steckt ungeheure Kraft und sie sind weise.»

Ihr Blick blieb an Fabians Horn hängen.

«Dann bist du Ritter ... Fabian?»

«Ich bin Ritter Fabian, das ist Ritter Vincent.» Fabian deutete auf Vincent, der mit den anderen Ketanuren und Pacco zusammensaß und wieder aß. «Ritterin Patricia kennst du ja bereits und der schöne bunte Drache ist Ritter Pacco.»

Flüsternd fügte Fabian hinzu: «Ihm haben Patricia und ich die bunten Schuppen zu verdanken, sein Blut fließt nämlich auch in uns.»

«Dann werdet ihr uns helfen, dass wir wieder zurück in unser Land können und die Schwarzen uns nichts mehr tun werden.»

«Jum, hör bitte auf!», schimpfte der große Ketanur und sah die Kleine strafend an.

«Natürlich werden wir alles tun, um euch zu helfen», erklärte Fabian. «Doch es sollte alles wohl überlegt sein, damit wir keine Fehler machen.»

«Wir müssen erst mal eine Versammlung abhalten und sehen, was unsere Weisen dazu sagen», mischte sich Pacco ein.

«Wann ist die Versammlung?», wollte Jum wissen.

Fabian zeigte auf Medrandon und sprach: «Er wird einer der ersten sein, der es erfahren wird, schließlich sitzt auch er im Rat der Weisen. Er hat mir versprochen, mich sofort zu benachrichtigen, wenn es so weit ist.»

«Ich würde auch lieber jetzt als später was unternehmen», erklärte Vincent zwischen zwei Bissen. «Dieses Warten ist einfach nichts für mich.»

«Das sehe ich», scherzte Fabian. «Beim Warten kannst du nicht anders, als alles Essbare zu vertilgen, was wir in der Höhle haben.»

Vincent warf Fabian einen bösen Blick zu. Marietta kam hinzu und begrüßte die Ketanuren und Fabian erfuhr dabei, dass der größte Romee hieß und die beiden kleineren Mia und Borm. Marietta verließ mit Vincent und Patricia die Höhle.

Jum kicherte und krümmte sich nach vorn: «Nimm *Kleine Sonne* weg, sie kitzelt mich.»

Fabian suchte in ihrem Fell nach der Eidechse.

«Du hast aber weiches Fell», sagte Fabian begeistert. «Ich dachte immer, das Fell der erwachsenen Ketanuren ist weich, aber deins ist ja noch viel weicher.»

«Hast du denn schon mal Ketanurenfell angefasst?», fragte Jum.

«Nicht nur angefasst, sondern auch gekämmt, geflochten und mich hineingekuschelt. Ich habe nämlich einen Ketanuren zum Freund.»

Pacco grinste und Fabian las in seinen Gedanken: «Einen Freund und nicht wie du erst dachtest, eine Freundin.»

Fabian grinste zurück und bannte Pacco, der auf die Seite kippte und liegen bleibt.

Die Ketanuren wichen erschrocken zurück und Jum vergrub ihr Gesicht in Mias Fell.

«Fabian, erschreck unsere Gäste nicht», tadelte Medrandon kopfschüttelnd.

«Es ist nur ein Spiel zwischen Pacco, mir und seinem Vater Arcus, wir machen das immer, wenn wir uns gegenseitig ärgern. Ihr könnt es doch auch, nicht wahr?»

«Ja, aber wichtiger noch ist das Verschließen, gerade bei dem Weg, den ihr vielleicht vorhabt zu gehen», sagte Borm leise.

«Ihr müsst ihnen verzeihen, es sind noch Kinder», sagte Medrandon entschuldigend.

«Aber ihr habt das Drachenland gerettet. Habt nicht nur das Herz von Arkamoor gefunden, durch euch wurde auch ein neuer Stein geboren, wie uns erzählt wurde», meinte Borm anerkennend.

«Ja, das war Glück und Zufall», sagte Fabian, während er Pacco ins Gesicht schlug und aufhalf. «Wenn ihr wollt, zeigen wir euch die Steine.»

Pacco saß schnell wieder und versprach Rache. Als er sich wieder erholt hatte, gingen sie gemeinsam mit den Ketanuren über die felsengesäumten Wege, an vielen Höhlen vorbei, zum großen Platz.

Drachen standen mit Ketanuren zusammen oder saßen um kleine Feuer und redeten miteinander.

«Dort ist er», schwärmte Pacco, «Cannoc, der Schönste von allen.»

«Und dort ist Liev!», sagte Fabian und deutete auf den Drachenlandeingang, der heute von drei Drachen bewacht wurde. «Sie ist die Schönste von allen.»

Jum kicherte, als Pacco zu Liev starrte und ein leises «Jah» hauchte. Und laut lachte sie auf, als plötzlich Smetta hinter ihm stand und sich mit einem Feuerstrahl in seinen Nacken bemerkbar machte. Romee blickte Jum strafend an und unterhielt sich mit ihr in Gedanken.

«Ich habe dich gesucht», sagte Pacco und versuchte, Smetta zu beschwichtigen.

«Du bist schlimmer als Keemun, weißt du das?», antwortete Smetta und ging davon. Pacco lief ihr, Entschuldigungen zurufend, hinterher.

Romee, Mia und Borm blickten hinauf zu Cannoc, der das Herz von Arkamoor und den Stein der Schwäche in seinen Händen hielt. Nur Jum schaute unbeteiligt zu Pacco, der noch immer mit Smetta stritt, sie sah wieder traurig aus.

Fabian konnte nicht anders, strich über ihr weiches Kopffell und sagte: «Hier im Drachenland seid ihr in Sicherheit, auch wenn schwere Zeiten hinter euch liegen, es darf gelacht werden, vielleicht gerade deshalb. Schließlich habt ihr euch von den Schwarzen nicht unterkriegen lassen und ihr werdet es auch in Zukunft nicht. Ihr seid stärker als Drachen, vergesst das nicht.»

Romee sah Fabian an, mit einem durchdringenden Blick wie er ihn von Medrandon, Ari oder Bias gewohnt war. Es war ihm auch egal, dass er seine Gedanken noch immer nicht auf Anhieb verschließen konnte.

Fabian wich dem Blick nicht aus, konnte aber nichts in den Gedanken des Ketanuren lesen.

Jum zog Fabian am Ärmel und deutete grinsend auf Pacco, der jetzt mit Smetta eng umschlungen dastand, wobei kleine Flammen ihre Schnauzen umgaben.

Fabian grinste zurück und sagte: «Es gibt doch nichts schöneres als verliebt zu sein.»

Auch Borm und Mia warfen einen Blick auf die küssenden Drachen und lächelten.

«Wie könnt ihr die Steine so offen ausstellen?», lenkte Romee alle Aufmerksamkeit wieder auf die Steine. «Sie haben Kraft und wer in ihrem Besitz ist, hat ungeheure Macht. Jemand könnte sie stehlen und dann wäre das Drachenland wieder sichtbar für eure Feinde. Die Menschen.» Dabei blickte der Ketanur Fabian an und sagte schnell: «Entschuldige bitte.»

«Was soll ich entschuldigen. Das mit den Menschen?»

Romee nickte und sprach: «Ich hatte vergessen, dass du auch einer bist.»

«Romee, ich bin kein richtiger Mensch mehr, aber auch, als ich noch einer war, hätte ich mein Schwert für das Drachenland erhoben. Ich bin hier zuhause und nicht in der Menschenwelt.»

Über das Ketanurengesicht huschte ein Lächeln, als er sagte: «Das habe ich schon einmal gehört.»

Fabian konnte nicht erkennen, ob Traurigkeit oder Verbitterung in seiner Stimme lag.

«Es muss toll sein, hier im Drachenland.»

«Ja, es ist herrlich, die Drachen sind so einfach, so liebevoll, so herzlich. Alles hier ist unkompliziert und schön.»

«Damit es so bleibt, solltet ihr eure Steine verstecken oder wenigstens bewachen», sagte Romee.

Nun war es Fabian, der die Gedanken des Ketanuren lesen konnte und furchtbare Dinge darin sah.

Auf dem Rückweg zur Höhle der Großeltern gingen Mia und Borm Hand in Hand. Hinter ihnen liefen Romee, Jum und der nun schweigsame Fabian.

Doran umkreiste die Gruppe und ließ sich auf Fabians Schulter nieder. Fabian streichelte den Vogel am Bauch und er krächzte: «Die Weisen haben sich gesammelt, um zu beraten. Wir werden bald aufbrechen, hab ich recht?»

«Ja, Doran, wir brechen bald auf.»

Fabian setzte mit den anderen seinen Weg fort.

«Ich hatte einen Freund, der besaß einen Uhu», sagte Romee leise, ohne jemanden anzuschauen. «Er war der Schönste von allen.»

Fabian war sich nicht sicher, ob Romee den Vogel oder den Freund meinte, sagte aber nichts.

«Musst du nicht gehen?», fragte Jum. «Du gehörst doch auch zu den Weisen.»

«Kja, kja», schrie Doran und es hörte sich wie ein Lachen an. «Fabian ist nicht besonders weise, er ist stur, manchmal blind und dumm! Aber weise ist er nicht.»

«Und du bist ziemlich frech, für einen so kleinen Vogel», schimpfte Fabian und scheuchte die Dohle davon.

Romee lachte und Jum sagte ernst: «Ich finde dich sehr weise, hör nicht auf diesen Vogel.»

«Diesem Vogel rettete ich einmal das Leben, das habe ich nun davon!», sagte Fabian lachend und beschloss, zur Versammlung zu gehen, auch wenn er nicht zu den Weisen gehörte.

Romees Gedanken, die Fabian lesen konnte, ließen ihn nicht mehr los, bis er Bias Höhle betrat. Patricia, Pacco und Vincent waren auch schon da, obwohl sie niemand eingeladen hatte. Fabian setzte sich neben Patricia und blickte in die Runde. Neben Umbra saß Ari, Fabian freute sich, ihn zu sehen, denn wenn Ari hier war, hatte er sich gewiss wieder mit Bias vertragen.

«Es ist ernster als wir angenommen haben», sagte Bias. «Und es bleibt wenig Zeit zum Handeln. Aber um zu entscheiden, was wir tun können, müssen wir wissen, was Noxius vorhat.»

Fabian betrachtete Ari, der sehr besorgt aussah. Er schaute aber immer wieder zu Bias und mehr als einmal trafen sich ihre Blicke und sie tauschen ihre Gedanken aus. «Das Beste wird sein», hörte Fabian Bias reden. «Wir besuchen sie, um etwas herauszufinden.»

Zustimmendes Nicken aller Anwesenden.

«Da ist noch etwas …», gab Bias von sich. «Also, ich werde nicht mitkommen.» Bias blickte zu Ari, der ihm zunickte, dann erzählte er weiter: «Ich lege hiermit mein Amt als Weiser nieder. Denn anders als ich es vorgab, ist Ari nicht nur hier als mein Gast, damit er meine Bücher lesen kann, sondern … wir sind zusammen.»

Es war still in der Höhle. Alle Gesichter schauten fragend, nur Ari lächelte.

Fabian fühlte sich schuldig, er hatte Bias schließlich den ganzen Schlammassel eingebrockt und Ari bestärkt, ihn unter Druck zu setzen. Aber dass er so weit gehen würde und sein Amt niederlegt, das wollte Fabian nicht. Also sah er sich nun in der Pflicht, für Bias einzutreten und seine

Meinung offen kundzutun.

«Das ist doch Quatsch, Bias!», erhob Fabian die Stimme. Medrandon stöhnte auf. «Du bleibst der Oberste der Weisen, wirst uns anführen und Ari kommt natürlich mit. Wer kennt sich im Land der Ketanuren besser aus als Ari? Von uns wohl niemand.» Fabian blickte alle an, die in der Höhle saßen und sagte: «Wenn jemand etwas dagegen hat, dass Bias unser Weiser bleibt, soll er seine Bedenken jetzt äußern oder für immer schweigen.» Niemand sagte auch nur ein Wort. «So, dann ist das auch geklärt. Wann geht es los und wie können wir es anstellen, an Informationen zu kommen? Noxius wird doch nicht nur was gegen die Ketanuren im Schilde führen, sondern weitere Pläne haben, nach allem, was ich von ihm gehört habe.»

«Ja», sagte Bias und blickte Fabian ungläubig an, aber schnell fing er sich und sagte an alle gerichtet: «Wir sollten ein Treffen mit allen Obersten vorschlagen. Wenn wir noch heute einen Vogel ausschicken, könnten wir uns nach zwei Tagesflügen bereits besprechen.»

«Ja, so sollten wir es machen», stimmten alle durcheinander zu.

«Wir brechen in aller Frühe, vor dem ersten Sonnenstrahl, auf.»

Fabian und Pacco gingen zurück zur Höhle der Großeltern und setzten sich ans Feuer zu den Ketanuren.

«Morgen geht es los», sagte Pacco an den

größten unter ihnen, an Romee gerichtet.

«Was gedenkt ihr zu tun?», fragte Romee.

«Die Weisen werden sich mit den Obersten der anderen Stämme beraten», sagte Fabian. «Vielleicht haben sie Informationen, die uns von Nutzen sein können.»

«Fabian hat vorgeschlagen, dass wir so bald wie möglich etwas unternehmen», meinte Pacco. «Alle waren einverstanden.»

«Du bist sehr weise, Ritter Fabian», sagte Jum und lächelte.

«Du machst diesem Halbdrachen doch wohl keine schönen Augen?», fragte Mia und lachte.

«Nein, wo denkst du hin?», sagte Jum. «Seine Liebe gehört doch Patricia, dem Halbdrachenmädchen.»

«Woher weißt du das?», wollte Mia wissen.

«Ja, das interessiert mich jetzt auch», mischte sich Fabian ein.

Kleinlaut sagte Jum: «Ich habe es in seinen Gedanken gesehen.» Dabei senkte sie den Kopf und schaute auf ihre Hände.

«Du hast was?», sagte Romee scharf.

Fabian entfuhr ein Stöhnen und er sagte: «Ich muss es wirklich lernen!»

«Was musst du lernen», fragte Jum unschuldig.

«Na, das Verschließen!»

«Ach, das wäre aber schade, weißt du, es gibt nicht viele, bei denen ich es kann.»

«Ja, genau deshalb muss ich es lernen. Es gibt schließlich Dinge, die niemand wissen soll.»

«Meinst du die blauen Ketanurenaugen, an die du ständig denkst?», fragte Jum neugierig. Pacco verschluckte sich vor Lachen an seinem Essen und Romee blickte Fabian interessiert an.

«Genau so etwas meine ich», sagte Fabian schnell, in der Hoffnung, dass Jum aufhören würde, seine Gedanken auszuplaudern.

«Sich verschließen ist ganz einfach, wenn du möchtest, werde ich es dir beibringen.»

Pacco lachte noch immer, schaute aber nicht zu Fabian herüber, damit ihn kein Bann von ihm traf.

«Würdet ihr wohl singen für mich?», fragte Fabian.

Romee begann mit leisem Brummen, daraus entstand eine Melodie und die drei Ketanuren stimmten mit ein. Es war zwar nicht so ein zarter Gesang wie der von Ari, doch auch ihre Stimmen waren wundervoll und gaben Fabian spürbar neue Energie. «Einfach toll», sagte Fabian und bedankte sich, als das Lied zu Ende war. Pacco wischte sich Tränen aus dem Gesicht.

«Fabian, sollen wir etwas gehen?», fragte Romee.

Fabian stimmte zu. So gingen die zwei zwischen den Höhlen entlang und Romee sagte: «Wenn du dich aufmachst zu den Schwarzen, solltest du dich wirklich schützen können.»

«In heiklen Situationen ist es mir bereits gelungen, aber ich kann es nicht kontrollieren», sagte Fabian ehrlich.

«Wenn es schon mal gelungen ist, dann wirst du dich auch verschließen können. Sieh mich an und schau in meine Gedanken, ich zeige dir, wie ich es mache.»

Fabian blickte dem Ketanuren in die Augen und versuchte, dessen Gedanken zu lesen. Drachenlandbewohner liefen an ihnen vorbei, doch auf diese achteten sie nicht.

«Du hast gesehen, wie ich ein Tuch über meine Gedanken gelegt habe, wie ich es nenne. So, nun verschließe deine Gedanken vor mir», forderte Romee.

«Da ist Fabian», ertönte Aris Stimme.

Romee sackte in sich zusammen und fiel auf den staubigen Boden.

«Das wollte ich nicht», beteuerte Fabian, achtete weder auf Ari noch auf Bias und kniete sich neben den Niedergestreckten. Ari kniete sich auch hin und schlug dem Ketanur sanft ins Gesicht. Bias schaute dem Treiben zu und fragte: «Warum hast du ihn gebannt?»

«Das wollte ich nicht, er wollte mir zeigen, wie ich meine Gedanken verstecke und als ich es versucht habe, ist es wieder nur ein Bann geworden.»

Unterdessen war Romee wieder aufgewacht und sah in Aris Augen. Fabian folgte Bias Blick und wendete sich schnell an Romee. «Das wollte ich nicht, bitte verzeih.»

«Ist schon gut», sagte er und stand langsam auf. Ari befreite Romees Fell vom Staub und sagte: «Es tut mir leid.»

«Ach, so schlimm kann ein Bann von Fabian doch nicht sein, oder?», meinte Bias.

Romee hatte den Drachen erst jetzt bemerkt und blickte ihn durchdringend an. «Das ist Bias», sagte Ari leise zu seinem Artgenossen. An Bias gewandt sagte er: «Das ist Romee.»

«Wir kennen uns bereits, er war ja oft genug in unserem Land», fauchte Romee und der Boden begann zu beben.

«Romee, ich dachte, wir haben das geklärt», flüsterte Ari. Bias drehte sich um und ging. «Romee, bitte ...», begann Ari, doch auch Romee drehte sich herum und ging den Weg zwischen den Höhlen entlang.

«Geh zu Bias», sagte Fabian, «ich kümmere mich um Romee.» Fabian rannte los und holte den Ketanur bald ein. Schweigend liefen sie nebeneinander, bis sie den großen Platz überquert hatten und Fabian ihm den Weg in den Garten wies. Nahe dem Drachenlandausgang waren viele Felsen, die wie Pilze aus dem Boden gewachsen, dastanden. Sie gingen zwischen den Felsen hindurch und betraten den Wald hinter den großen Feldern, die alle Drachenlandbewohner mit Essen versorgten. Im Wald atmete Romee tief durch, dann sagte er:

«Es waren also seine Augen, an die du ständig denkst, ich wollte es nicht glauben.»

Er hat mir also auch in die Gedanken geschaut, wie kann es anders sein, dachte Fabian betrübt.

«Ja, ich mag Ari sehr», flüsterte Fabian ehrlich.

«Wir haben uns auch gemocht, aber es hat irgendwie nicht funktioniert. Ständig war etwas zwischen uns, seine Bücher, das Lernen. Wir sind dann getrennte Wege gegangen, dann hat Ari das Land verlassen und ist mit Bias gegangen.»

«Aber wenn doch alles zwischen euch geklärt war, warum warst du vorhin so wütend auf Bias?», fragte Fabian vorsichtig.

«Ich war so überrascht, Ari wiederzusehen, obwohl ich geahnt habe, ihm hier über den Weg zu laufen, da hatte ich mich nicht mehr unter Kontrolle.»

«Solche Situationen kenne ich, bin vor lauter Eifersucht mit meinem Schwert auf einen Unbewaffneten losgegangen», erzählte Fabian und dachte an letzten Sommer. «Habe mit meiner Freundin Schluss gemacht, weil ich verstand, dass sie es so wollte, dabei wollte sie nur eine Entschuldigung von mir hören. Im Nachhinein tat es mir leid und den ganzen Kummer hätte ich mir auch ersparen können.»

«Ich merke schon, wir könnten Brüder sein», witzelte Romee.

«Lass uns Verbündete sein, schließlich sind

wir beide ganz hin und weg von Aris Augen.»

Der Ketanur brummte etwas Unverständliches.

«Die Drachen sind ganz anders als wir», plauderte Fabian. «Die sind überhaupt nicht nachtragend, verzeihen sich sofort und ihre Welt ist wieder gut. Oft schon habe ich mir gewünscht, so gelassen zu sein wie sie.»

«Du meinst, wenn ich Bias das nächste Mal sehe, wird er mir verzeihen, wenn ich ihn darum bitte?»

«Klar», nickte Fabian. «Aber du solltest dich damit beeilen, denn noch vor Sonnenaufgang brechen wir auf. Auch Bias und Ari.»

«Meinst du, ich kann sie noch aufsuchen?»

«Ja, komm, ich bringe dich zu ihnen», meinte Fabian. Sie durchquerten den Garten und gingen die Wege zwischen den Höhlen entlang, bis sie vor Bias Höhle standen.

Wie schon so oft flüsterte Fabian: «Ari.» Schnell rief er sich ins Gedächtnis, dass er nicht hier war, um Ari zu treffen, daher sagte er nun laut: «Bias hier sind Fabian und Romee.»

«Tretet ein», ertönte Bias Stimme aus dem Inneren der Höhle.

Bias nahm die Hand aus Aris Rückenfell und setzte sich aufrecht hin.

«Ich gehe dann», flüsterte Fabian, doch Romee hielt ihn am Arm fest und flehte: «Bitte lass mich nicht allein, bitte.»

Fabian war nicht wohl bei dem Gedanken, so nah bei Bias zu sein, aber da Romee ihn bat bei ihm zu bleiben, ging er mit.

Ari blickte Fabian an und dann Romee, der seine schuppigen Hände knetete. Fabian vermied es, Bias anzublicken.

«Entschuldigt bitte mein Verhalten vorhin. Ich war wütend auf Fabian, weil er mich gebannt hat, und habe es an den erst besten ausgelassen, die mir über den Weg gelaufen sind. Und das wart ihr.» Er blickte Fabian hilflos an und lächelte, dabei dachte er, *komm Fabian spiel mit.* Fabian nickte schuldbewusst.

«Ist doch schon längst vergessen», sagte Bias. «Setzt euch.»

«Es geht dir gut hier im Drachenland, wie ich sehe», sagte Romee zu Ari.

«Ja, es ging mir nie besser», meinte Ari. «Aber es tut mir leid, dass es in Lakadar nicht gut aussieht. Wir verlassen bei Sonnenaufgang das Land um … na ja, wir wollen herausfinden, warum die Schwarzen euch angreifen.»

«Noxius hat es sich in den Kopf gesetzt, die nicht geflügelten zu jagen und sich untertan zu machen. Viele hat er so manipuliert, dass sie in eine Richtung gehen, in der ihr Verderben wartet.»

Ari nickte.

«Fabian, warum hast du Romee denn gebannt?», forschte Bias nach.

«Er wollte mir beibringen, meine Gedanken

nicht preiszugeben, da ist es mir rausgerutscht.»

«Aber du kannst doch deine Gedanken verbergen, ich wollte sie schon oft einblicken, aber sie waren mir fast immer verschlossen», sagte Bias.

«Ich weiß nicht, warum es funktioniert hat, jeder andere kann darin lesen, wie in einem aufgeschlagenem Buch.»

«Bestimmt möchtest du mir deine Gedanken nicht zeigen, das macht dich stark. Aber glaube mir, es wird dir bei jedem anderen auch gelingen. Das ist auch sehr wichtig, denn die Schwarzen haben nicht nur Kräfte um jemanden zu bannen, sondern auch um zu manipulieren, du hast gehört, was Romee sagte. Das können sie, wenn sie mit ihren Blicken in deine Gedanken kommen.»

«Ich weiß», sagte Fabian. «Ich habe davon gelesen.» Im selben Augenblick fiel ihm ein, dass der Weise Drache doch gar nicht erfahren durfte, dass Ari ihm die Bücher überlassen hatte. Aber schon fragte Bias: «Was hast du denn für ein Buch gelesen, in dem so etwas stand.»

«Ich habe es in Vladirs Gedanken gelesen», versuchte Fabian ganz beiläufig zu sagen und er vermied es, den Drachen anzuschauen.

Die Reise

Fabian, Pacco und Patricia verließen ihr Nest und packten ihre Bündel. Patricia reichte Fabian viele kleine Säckchen, die er in sein Bündel stecken sollte.

«Was willst du denn alles mitnehmen, glaubst du unterwegs gibt es keine Kräuter?»

«Man kann nie wissen, wozu man sie noch braucht», meinte Patricia. Sie selbst stopfte in Paccos Bündel so viel, dass der Beutel prallvoll war.

Vor der Höhle warteten bereits die Ketanuren und berichteten, dass Medrandon schon auf dem großen Platz sei. Nach einem kurzen Frühstück brachen die Kinder und der Drache, gefolgt von den vier Ketanuren, zum großen Platz auf.

Viele Drachenlandbewohner mit einigen Ketanuren und alle sieben Weisen hatten sich bereits auf dem großen Platz eingefunden. Sie wollten die Weisen und die Ritter verabschieden. Vincent stand bei seiner Drachenmutter, küsste sie nach Drachenart und versprach, gesund und munter wiederzukommen. Dann widmete er sich Marietta, die ihre Tränen nicht halten konnte. Fabian blickte zum steinernen Cannoc und wünschte sich für dieses Unternehmen Mut und Entschlossenheit.

«Wir schaffen das schon», flüsterte Pacco, dem ebenso wie Fabian etwas mulmig zumute war. Ihr Aufbruch heute war anders als sonst. Er war mit Erwartungen verbunden, schließlich hatten sie den Ketanuren versprochen, die Ursache allen Übels herauszufinden, und das hieß, sich mit Noxius anzulegen.

Bias blickte sich auf dem Platz um und sah, dass alle beisammen waren. «Fabian fliegt auf Veon, Patricia auf Saba, Pacco, du steigst auf Liev und Vincent, nimm bitte Smettko.» Eine kurze Pause entstand und Bias erhob erneut das Wort. Er schaute zu den Ketanuren, die an diesem Morgen auf dem Platz versammelt waren. «Wir werden alles in unserer Macht Stehende tun, um den Frieden in Lakadar, eurem wunderbaren Land, wiederherzustellen. Bis bald.»

Pacco und Patricia bestiegen die ihnen zugeteilten Drachen, wobei Pacco sehr erfreut war, auf Liev fliegen zu dürfen. Fabian wollte auf Veons breiten Rücken steigen, als er plötzlich von einem kleinen Ketanurenmädchen angesprungen wurde. Jum drückte Fabian so fest, dass er fast keine Luft mehr bekam. «Du machst, dass alles wieder gut wird, nicht wahr, Ritter Fabian?»

«Ich werde genau wie die anderen mein

Bestes geben, ich verspreche es dir.» Sie gab Fabian einen Kuss auf die Wange und ließ sich wieder absetzen. Romee nahm die Kleine auf den Arm und auch er umarmte Fabian mit den Worten: «Bis bald, mein Verbündeter.»

Fabian stieg auf den breiten Rücken Veons und sah in Romees Augen, Gedanken an den gestrigen Abend. Sie lächelten sich an.

Dann blickte Fabian zu Pacco und Vincent und sie nickten sich zu. Patricia deutete er eine Kusshand an, schon erhob sich Bias und alle Drachen folgten ihm. Die sieben Weisen mit Bias an der Spitze und auf seinem Rücken Ari bildeten die Vorhut, dahinter flogen Liev, Smettko, Saba und Veon.

Fabian sah unter sich die letzten Höhlen, den Eissee, das Hochzeitstal und das Tal, in dem er mit Saba war. Dann war er in dieser Richtung soweit vom Drachenland entfernt wie noch nie zuvor.

Die Sonne stieg bis zu ihrem höchsten Punkt, erst dann machten sie eine kurze Pause. Während des Essens verspürten sie alle eine innere Unruhe und so wurden die letzten Bissen hinuntergeschluckt und die Bündel wieder fest verschnürt. Eilig flogen sie weiter, bis die Sonne längst untergegangen war. Erst als die Finsternis eingesetzt hatte, machten sie Rast und entzündeten Feuer, an denen sie ausgiebig aßen.

Pacco blickte zu den Weisen, die um ein

großes Feuer versammelt saßen. Alle Drachen hatten ein Horn auf der Stirn, wie er selbst. Nur hatten sie große Flügel auf dem Rücken, die er nicht aufweisen konnte. Ari saß neben Bias und passte als Ketanur nicht so recht in das Bild. Als ob Ari die gleichen Gedanken hatte, erhob er sich und gesellte sich an das zweite Feuer zu den Rittern.

«Wenn die Sonne das nächste Mal untergeht, werden wir einen gemütlicheren Platz haben als in dieser Nacht», sagte Ari. «Aber wir werden auch näher an den Höhlen der Schwarzen sein. Ihr wisst, dass sie sehr stark sind?» Ari blickte Vincent durchdringlich an. Vincent erhob sich, lief zu Bias und drückte ihm einen Kuss auf die Wange.

«Vincent, was soll das», fragte Bias und drückte den Jungen mit seinen schuppigen Armen von sich.

«Ent … Entschuldigung, ich konnte nichts dafür», sagte Vincent und guckte verwirrt. Pacco ging zu Ari und kniete vor ihm nieder.

«Oh, bitte nicht», flehte Patricia, doch schon saß sie nur noch unbeteiligt da und starrte vor sich hin.

Jetzt war es Fabian, den Ari anblickte. Die Weisen sahen herüber und waren gespannt, was der Ketanur mit ihm anstellte. Fabian wollte sich auf keinen Fall so zum Narren machen wie seine Blutsgeschwister und versuchte, sich zu verschließen. Sie blickten sich lange in die Augen und Fabian fragte in Gedanken: *Und, siehst du etwas?* Da es noch immer seine größte Sorge war, dass jeder seine Gedanken lesen konnte.

Ich sehe nichts, wie kann das sein?

«Bias!», sagte Fabian laut. «Er meint, dass ich es kann.»

Bist du dir sicher, dass es nicht Medrandon war, der es dir gesagt hat?, horchte Ari ihn in Gedanken aus.

Ja, ich bin mir sicher, dachte Fabian, nahm plötzlich seinen Becher und goss sich sein Wasser über den Kopf.

«Tja, du hast dich ablenken lassen, ansonsten war es schon ganz gut.»

Ari klatschte in die Hände und Pacco erhob sich schnaufend, auch Patricia nahm wieder am Leben teil.

Von den Weisen erschallte Gelächter.

«Es war furchtbar», sagte Patricia aufgebracht. «Ich konnte mich nicht dagegen wehren.» Pacco und Vincent nickten zustimmend.

«Nein, das war nicht furchtbar, das war nur ein kleines Spielchen. Die Schwarzen und ganz besonders Noxius sind um ein vielfaches schlimmer.»

An diesem Abend probierten sie es immer wieder. Auch wenn Patricia und Pacco ihre Gedanken verschließen konnten, fiel es ihnen sehr schwer, nicht zu gehorchen, wenn Ari sie willenlos machte.

«Merkt euch eins, die Schwarzen sind nicht

nett, ihre Schuppenfarbe spiegelt ihre Seele wieder und sie manipulieren alles und jeden.»

Veon und Saba kamen aus der Dunkelheit. Sie setzten sich zu Vincent, der sein Schwert in der Hand hielt und es im Schein des Feuers nachdenklich betrachtete. Veon legte Vincent seine schuppige Hand auf den Arm und flüsterte: «Das ist mir nicht geheuer, wenn Ari als Ketanur schon so eine unheimliche Kraft hat, wie sind dann wohl die Schwarzen?» Bei jedem Wort sprach er leiser.

«Mach dir keine Sorgen, Veon, denn wir werden erst einmal die Weisen treffen … danach sehen wir weiter.»

«Hast du keine Angst?», fragte Veon.

«Nein», meinte Vincent und als er den Kopf hob und Fabian anschaute, sah dieser, dass er log.

Ari bedeutete Fabian mit einem Wink, dass er mit ihm kommen soll. Fabian folgte ihm. Außer Hörweite der Anderen flüstert Ari: «Vielen Dank.»

«Wofür? Das du mir deinen Willen aufzwingen durftest und ich mich vor allen zum Narren gemacht habe?»

«Ach Fabian, ich wollte nur aufzeigen, was auf euch zukommt. Ihr müsst alle lernen, euch zu verschließen und zu schützen, es ist wichtig. Aber bedanken möchte ich mich für deine Worte, die du bei der Versammlung gesprochen hast. Bias wäre sonst nicht mehr im Rat der Weisen. Ich kenne niemanden, der mutiger ist.»

Fabian winkte mit der Hand ab und flüsterte:

«Ich hatte ihm das Ganze doch auch eingebrockt, also war es meine Pflicht.»

«Was hast du wem eingebrockt?», fragte Bias, der plötzlich neben Ari stand und eine Hand um den Ketanuren legte. «Und habe ich es eben richtig gesehen, ihr redet in Gedanken?»

«Du hast in der Tat richtig gesehen», antwortete Ari. «Er kann es.»

«Wenn ich ihn anblicke, kann ich meistens nichts in seinen Gedanken lesen», meinte Bias.

«Das ist auch gut so und er sollte auch noch lernen, sich vor Manipulationen zu schützen, genau wie die anderen.»

Fabian ging zurück ans Feuer. Dort saß er neben Pacco und hielt Patricia fest im Arm. Über ihnen schwebte ein Uhu hinweg und landete auf Aris Schulter. Bias hörte, was der Uhu berichtete und sah wütend aus, aber Ari redete kurz auf ihn ein. Bias begab sich wieder zu den Weisen und der Ketanur zu den Rittern. «Hört zu, wir bekommen Besuch», flüsterte er. Veon entfuhr eine kleine Flamme aus seiner Schnauze. Ari blickte Fabian, Patricia, Pacco und Vincent an und teilte sie auf. «Pacco, du gehst mit Vincent in diese Richtung und ihr geht mit mir in die andere. Wir werden uns von hinten heranschleichen und sie ordentlich erschrecken.»

Sofort teilten sie sich auf. Sie liefen in Gruppen durch Dickicht und Baumbestand und hielten Ausschau. Pacco benutzte seine Nase und fand tatsächlich einen Geruch, er beschleunigte seinen Schritt, wobei Vincent ihm dicht auf den Fersen blieb. Nach wenigen Schritten sahen sie in der Ferne mehrere Schatten und schlugen den Weg etwas nach rechts ein, damit sie die Feinde einkreisen konnten. Plötzlich versperrte etwas den Weg. Pacco versuchte noch, es zu überspringen, doch da lag er schon der Länge nach im Laub. Ein Fauchen durchfuhr die Stille und Vincent stürzte auf Pacco.

«He, passt doch auf!», ertönte eine Drachenstimme.

«Verdammt, Vincent, geh runter von mir», motzte Pacco.

Vincent rappelte sich stöhnend auf und erblickte Smettko und Liev, die so dalagen, als wären sie eins mit dem Waldboden.

«Müsst ihr hier rumschleichen, hat man denn niemals seine Ruhe», ertönte wieder Smettkos Stimme.

«Pscht», machten Pacco und Vincent gleichzeitig. «Wir bekommen Besuch.»

Sofort waren Smettko und Liev auf den Beinen und die Hände an ihren Schwertern.

Pacco bedeutete ihnen zu folgen.

Vor den Mond zogen immer wieder Wolken, so sahen sie nur zwei große schwarze Drachenschatten. Sie gingen langsam weiter, verfolgten die Schatten und warteten auf ein Zeichen von Ari. Er kam von einem Baum heruntergeklettert und flüsterte: «Wenn ich pfeife, nähert ihr euch und jagt denen mal einen richtigen Schreck ein.»

Leisen Schrittes verfolgten sie die fremden Schatten, bemüht, sich nicht selbst zu verraten. Jedes Rascheln des Laubes, was ihre Schritte verursachte, kam ihnen vor wie ein Donnergrollen. Doch sie mussten weitergehen, denn sonst entwischten ihnen womöglich die Eindringlinge. Die Schwerter lagen in den Händen, bereit zum Einsatz. Ein schriller Ton erklang und von allen Seiten kamen sie plötzlich aus ihren Verstecken und gingen auf die Drachen los. Die sahen nur eine Chance, die Flucht. Fliegen konnten sie nicht, da die Bäume gerade hier viel zu eng standen. Sie liefen los, so schnell es zwischen den Baumstämmen ging, und versuchten zu entkommen. Als sie nahe den Feuern der Reisenden waren, erkannten auch die Verfolger, dass es keine Schwarzen Drachen waren, sondern Arcus und Keemun.

Aufgeschreckt rannten die Neuankömmlinge zu den Feuern, wo Bias schon auf sie wartete.

«Das waren keine Schwarzen», sagte Fabian erleichtert und guckte Ari böse an.

«Ich hatte nie etwas von Schwarzen gesagt», flüsterte Ari und grinste, «sondern nur von Besuch, oder.»

«Wir werden verfolgt!», schrie Keemun zu den Weisen.

«Sind wir es nicht, die verfolgt werden? Von Euch!», fragte Bias.

Die Ritter traten aus dem Dickicht und Pacco rief: «Arcus, Keemun? Was macht ihr denn hier?»

«Diese Frage wollte ich auch gerade stellen», erklärte Bias.

«Also …», druckste Arcus herum. «Keemun hat auf eigene Faust das Drachenland verlassen und ich wollte nicht, dass er sich in Gefahr bringt. Deshalb bin ich hinterher geflogen.»

Warum guckt Arcus auf den Boden, hat er etwa Angst, Bias könnte seine Gedanken lesen?, überlegte Fabian und betrachtete die Szene weiter.

«Und jetzt?» fragte Bias.

«Wir begleiten euch», antwortete Arcus leise. «Umzukehren würde ja nicht mehr lohnen.»

Bias nickte und sprach: «Arcus, du kannst gehen.»

Keemun stand noch vor Bias, der ihm nun bedrohlich nahekam und flüsterte: «Keemun, sieh mich an und sprich die Wahrheit.»

Keemun senkte seinen Kopf und flüsterte etwas, dabei gestikulierte er mit den Händen.

«Arcus! Komm sofort her!», schrie Bias und lief dem Drachen entgegen. «Warum erzählst du mir nicht die Wahrheit? Du bringst uns alle in Gefahr!» Bias ging ganz nah an Arcus heran, hob den Drachenkopf und keifte weiter: «Du hättest fragen können, ob wir dich mitnehmen.»

«Ich hatte Angst, dass du «Nein» sagst.»

«Aber hast es nicht mal probiert, oder?», fragte Bias und setzte sich wieder ans Feuer, wo er

Medrandon vorwurfsvoll anblickte.

«Ich hoffe nur, dass uns nicht noch mehr von eurer Sorte verfolgen. So groß, so dumm», schrie Bias Arcus hinterher.

Nach einer Weile nahmen die Weisen wieder ihre Gespräche auf. Die Nacht zeigte schnell ihr tiefstes Schwarz und es kehrte langsam Ruhe ein. Alle legten sich in die Nähe des Feuers und schliefen ein.

Die Weisen

Der nächste Morgen hatte alles in ein Grau gehüllt. Die Mäntel, mit denen sie sich zugedeckt hatten, waren feucht und schwer. In Aris Fell schimmerten unzählige Wassertröpfchen wie kleine Kristalle. Aber auch Lievs und Sabas Drachenschuppen glänzten herrlich und gaben der tristen Landschaft wunderbare Farbtupfer. Fabian stand langsam auf und fühlte sich betrübt, als habe der Nebel ihm auch die Farben des Lebens genommen. Ari stand abseits und blickte in den Nebelschleier, als könne er durch ihn hindurchsehen. Fabian trat neben ihn und fand es interessanter, Aris Blick einzufangen und in seine blauen Augen zu sehen. Der Ketanur lächelte ihn an und fragte: «Hattest du eine gute Nacht?»

Ja, antwortete Fabian in Gedanken. *Singst du für mich?*

«Kämmst du mir mein Fell?», fragte Ari.

Fabian ging schnell an sein Bündel und holte seinen Kamm heraus. Mit Ari setzte er sich abseits der noch Schlafenden und begann das Ketanurenfell zu kämmen. «Was hat Romee dir erzählt?», wollte Ari wissen.

«Das ihr mal zusammen wart, es aber nicht funktioniert hat», erzählte Fabian. Ari stimmte eine liebliche Melodie an. Mit jedem Ton, den Ari sang, ging es Fabian besser, seine Lebensgeister schienen nun erwacht zu sein. Schon war er bester Laune und gab sich die allergrößte Mühe, das Fell gründlich zu kämmen. Bias tauchte neben Fabian auf und fragte: «Was wird das hier, warum kämmst du Ari.»

«Ich bat Fabian darum», brummte der Ketanur eine knappe Antwort. «Du hast ja keine Zeit dafür.»

Fabian begab sich zu seinen Freunden und frühstückte am Feuer. Er sah noch, dass Bias und Ari sich böse anblickten und in verschiedene Richtungen davongingen. Jeder schien an diesem Morgen gereizt und übel gelaunt zu sein, nur Fabian nicht, der Aris Gesang hörte.

Nach einem schweigsamen Frühstück schnürten alle ihre Bündel. Fabian ließ sich von Veon fliegen und Vincent von Liev. Für Pacco und Patricia standen Smettko und Saba für die Weiterreise bereit. Ari klettert widerwillig zwischen Bias Flügel. Dieser zögerte nicht lange und erhob sich in die Luft. Die Weisen übernahmen die Spitze und alle anderen Drachen flogen hinterher. Arcus und Keemun flogen mit etwas Abstand zu den anderen, aber nachdem der Nebel verschwunden war, flogen sie dicht in der Menge der Ritter mit.

Die Ebene, die sie überflogen, zeigte nur Felsgestein, in dem hin und wieder kleine Seen zum Vorschein kamen.

Fabian überlegte wie es wäre, wenn sie den Weg zu Fuß gehen müssten.

Die Sonne ging hinter ihnen unter. Den Himmel tauchte sie noch einmal in ein Rot, das von einem Feuer hätte stammen können. Vor den Reisenden lag nun ein weites Tal, das die Felsenlandschaft abgelöst hatte.

Das Tal war umgeben von blühenden Bäumen, die in allen Farben des Regenbogens blühten. Ein leichter Wind blies durch die Zweige, dabei nahm er die farbigen Blüten mit und ließ sie durch die Luft tanzen. Fabian glaubte, hier müsste die Quelle der Regenbogen sein, die er schon oft gesehen hatte.

Arcus, der links neben ihm flog, hatte dafür keine Augen, er maulte schon eine Weile in Keemuns Richtung irgendwelche Beleidigungen. Keemun ließ sich das nicht gefallen und beschimpfte Arcus laut als ängstlichen Lügner, der mit einer Menge Feigheit ausgestattet wäre. Arcus Drachenschnauze brannte lichterloh und er flog nach links, wo neben Liev Keemun flog. Liev war bereits im Sinkflug, als Arcus schnaufend vor Wut Lievs Flügel übersah und dagegen prallte. Liev kam ins Trudeln, wollte mit den Flügeln noch einmal durchschlagen, doch Arcus, der auf dem Weg zu Keemun war, versperrte ihr den Weg. Liev schaffte es nicht mehr rechtzeitig, den nötigen Schwung zu holen für eine sachte Landung. So prallte sie der Länge nach auf den Boden und Vincent überschlug sich einige Male. Laut schimpfend rappelte er sich auf und verfluchte Arcus. Smettko landete neben Liev und fauchte: «Verdammt, Arcus, was sollte das, bist du blind geworden?» Dann half er Liev hoch. Pacco rutschte sofort von Smettko herunter und lief zu Vincent.

«Na, ihr habt es aber eilig», ertönte direkt hinter Vincent eine Stimme. Pacco blickte auf und sah ein Einhorn. Er schaute noch einmal zurück und sah noch wie Medrandon Arcus und Keemun auseinanderzog, die in einer handfesten Auseinandersetzung steckten. Bias ging kopfschüttelnd auf Thales zu und sagte schnaufend: «Die beiden dort sind keine von unseren Weisen, werden sie bestimmt auch nie werden.» Bias verneigte sich leicht und Thales senkte auch kurz sein Horn, dann blickte er Vincent und Pacco an. Seine Augen ruhten lange auf den Hörnern. Patricia und Fabian traten hinzu und Thales sprach: «Die Prophezeiung ist also eingetreten. Ihr seid es, in denen sein Blut fließt.» Nach und nach begrüßte Thales alle Weisen. Als er den Ketanur erblickte, sagte er laut: «Ari, schön, dass du da bist. Es gab ein Gerücht, du seist nicht mehr bei den Obersten.» Ari verbeugte sich vor dem Einhorn, blickte ihm in die Augen und sagte: «Es ist kein Gerücht, ich habe mich entschieden, im Drachenland zu leben. Heute bin ich nur als Freund hier, wenn es dir recht ist.»

«Natürlich ist es mir recht. Ich freue mich über euch alle, auch über die Kinder dort.» Und Thales blickte etwas abseits, wo Arcus und Keemun mit hängenden Schultern standen.

Keiner konnte sich ein Grinsen verkneifen, nur die beiden Drachen fanden das gar nicht lustig.

Der Abendhimmel verdunkelte sich schlagartig. Ein Blick gen Himmel zeigte riesige Vögel, die mit ausgestreckten Schwingen auf sie zuglitten. Als sie den Boden erreichten, sprangen sie noch dreimal, um dann zu laufen, bevor sie zum Stehen kamen. Die Flügel hingen wie schwarze Mäntel über ihrem Körper und verdeckten die krallenbewährten Arme, die darunter versteckt waren. Ihre Vogelköpfe mit dem gewaltigen Hackschnabel bewegten sie ruckartig nach links und rechts, als ob sie alles im Blick haben wollten.

Fabian erschreckten diese Tiere, die er irgendwo schon einmal gesehen hatte. Als er grübelte, woher er sie kannte und welcher Rasse sie angehörten, kamen sie näher. Plötzlich war ihm bewusst, was so anders an ihnen war. Statt eines gefiederten Schwanzes, wie man es von Vögeln gewohnt war, trugen diese Kreaturen einen Schweif ähnlich der einer Katze. Der Schweif peitschte nervös hin und her. Ari berührte Fabian am Arm. Sofort ließ er das Starren sein, obwohl er meinte, dass die ganze Gruppe voller Unbehagen die Neuankömmlinge angeblickt hatte.

«Seelenvögel», flüsterte Ari und Fabian nickte. Bias machte Platz, damit die Vögel Thales begrüßen konnten, da tauchen von rechts zwischen den Bäumen Ketanuren auf.

«Ari, Ari ist auch da!», rief ein Ketanurenmädchen und lief eilig auf ihn zu, um ihn herzlich zu begrüßen. Sie hatte Ari noch nicht wieder aus der Umarmung losgelassen, als ein weiterer Ketanur bei ihm stand und sagte: «Schön, dass du da bist, jetzt wo unser Land in Not ist.»

Auch er bekam eine herzliche Umarmung und gegenseitig wuschelten sie sich in ihrem Fell. Wobei Ari von allen drei Ketanuren, die zusammenstanden, das schönste und prächtigste Fell besaß. Fabian war stolz, es ihm am Morgen noch gekämmt zu haben. Der dritte Ketanur beachtete Ari nicht, sondern ging direkt zu Thales, um ihn zu begrüßen. Die anderen beiden lösten sich von Ari, um ebenfalls den Obersten der Einhörner zu begrüßen.

Über die Wiese sprangen einige Einhörner und Fabian erkannte Mondfell, das ihn willkommen hieß. Vor Patricia machte das Einhorn, das mittlerweile eine bedeutende Größe angenommen hatte, einen Knicks. «Ich freue mich, euch wiederzusehen», sagte Mondfell eher zu Patricia, Fabian schien er schon gar nicht mehr wahrzunehmen.

«Warum kann ich dich sehen und hören?» Fabian wollte es erklären, doch Mondfell kam ihm zuvor. «Du gehörst zu den Weisen, du hast ein Horn», sagte Mondfell und hob seine samtenen Nüstern an ihr Horn und strich sanft darüber. «Da ist es ganz selbstverständlich, wir müssen schließlich zusammen viele Entscheidungen treffen.»

Patricia war hin und weg und hatte nur noch Augen für Mondfell.

Thales rief alle zum gemeinsamen Mahl. Fabian versuchte, sich auf sein Essen zu konzentrieren, nicht auf die Seelenvögel, die immer wieder seinen Blick auf sich zogen. Vincent und Pacco waren etwas entfernt auf der Wiese und Ari saß mit den Ketanuren zusammen. Patricia erhob sich, winkte Fabian noch kurz zu und stieg auf Mondfells Rücken. Sie ritten im Galopp und wirbelten bunte Blütenblätter auf, die hinter ihnen herzuschweben schienen. Nach mehreren Runden über die große Wiese schwang Mondfell seine weißen mit Federn besetzten Flügel und flog über das Tal davon. Fabian erhob sich und ging auf Arcus zu, der außerhalb der Essenden saß. «Bester Schwertkämpfer des Drachenlandes, erhebe die Klinge gegen mich, bevor ich den Schwertkampf verlernt habe.»

Diese Aufforderung zauberte Arcus endlich wieder ein Grinsen auf sein Drachengesicht. Sofort erhob er sich und verließ mit Fabian den Kreis derer, die noch zum Mahl versammelt waren.

Die noch Essenden sollten nicht gestört werden. Sie zogen ihre Schwerter aus der Scheide und begannen den Kampf. Die Klingen schlugen laut und kräftig gegeneinander, was Pacco und Vincent sowie Saba und Veon sofort anlockte. Arcus zeigte Fabian immer wieder neue Kampftechniken, die er und die Umherstehenden sich einprägten. Als Arcus einmal unachtsam war, bekam Fabian die Oberhand und es sah so aus, als würde er siegen. Doch dann schaffte es Arcus, das Blatt zu wenden und Fabian verlor. Arcus trat gegen seinen Sohn Pacco an. Fabian kämpfte gegen Keemun, später gegen Vincent, Veon und Saba. Plötzlich stand Ari vor ihm mit gezogenem Schwert. Sie blickten sich in die Augen und Fabian war verschlossen wie ein Gefängnis. Ari musste also fair kämpfen, er konnte ihn weder bannen noch willenlos machen, was Fabian in der Vergangenheit schon schmerzlich zu spüren bekommen hatte. Es war ein langer Kampf und die Blicke der Obersten aus den verschiedenen Ländern wanderten immer wieder zu ihnen. Elegant schwang der Ketanur sein glänzendes Schwert und führte es gegen die geschmiedete Flamme des Menschen, der jetzt als Halbdrache vor ihnen stand und wunderbar kämpfte.

Arcus konnte nicht anders, als stolz auf Fabian zu sein.

Fabian wurde von Ari besiegt und die beiden umarmten sich herzlich.

«Nimm deine Finger aus Aris Fell und kämpfe», flüsterte Bias.

Sie stellten sich auf. Fabian hatte gekämpft, bis der Mond am Nachthimmel seine höchste Stelle schon überschritten hatte und eigentlich wollten seine Arme kein Schwert mehr halten. Aber der Respekt vor Bias erlaubte es ihm nicht, das Angebot eines Kampfes gegen den Weisen abzulehnen. Auch Bias blickte Fabian in die Augen, aber im Gegensatz zu Ari zeigte er ihm seine Gedanken. Endlich habe ich mal die Gelegenheit, gegen dich anzutreten. Er hob sein Schwert und schlug mit voller Wucht zu, dass Fabian einige Schritte zurückgehen musste, um sein Gleichgewicht zu halten. Wieder schlug der Drache zu und setzte dabei seine ganze Kraft ein. Fabian kam gar nicht dazu, einen Schlag auszuführen, er war immer nur mit der Abwehr beschäftigt. Bias war allerdings schnell außer Puste und seine Schwerthiebe wurden schwächer. Endlich kam Fabian zum Zuge. Bias wurde immer langsamer und es konnte nicht mehr lange dauern und der Drache wäre besiegt. Doch Bias besiegen? Vor den Augen der Weisen Drachen, den Einhörnern, Ketanuren und Seelenvögel? Fabian glaubte, dass es keine gute Idee wäre und so ließ er noch weitere Schläge von Bias zu, bis er ihn soweit an sich heran ließ, dass er ihn verletzen könnte und somit besiegte. Alle Umherstehenden klatschten und Fabian verbeugte sich vor Bias.

«Keemun, fliegst du mich etwas über das Land», fragte Fabian und der Drache ließ ihn bereitwillig aufsteigen. Sofort breitete er seine schwarzen Flügel aus. Das Geräusch der Drachenflügel, während sie sich auf und nieder bewegten, war wie Musik in Fabians Ohren. Jedes Mal brachte es ihm ein Gefühl des Glücks in sein Herz. Dennoch wollte er schauen, wo Patricia war. Mondfell war in der Zwischenzeit erwachsen geworden und wenn Fabian es recht überlegte, hatte er schon immer ein Auge auf seine Freundin geworfen.

Als Mondfell Patricia das erste Mal begegnete, war er noch nicht zu sehen für die Kinder, da sie zu diesem Zeitpunkt noch nicht das Horn der Weisen hatten. Aber berühren konnten sie ihn. Zum Abschied schenkte er Patricia eine Feder aus einem seiner Flügel. Wenn Fabian daran dachte, war der Vergleich nicht weit hergeholt, dass die Geste mit der Feder bei den Drachen so wäre, als würde ein Drache sich eine Schuppe ausreißen und diese verschenken. Doch das würde gewiss kein Drache machen. Allein schon der Gedanke daran, dass Fabian sich von seinen Rückenschuppen eine herausziehen müsse, war schmerzhaft.

«Lass uns Ausschau halten nach Mondfell und Patricia.»

«Wer ist Mondfell, etwa das prachtvolle Einhorn, auf dem sie geflogen ist? Welches ich leider nicht sehen konnte?», wollte Keemun wissen.

«Ja genau, das meine ich», flüsterte Fabian gereizt.

«Jetzt weißt du wenigstens mal, wie es uns geht», sagte Keemun laut gegen den Flugwind.

«Was meinst du?», wollte Fabian wissen.

«Da fragst du noch? Du küsst Marietta und Smetta, dann das mit Saba ...»

Fabian unterbrach Keemun: «Halt mal die Luft an, da war doch nichts, wir sind nur gute Freunde.»

«Ja klar, gute Freunde, du weißt aber schon, dass sie alle die Buntschuppen wollen.»

«Aber Keemun, ich bin doch kein Drache, wie soll ich da ...»

«Das ist den Mädchen doch egal, glaub mir, jede möchte mit dir zusammen sein, deshalb habe ich Angst, wenn Kumala in deiner Nähe ist.»

«Du redest gerade so, als ob ich eine Ausstrahlung wie Liev habe.»

«Glaub mir, das hast du!», rief der Drache.

«Meine Chancen scheinen ganz gut zu stehen. Du kannst umkehren, wir brauchen Patricia nicht weiter zu suchen», rief Fabian laut und grinste, aber schnell fügte er hinzu: «Das war nur ein Spaß. Lass uns tiefer fliegen.»

«Etwa so», dröhnte Keemun und flog so steil auf die Bäume unter ihnen zu, dass Fabian sich an

Keemuns Hals festklammern musste. Der Drache legte sich in die Seite und segelte mehrere Kreise, bevor er wild emporflog. Er stürzte regelrecht zu Boden, um immer wieder im letzten Moment mit einem einzigen Flügelschlag einem Absturz entgegenzuwirken. Fabian feuerte Keemun an und trieb ihn dazu, immer weiter zu fliegen. Patricia war im Moment vergessen. Zu aufregend war es auf Keemuns Rücken. Der Nachtwind streifte über die Haut und immer wieder dem Risiko ausgesetzt zu sein, dass der Drache es nicht schaffen würde, nach einem Sturz in die Tiefe rechtzeitig abzudrehen. Lange flogen sie so umher.

Ganz außer Puste landeten sie wieder bei der Gruppe. Fabian schlug dem Drachen freundschaftlich auf die Schulterschuppen. Ein Blick über die Feuer zeigte Patricia, die mit dem Rücken zu ihm vor einer Gruppe Einhörner stand. Eilig ging er zu ihr und umarmte sie freudestrahlend. «Ich hab dich überall gesucht», flüsterte er ihr ins Ohr und küsste ihren Hals. Die Einhörner kicherten. Aber das interessierte Fabian nicht. Er drehte Patricia herum und küsste sie auf den Mund. Kurz wendete er sich an die Einhörner und sagte: «Ihr müsst entschuldigen, aber ich war heute den ganzen Tag von Patricia getrennt.» Kichernd gingen sie davon.

Fabian wich Patricia nicht von der Seite, sowie auch das Lächeln nicht aus seinem Gesicht wich. Ob es am Drachenflug lag oder an den

Worten, die Keemun über die Buntschuppen erzählte, konnte Fabian nicht sagen.

Als sie am Feuer saßen und sich langsam alle zur Ruhe begaben, sprach Smettko aus, was die anderen auch schon die ganze Zeit über dachten: «Fabian, ist alles in Ordnung? Du hast doch wohl keine Kräuter von Keemun genommen oder zu viel Wein gehabt? Du wirkst etwas berauscht.»

«Nein, es ist alles bestens. Ich hatte heute mein Schwert in den Händen, bin mit Keemun über dieses schöne Land geflogen, habe meine Liebste im Arm und …», Fabian machte eine kurze Pause und blickte Keemun an. «… ich bin einer der Buntschuppen.» Keemun nickte wissend. «Kann es ein schöneres Leben geben?» Fabian küsste Patricia, die sich eng an ihn kuschelte und über seinen fast komplett beschuppten Rücken strich. Dann sanken sie in einen ruhigen tiefen Schlaf.

Die Versammlung

Am Morgen saßen die Weisen aus dem Drachenland zusammen und steckten flüsternd die Köpfe zusammen. Ari war auch bei ihnen und ergriff immer wieder das Wort. Als die Sonne schon fast ganz oben am Himmel stand, gingen Bias und Medrandon zu den Rittern. Der Oberste der Weisen sagte: «Wir werden uns nun mit allen anderen Weisen beraten.»

Vincent erhob sich als Erster.

«Nur die Weisen», sagte Medrandon.

«Ah ja», sagte Vincent und setzte sich wieder ans Feuer.

Bias und Medrandon gingen mit den Weisen Drachen in einen dichten Wald, dessen Bäume nicht so bunt waren wie diese, unter denen sie saßen.

«Ich dachte, wir gehören auch zu den Weisen», meinte Vincent.

«Wir werden schon noch genug erfahren, um was es bei der Versammlung geht», meinte Pacco. «Wir sind sicher nicht umsonst den weiten Weg gereist.»

«Gewiss nicht, sie werden bald wieder aus

dem Wald herauskommen, uns zu sich bitten und erzählen, worüber sie gesprochen haben. So wie sie es immer machen, weil sie uns vertrauen und unsere Meinung für sie von Wert ist», sagte Patricia gereizt und erinnerte sich noch genau an den letzten Sommer. Das Drachenland war in Gefahr gewesen und immer wieder fanden vor seinen Pforten erbitterte Kämpfe gegen die Menschen statt, die es erobern wollten. Doch niemand erzählte den Kindern, was los war. Alle wollten sie in Sicherheit wiegen und zum Schluss waren es Fabian, Pacco, Patricia und Vincent, die das Drachenland gerettet haben. Zum Dank schlug man sie zu Rittern. Doch die Weisen glaubten noch immer nicht, dass sie das Recht haben würden mitzuentscheiden, sie hielten sie noch immer für Kinder. Dabei floss in ihnen allen Drachenblut und sie hatten ein Horn auf der Stirn, wie nur wenige im Drachenland.

«Komm mit, Patricia», sagte Fabian auffordernd und reichte ihr die Hand. Sie gingen ein Stück und als sie außer Hörweite der Freunde waren, zeigte er hoch zu den Bäumen, dessen Blätterdach rosa, rot, gelb, orange und hellblau schimmerte. «Wie im Hochzeitstal», flüsterte er.

Patricia nickte. Fabian blieb stehen und hauchte: «Ich würde dir immer wieder mein Versprechen geben.»

«Ich dir auch.»

«Egal, was geschieht?», fragte Fabian.

«Egal, was geschieht», versprach Patricia.

«Einen Moment, ich bin gleich zurück», murmelte Fabian und pfiff einmal laut in die entgegengesetzte Richtung. Doran kam angeflogen und setzte sich auf Fabians Arm, den er dem Vogel entgegenstreckte. Leise erklärte er dem Vogel seine Situation und bat ihn, die Versammlung zu belauschen. Doran flog davon und Fabian widmete sich Patricia, die ängstlich dreinschaute. «Was, wenn wir erwischt werden?»

«Bei was denn?», fragte Fabian und stellte sich unwissend. Er nahm sie an die Hand und zog sie sacht unter die herrlichen Bäume. Weit entfernt schimmerte es golden und sie wussten, dass es Smettko und Liev waren, die es genossen, unter diesen Bäumen zu liegen. Fabian und Patricia liefen außer Sichtweite der anderen und versprachen sich einander unter den bunten Bäumen, so wie sie es im Hochzeitstal in ihrer Heimat getan hatten. Pacco und Vincent schauten ihnen hinterher und sie dachten an das Drachenland, wo Smetta und Marietta auf sie warteten.

Fabian lag mit seinem Kopf auf Patricias Schoß und es hätte alles so schön sein können, hier unter dem bunten Blütendach, im Drachenland und überall. Aber die Schwarzen Drachen machten es den Ketanuren schwer.

Lautes Gekrächze und Flattergeräusche ließ Fabian hochfahren. Seelenvögel erhoben sich in die Luft und flogen davon. Schon war Doran bei ihnen und berichtete: «Es ist nicht ihr Problem. Die Ketanuren sollen sich selbst helfen, sind schließlich stark genug, haben sie gesagt und die Versammlung verlassen. Die Ketanuren sind enttäuscht und die Drachen wütend. Die Einhörner kann ich nicht einschätzen.»

«Danke, Doran, bitte belausche sie weiter», bat Fabian und ließ den Vogel davonfliegen.

Sofort gingen sie zur Gruppe, der am Feuer Sitzenden und informierten sie.

Wütend über die Seelenvögel sprachen Pacco und Fabian einige Flüche aus, die diese Wesen treffen sollten.

«Vor Feigheit sollen ihnen die Federn ausfallen», flüsterte Pacco wütend.

«Ich glaube gar nicht an Feigheit bei ihnen», mischte sich Vincent ein. «Die stecken mit den Schwarzen unter einer Decke.»

«Es wäre möglich, aber wir werden es herausfinden», meinte Fabian, der ungeduldig auf Neuigkeiten von Doran wartete.

Es dauerte noch eine halbe Ewigkeit, bis der Vogel tatsächlich wieder erschien. Er landete zwischen den Wartenden und krächzte: «Sie sind fertig, aber es hat nichts ergeben.»

«Wie? Nichts ergeben», fragte Fabian.

Pacco knuffte Fabian in die Seite und deutet mit dem Kopf auf die Bäume, aus dessen Schatten die Weisen traten. Die Ketanuren gingen mit hängenden Schultern zu ihrem Feuer. Die Drachen liefen, noch immer ins Gespräch vertieft, durch das Tal.

«Was haben die denn noch zu beraten?», fragte Patricia, der die Anspannung ins Gesicht geschrieben stand.

Vincent hatte sich einen Maiskolben genommen und schmorte ihn über dem Feuer.

«Dass du immer nur ans Essen denkst», meinte Fabian.

«Was soll ich denn sonst tun, während wir warten?», gab Vincent ungehalten von sich.

Nach zwei Maiskolben und einigen Pilzen bewegten sich die Weisen endlich auf sie zu.

«Packt eure Bündel. Wir fliegen zurück ins Drachenland», erklärte Bias.

Die Ritter saßen mit versteinerten Gesichtern da und warteten auf eine Erklärung. Aber Bias blieb stumm.

«Würde uns bitte jemand erklären, was die Versammlung ergeben hat?», platzte es aus Patricia heraus.

«Die Seelenvögel halten sich da komplett raus. Die Einhörner, na ja, können im Moment nichts tun.»

«Und wir?», raunte Pacco.

«Wir haben beschlossen, ins Drachenland zurückzukehren.»

«Was sollen wir da?», mischte sich nun auch Vincent ein.

Bias stöhnte auf, verdreht die Augen und

sagte ungehalten: «Dort werden wir überlegen, wie es mit den Ketanuren weitergeht.»

«Aber das geht nicht, wir können doch nicht unverrichteter Dinge nach Hause fliegen!», fauchte Fabian erbost. «Was sagt denn Ari dazu?»

«Das geht dich doch wohl gar nichts an!» Bias schlugen Funken aus seinen Nüstern.

«Er kommt nicht mit zurück, er geht mit den Ketanuren in sein Land», sagte Umbra, eine der Weisen Drachen, leise.

«Ich komme auch nicht mit zurück ins Drachenland, ich werde mit ihm gehen», sagte Fabian bestimmt.

«Das war ja klar, du dummer Mensch!», keifte Bias. «Kannst es kaum erwarten, dein Schwert einzusetzen und gegen wen ist dir egal, Hauptsache kämpfen, steckt ja wohl in deiner miesen Natur.»

«Falls du dich erinnerst, Weiser Bias», sagte Fabian ruhig, «ich habe geschworen, mein Schwert nur zum Wohle des Drachenlandes einzusetzen und denen damit zu helfen, die meine Hilfe benötigen.» Er ging einen Schritt auf Bias zu und redete weiter. «Im Drachenland warten Ketanuren, die Furchtbares erlebt haben, du solltest mal versuchen, in ihre Augen zu blicken und darin zu lesen. Sie alle warten auf Hilfe von uns und ich habe mein Wort gegeben, mein Bestes zu tun, damit sie bald wieder eine Heimat haben und ohne Angst leben können.» Fabian machte noch einen Schritt in Bias Richtung und flüsterte: «Und was den dummen Menschen angeht, ich bin kein Mensch mehr, sondern ein Halbdrache. Alle haben das schon bemerkt.» Noch einen weiteren Schritt ging er vor und war nun Wange an Wange mit dem Drachen und hauchte: «In der Tat bin ich dumm. Weil ich dich gestern vor all den Weisen den Schwertkampf habe gewinnen lassen, weil ich Respekt vor dir hatte, Bias.»

Fabian drehte sich um, griff seinen Beutel und sagte laut: «Also, ich folge Ari und versuche den Ketanuren zu helfen.» Vincent schnürte auch sein Bündel und stellte sich zu Fabian. Pacco und Patricia folgten ihnen.

«Hört zu, es ist gefährlich, ihr wisst nicht, was auf euch zukommt», meinte Bias, dem die Sorge um die Kinder ins Drachengesicht geschrieben stand.

Ohne sich von irgendwem zu verabschieden gingen die Kinder durch das Tal und nahmen die wunderbaren Bäume oder ihre Blütenblätter gar nicht mehr wahr.

Doran flog vor, um Ausschau zu halten, wo die Ketanuren waren. Erst als sie am Abend rasteten, hatten die Ritter sie eingeholt. Die Weisen, halb Schuppen- halb Fellwesen, saßen um ein Feuer, nur Ari fehlte. Fabian war erschrocken und fragte nach ihm. Sie deuteten mit dem Kopf in den Wald. Fabian lief in die Richtung, die sie zeigten und suchte zwischen den Bäumen nach

Spuren. Nach einer Weile hörte er Geräusche, folgte ihnen und fand Ari.

Außer sich prügelte der Ketanur mit einem langen Ast auf einen umgefallenen Baum ein. Als das Holz in seinen Händen zerbarst, griff er sich vom Boden einen neuen Ast und schlug erneut mit Geschrei zu: «Verdammt! Verdammt! Verdammt! Ins Feuer mit allen Drachen! Mögen ihm die Schuppen ausfallen, zerbrechen und verderben. Dieser Elende, Elende, ich hasse dich, Bias. Brich dir die Flügel bei deiner Heimreise, du verdammte Echse …» Ari schlug wieder und wieder auf den Baumstamm ein. «Du bist es gar nicht wert, dass ich wütend bin, du Elender…»

«Ari», sagte Fabian, und wollte trösten.

Ari drehte sich herum und ein Bann traf Fabian wie ein Fausthieb.

«Fabian!», rief der Ketanur, der erst Augenblicke später merkte, was er angestellt hatte. Er kniete neben Fabian und rüttelte an ihm. Langsam kam er wieder zur Besinnung und richtete sich auf.

«Ari», sagte Fabian leise. «Gemeinsam werden wir eine Lösung finden.» Ari nickte.

«Für alles.»

«Ach, Fabian, es ist nicht so leicht», Ari zeigte nach Westen. «Dort habe ich mein Zuhause bei Bias verloren.» Er zeigte nach Osten. «Und dort verliere ich mit vielen Ketanuren meine Heimat.»

«Hör zu, Ari, es ist noch nichts verloren, du wirst sehen.»

«Ach, Fabian», schluchzte Ari und ließ sich in die Arme nehmen. Der Boden begann zu beben und die Bäume wackelten, dass die Blätter nur so raschelten. Die Freunde schlichen näher und Fabian bedeutete ihnen, dass alles gut sei und er hier bei Ari bleiben würde.

«Du bist mein einziger Freund, Fabian, weißt du, ich habe sonst nichts und niemanden mehr! Ich war einer der Obersten in Lakadar, aber habe immer gedacht, es fehlt irgendetwas in meinem Leben. Sie haben mich alle mit Respekt behandelt, auch Romee. Doch eine unvorstellbare Sehnsucht schlummerte in mir und ich war immer auf der Suche, bis ich Bias traf. Für einige Monde war ich der glücklichste Ketanur, hatte gefunden, wonach ich suchte. Doch jetzt ist alles vorbei. Ich habe Bias verloren. Aber ich kann doch meinem Volk keine Hilfe verwehren, sie haben doch sonst niemanden!» Wieder schluchzte Ari herzzerreißend und alles schwankte. «Er hilft mir nicht, hilft uns nicht, er hat Angst!»

«Er hat Angst und kann nicht mal besser mit dem Schwert umgehen als ich. Außerdem hatte er keine Bücher dabei, mit denen er werfen könnte», sagte Fabian bitter.

Ari blickte auf und vergaß zu weinen. «Habe ich es also richtig gesehen, du hast ihn gestern Abend gewinnen lassen.»

Fabian nickte und sprach: «Was hätte ich auch tun sollen? Ich hatte Respekt vor ihm und wollte ihn nicht bloßstellen.»

Der Ketanur sah Fabian erstaunt an und flüsterte: «Wenn ich ihm das nur unter die Nase reiben könnte.»

«Ich habe es gemacht.»

«Was?»

«Bevor wir gegangen sind, habe ich es ihm unter die Nase gerieben, schließlich hat er ‚Dummer Mensch' zu mir gesagt. Ich als Halbdrache habe auch meinen Stolz.»

Jetzt lachten beide. Patricia kam heran und brachte ihnen etwas zu essen.

«Ist es in Ordnung, wenn ich mit Fabian hierbleibe?», wollte Ari von Patricia wissen. «Ich brauche heute jemanden, der mich versteht.» Dabei liefen ihm schon wieder Tränen über das schuppige Gesicht. Patricia nickte und strich Ari über das Rückenfell, drehte sich wieder um und ging.

«Du bist wirklich ein dummer Halbdrache. Läufst mir einfach hinterher.»

«Bist du mir nicht auch gefolgt, als ich in die Welt der Menschen aufgebrochen bin, um Vladir zu befragen.»

«Vladir, es war so schön bei ihm», sagte der Ketanur. «Ich hatte das Gefühl alles richtig zu machen und der Befragungsstein hat mich in all meinen Entscheidungen bestärkt. Alles war gut, als wir dort waren. Und jetzt?» Wieder schluchzte Ari und der Wald bebte.

Nach vielen weiteren Schluchzern bemerkte Fabian, dass der Ketanur ruhiger wurde, wenn er sein Rückenfell kraulte. Irgendwann war Ari mit seinem Kopf auf Fabians Schoß eingeschlafen.

Am nächsten Morgen fror Fabian und wollte seinen Mantel enger um sich schlingen. Er zog, doch der Mantel ließ sich nicht bewegen. «Bias, lass das, es tut mir weh», raunte Ari verschlafen.

Gut, dass Bias wieder da ist, dachte Fabian und zog wieder an dem Mantel.

«Au», schrie Ari erneut und sprang auf. Fabian lag nun allein da.

«Wo ist mein Mantel», fragte Fabian und wurde langsam wach. «Du hast keinen Mantel, wolltest dich mit meinem Fell zudecken», sagt Ari böse.

Fabian versteckte schnell das Fell unter dem Laub, was er Ari versehentlich ausgerissen hatte. Gemeinsam begaben sie sich zum Feuer und aßen erst einmal ausgiebig.

Besuch bei den Schwarzen

«Was habt ihr für einen Plan?», wollte Pacco wissen.

«Wir haben keinen», meinte Ari. «Aber es muss irgendwie gelingen herauszufinden, was es mit dem Verschwinden der Ketanuren auf sich hat.»

«Wie sollen wir das anstellen?», horchte Pacco weiter aus.

«Fabians Idee war ein Treffen mit den Schwarzen zu vereinbaren», erklärte Ari. «Aber ihr seht, es hat sich zerschlagen. Nur wir acht sind übrig.»

«Dann sind wir immer noch einer mehr als die Weisen im Drachenland», meinte Fabian. «Also ich schlage vor: wir gehen los. Entweder zu den Schwarzen oder nach Lakadar. Irgendwo werden wir bestimmt Antworten finden. Alles ist besser als gar nichts zu tun.»

Als sie aufbrachen, löschte der größte Ketanur das Feuer und sagte zu Fabian: «Wir hatten noch nicht die Gelegenheit uns vorzustellen, ich bin Feng, Aris Bruder. Die beiden sind Luna und Cumu», dabei deutete er mit der Hand auf das Ketanurenmädchen und dann den Ketanurenjungen.

Fabian nickte ihnen zu und während ihres Aufbruchs fragte er: «Gibt es in Lakadar nur drei Weise?»

«Nein, es gibt vier. So wie es auch vier Elemente gibt. Feuer, Wasser, Luft und Erde», erklärte Feng. «Nur einer hat seinen Platz verlassen.»

Fabian überging den letzten Satz, und versuchte auch zu übersehen, dass Feng seinen Bruder, der vor ihnen lief, böse anblickte.

«Du bist Wasser», plauderte Fabian. «Ari ist Feuer, Luna Luft und Cumu die Erde.»

«Woher weißt du das?», fragte der Ketanur neugierig.

«Ich weiß nicht, ich glaube, ich spüre es.»

Er blickte auf Fabian herunter und sagte: «Ihr seid auch vier, aber wer steht bei euch für welches Element.»

Fabian zuckte mit den Schultern.

Ari drehte sich kurz um und grinste bei den Worten: «Die vier sind alle dem Metall zugehörig. Ich glaube, es geht bei ihnen um nichts anderes als den Schwertkampf, obwohl man Patricia und auch Vincent noch zugutehalten muss, dass sie sich mit Kräutern beschäftigen.»

Fabian zuckte mit den Schultern und Pacco rief: «Ich habe mich auch mit Kräutern beschäftigt. Schließlich habe ich sie ausprobiert, damit Patricia und Vincent die Wirkung notieren konnten.» Alle lachten und Pacco erzählte, wie es ihm ergangen war.

Sie liefen, machten kurze Pausen und wenn die Nacht über sie hereinbrach, zündeten sie ein Feuer an und legten sich nieder. Fabian war froh, Patricia in seiner Nähe zu haben, bei Nacht lagen sie eng aneinandergeschmiegt und trotzten so der Kälte, die über das Land zog. Aris Uhu flog unterdessen umher und kundschaftete die Gegend aus. Doran schlief des Nachts und flog tagsüber.

In den nächsten Tagen flogen immer wieder Seelenvögel über sie hinweg. Als die ersten am Himmel erschienen, hatten sie sich noch zwischen die Bäume geschlagen und versteckt, doch mit jedem Tag, den sie gingen, waren weniger Bäume zu erblicken. Irgendwann gingen sie weiter, beachteten die Seelenvögel nicht mehr, da diese sie ganz bestimmt schon entdeckt hatten.

Nachdem kein Baum mehr auf ihrem Weg zu sehen war, gingen sie über grüne Wiesen. Das Grün wurde von braunen trockenen Stellen abgelöst und auch das wurde immer weniger. Irgendwann war nur noch Gestein zu erblicken, soweit das Auge reichte. Ohne jegliches Gewächs.

«Ab jetzt können wir nur noch des Nachts weitergehen», sagte Ari. «Die Sonne brennt hier erbarmungslos herunter und ohne Schatten würden wir bald wirr im Kopf werden.»

Warum werden, du bist es doch schon, dachte Feng und Fabian las es in seinen Gedanken.

«Warum glaubst du, Ari ist wirr im Kopf?», wollte Fabian wissen.

«Weil er alles hatte und doch unser Land verließ, für einen Drachen. Hey, sag mal, hast du in meinen Gedanken gelesen?»

«Sie lagen offen», erklärte Fabian und hatte damit zu tun, den Bann vom wütenden Feng abzuwehren. Dabei fiel Fabian auf, dass keiner der Ketanuren so schöne Augen hatte wie Ari.

«Vergiss es, Feng, er hat geübt, um den Schwarzen zu widerstehen», meinte Ari.

«Und wahrscheinlich hast du es ihm beigebracht», sagte Feng.

«Nicht nur ich, das Drachenland ist eine Gemeinschaft und jeder bringt jedem bei, was er kann.»

«Gemeinschaft? Und wo ist die jetzt? Deine Gemeinschaft! Lässt dein Land allein für diese Feiglinge», schwoll Fengs Stimme an und wurde mit jedem Wort lauter.

«Feigheit ist eine Sache. Dummheit eine andere!», keifte nun Ari. «Warum hast du nicht dafür gesorgt, dass sie sich schützen können, nur wenige konnten es und die sind nun im Drachenland!»

Schnaufend vor Wut verließ Feng die betreten dreinblickende Gruppe.

Ari ging in die entgegengesetzte Richtung.

Luna hatte sich als erste wieder gefangen und sagte in das Schweigen: «Ari hat Recht, ihr solltet euch schützen können, wenn wir auf die Schwarzen treffen. Fabian schau mich an.»

Fabian blickte in die Ketanurenaugen und schaffte es, sich nicht von Luna manipulieren zu lassen.

Sie sah Pacco in die Augen und auch er schaffte es, dem Bann und ihren Blicken in sein Inneres standzuhalten.

Vincent wurde von Cumu sofort gebannt und kippte gegen den Drachen, dieser erschrak sich und bannte Luna.

«Das war aber so nicht abgemacht», schimpfte Luna.

«Du musst dich genauso schützen wie ich, wenn wir den Schwarzen begegnen, du solltest es auch üben», sagte Pacco und grinste.

Sie trainierten noch den ganzen Nachmittag. Fabian war sogar schon so weit, dass er Vincent von hinten festhielt und zuflüsterte, was er machen sollte, damit das Verschließen klappte, und er, falls ihn ein Bann traf, nicht auf den Felsboden stürzte.

«Ich habe halt nicht so viele Feinde, wie du», meinte Vincent gereizt. «Also warum sollte ich es üben, ich habe mich kaum mit Bannen und Abwehren auseinandergesetzt. Meine schlimmsten Feinde waren du und Pacco.»

«Was?», fragten Luna, Cumu und der eben wieder aufgetauchte Feng wie aus einem Munde.

Pacco und Fabian erzählten, dass Vincent einfach nur furchtbar war, bevor sie loszogen, das Drachenland zu retten. Patricia berichtete von Arcus, der Fabian am liebsten vor die Felsen des Drachenlandes gesetzt hätte. Pacco plauderte aus, dass Fabian es sogar mit Bias aufgenommen hatte, weil er sich mit Ari prima verstand, was Bias überhaupt nicht gefiel. Dass Fabian ganz hin und weg war von Aris Augen, ließ Pacco allerdings weg, ansonsten hätte es auch gehörigen Ärger gegeben.

«Kein Wunder, dass du es so gut kannst», flüsterte Luna kopfnickend.

Sie saßen sich gegenüber und übten das Verschließen noch bis zum Sonnenuntergang.

Als Fabian sich eine Pause gönnte, blickte er über den roten Stein, der sich bis zum Horizont zog. So eine Felslandschaft hatte er noch nie gesehen und sich auch nicht vorstellen können. Obwohl er davon gelesen hatte, in dem Buch des Cannoc.

Bevor die Sonne ganz untergegangen war, kam auch Ari wieder ans Feuer und aß. Er saß Feng gegenüber und würdigte ihn keines Blickes.

«Euch sollte man auch mal zusammenkleben», sagte Fabian und sah Ari an.

Feng schaute auf und fragte: «Hat er etwa jemanden zusammengeklebt?»

«Patricia und mich, als wir … na ja … es gab Missverständnisse.»

«Bias und Ari haben uns dann an den

Händen zusammengeklebt, bis wir wieder eins waren», erzählte Patricia lachend.

Fabian legte einen Arm um Patricia und betrachtete Feng, der Ari anblickte und sagte: «Denen hast du geholfen, aber selbst bist du unfähig …»

Ari sprang auf und stürzte sich auf Feng, griff nach seinem Hals und würgte ihn.

Mit einem Satz war Fabian ebenfalls aufgesprungen, riss Ari am Rückenfell von Feng herunter, Pacco und Vincent reagieren und stellten sich zwischen die Brüder.

«Dafür ist jetzt wirklich nicht der richtige Zeitpunkt!», keifte Fabian. «Oder sollen die Schwarzen euch bereits zerfleischt vorfinden, damit sie mit uns ein leichtes Spiel haben?»

Feng und Ari schnauften wütend.

«Wir sind nur wenige, also verschiebt eure brüderliche Feindseligkeit bis die Ketanuren gerettet sind. Jetzt lasst uns aufbrechen. Wir haben noch viel vor!»

In dieser Nacht redete kaum jemand, es herrschte eine bedrückende Stille, schwarz wie die Nacht, die sie umgab. Bei aufgehender Sonne suchten sie sich Felsen, in dessen Schatten sie ruhen konnten. Es war nicht nötig, ein Feuer anzuzünden, denn es war heiß. Die Steine erwärmten sich durch die Sonne so stark, dass Fabian, aus Angst seine Füße würden verbrennen, nicht wagte, auf dem Stein zu laufen. Nachdem sie die Nacht durchgewandert waren, flogen Schwarze Drachen am Horizont. Die Wanderer versteckten sich im Schatten der Felsen und ruhten den Rest des Tages. Bei Dunkelheit gingen sie wieder weiter und am nächsten Morgen waren viele der Schwarzen Drachen ganz in der Nähe am Himmel zu sehen. Die Freunde ahnten nichts Gutes. Nachdem sie die dritte Nacht durchgewandert waren und die Sonne noch nicht ganz über das felsige Tal gestiegen war, landete eine Horde Schwarzer direkt vor ihrem Rastplatz.

«Ihr braucht doch nicht hier zu ruhen, wo ihr doch Noxius Gäste sein könnt, kommt nur, wir bringen euch zu ihm», sagte einer der Schwarzen und blickte bedrohlich.

«Aber gern», sagte Ari. «Das ist der Sinn unserer langen Reise.»

«Ruf deinen Uhu, er wird uns selbstverständlich begleiten», äußerte einer der Drachen.

«Er schläft irgendwo, er wird mich nicht hören», meinte Ari.

«Entweder du rufst ihn, oder wir kümmern uns heute bei Dämmerung um ihn. Was ist dir lieber?», flüsterte der Drache und fuhr mit seiner krallenbewährten Hand über Aris geschuppte Brust. Ein Geräusch entstand, dass sich bei allen die Nackenhaare sträubten, doch keiner gab auch nur einen Mucks von sich. Ari entließ einen hohen

Schrei aus seiner Kehle und schon flog der Uhu herbei.

Hoffentlich hat Doran verstanden, was hier gerade passiert, dachte Fabian und blickte starr vor sich hin.

Die Ketanuren gingen vor und die Ritter folgten. Eingerahmt von Schwarzen Drachen, die abfällig grinsend auf die Wanderer blickten.

In der Ferne kamen Seelenvögel aus einem Felseingang und erhoben sich kreischend in die Höhe. Andere landeten und verschwanden durch den Eingang ins Innere. Niemand, ob Ketanur oder Ritter, traute sich auch nur ein Wort zu sagen. Fabian vermied es sogar, in Gedanken zu urteilen oder Schlüsse zu ziehen, warum die Seelenvögel hier ein- und ausgingen. Aus Angst, die Schwarzen könnten seine Gedanken hören.

Beim Näherkommen erkannten sie einen Eingang, der aber nicht in eine Höhle führte, wie es im Drachenland üblich war, sondern in einen Berg.

Ach wäre ich doch jetzt im Drachenland, dachte Vincent voller Unbehagen.

Die letzten Nächte waren unheimlich gewesen und das Schlafen tagsüber bei der Hitze fast unmöglich, doch nun sackte ihre Stimmung, mit jedem Schritt den sie gingen, immer tiefer. Ein mulmiges Gefühl in der Magengegend hatte sich auf alle niedergelegt und ließ erahnen, was auf sie zukommen würde.

Der Eingang in den Berg nahm sie auf, wie ein gefräßiger Schlund. Je weiter sie gingen, umso schwächer wurde das Licht, was von den wenigen brennenden Fackeln ausging. Als ob der Berg alle Helligkeit verschlungen hätte. Alles um sie herum wirkte grau wie an einem nebligen Tag. Jeder ihrer Schritte hallte an den Höhlenwänden wieder wie eine fremde Stimme, die Beschwörungen murmelte.

Pacco sah sich nach seinen Freunden um und entdeckte in jedem ihrer Gesichter Angst.

«Tretet ein», rief ein Schwarzer und deutete auf einen Eingang in ein großes, mit vielen Fackeln bestücktes Gewölbe. Die Flammen der Fackeln tanzten auf und nieder und warfen unheimliche Schatten an die Wände. Auf einer steinernen Erhöhung saß, wie auf einem Thron, ein Schwarzer Drache und blickte auf sie herab.

«Ah, unser Besuch!», rief Noxius aus. «Was treibt euch in meine Höhle?»

Deine Drachen waren es, hätte Fabian gern gesagt, doch er schwieg und überließ es Feng, zu reden: «Wir sind auf der Durchreise nach Lakadar und wurden gebeten euren Berg zu betreten.»

«Ach ja», hauchte Noxius unschuldig. «Ich heiße euch herzlich willkommen. Aber was ist der Grund der weiten Wanderung?»

«Lakadar ist überfallen worden, nun sind wir auf dem Weg dorthin, um herauszufinden, was passiert ist.»

«Ich werde mich mal umhören», sagte Noxius lächelnd. «Vielleicht hat einer meiner Freunde davon gehört und kann uns berichten, wer dahinter steckt. Aber jetzt seid ihr meine Gäste. Nehmt Platz, ihr werdet hungrig sein.»

Noxius nickte einem Drachen zu und sofort lief dieser mit eiligen Schritten aus der Höhle.

Niemand setzte sich und so forderte der Drache sie erneut auf. Als sich Ari niederließ, folgten ihm die Freunde. Fabian sah sich in dem unheimlichen Gewölbe um, das so groß war, dass ein Drache darin hätte fliegen können. Die Wände schwarz vom Ruß und ohne jegliche Verzierung. Sein Blick blieb auf Noxius haften, der für einen Drachen zwar nicht besonders groß war, vielleicht etwas größer als er selbst. Die Schuppen schwärzer als eine mondlose Nacht, als ob das noch nicht genügte, zeigten seine Drachenfinger lange scharfe, im Licht des Feuers aufblitzende Krallen. Wie kleine blank polierte Schwerter. Schnell wand Fabian den Blick von den Krallen und bemerkte die kalten dunklen Augen des Drachen, die ihn zu durchbohren schienen. Fabian hielt dem Blick stand, obwohl er am liebsten weggerannt wäre, fort von diesen beängstigenden Drachen und dem beklemmenden kalten Ort. Sofort verschloss Fabian sich. Doch anstatt einen Bann auferlegt zu bekommen, womit er rechnete, ließ Noxius ihn an seinen Gedanken teilhaben. Wie einst bei Vladir tauchten vor Fabians innerem Auge Bilder auf, furchtbare Bilder. Ein brennendes Dorf, schreiende Menschen liefen panisch durch frisch gefallenen, weiß glitzernden Schnee. Schwarze feuerspeiende Drachen flogen immerzu um sie herum. Sie jagten ein junges Paar, dessen Gesichter blankes Entsetzen zeigte, sie versuchten Hand in Hand zu entkommen. Doch ein Schwarzer schnitt ihnen den Weg ab und landete direkt vor ihnen. Die Bestie hob eine Hand, der Mann stellte sich noch schützend vor seine Frau. Die Drachenhände schnellten schon über den jungen Körper. Die messerscharfen Krallen durchtrennen Kleidung und Haut von Schulter und Brust sowie den Bauch. Fabian sah, wie das helle Fleisch aufklaffte, gespalten wie durch einen Schwerthieb. Der junge Mann sackte rückwärts in den Schnee und starb. Noxius lachte laut auf und Fabian war wieder in der Wirklichkeit. Er wich zurück, doch konnte er nicht anders, als den Schwarzen Drachen voller Abscheu und Hass anzublicken. Pacco legte beruhigend eine Hand auf Fabians Arm, als habe auch er diese furchtbaren Bilder gesehen.

Die Schwarzen Drachen trugen viele verschiedene Speisen herein, ließen sich auch in der Halle nieder und im Nu fand ein reinstes Festmahl statt. Wie sie es bei Thales im Tal der Einhörner erlebt hatten. Wäre die Höhle nicht so duster und die Schwarzen Drachen nicht anwesend, wäre es ein nettes Beisammensein gewesen.

«Fabian, isst du nicht?», flüsterte Ari.

«Nein, mir ist schlecht», hauchte Fabian.

«Tu wenigstens so, als würdest du essen.»

Fabian gehorchte.

Später zeigte man ihnen einen Schlafplatz, tief im Berg. Fabian hatte versucht, sich den Weg zum Ausgang zu merken. Doch nach unzähligen Gängen, die sie durchquerten und mal rechts und mal links abgebogen waren, hatte er aufgegeben.

Der Schlafplatz war gerade mal so groß wie die Höhle, in der Patricias und sein Nest stand. Nur ohne Nest, Stroh oder Laub. So legten sie sich auf den nackten Felsen.

Geschafft von den Strapazen ihrer Wanderung atmeten die Freunde schon bald ganz gleichmäßig, sie schienen zu schlafen. Doch Fabian gingen die Bilder, welche Noxius ihm aufgezwungen hatte, nicht mehr aus dem Kopf. Im Dämmerlicht sah er Ari, der sich hin und her wälzte.

«Ari, kannst du auch nicht schlafen?»

«Nein», antwortete der Ketanur, erhob sich und setzte sich abseits von den Schlafenden. Fabian folgte ihm. Lange saßen sie so beieinander.

«Ich habe Angst», flüsterte Fabian.

«Ich habe auch Angst», hauchte Ari kaum hörbar.

«Was machen wir denn jetzt?»

Ari atmet tief, als müsse er sich zwingen, nicht zu weinen. *Sicher wegen Bias,* dachte Fabian. Er legte einen Arm auf Aris Rücken und strich durch das Fell. Es beruhigte den Ketanuren und auch Fabian fand Wärme und Geborgenheit als Ari leise summte. Schließlich schliefen auch sie ein. Fabian schmiegte sich dicht an den felligen Rücken des Ketanuren.

Irgendwann erwachte Fabian, weil Ari sich bewegte, da schliefen die Freunde noch immer. Fabian rätselte, ob es wohl Tag oder Nacht war, da sie in dem Berg weder Mond noch Sonne zu Gesicht bekamen. Aus lauter Langeweile umkreiste Fabian ihre Schlafhöhle, betastete den groben Stein. Er fühlte sich nicht glatt an, wie die Felsen im Drachenland. Eher erinnerte ihn die Oberfläche an einen von Würmern zerfressenen Apfel. Im Felsen waren große und kleine Löcher, manche so gewaltig, dass Fabian eine Hand hineinstecken konnte. Bei diesem Stein war es sicher nicht schwer, einen Weg in den Berg oder ein Gewölbe herauszuschlagen, überlegte Fabian und musste aufpassen, dass ihn der Stein mit seinen scharfkantigen Unebenheiten nicht in die Finger schnitt.

«Im Essen war ein Schlafmittel», sagte Ari.

Fabian ließ vom Stein ab und guckte fragend.

«Du hast nichts gegessen, oder?», fragte der Ketanur.

«Nein, mir war so schlecht von Noxius Gedanken.»

«Ich habe auch nicht gegessen. Wir beide haben geschlafen und sind nun wieder wach. Alle anderen schlafen noch tief und fest.»

Fabian nickte.

«Das kann nur eins bedeuten», meinte Ari. «Er hält uns fest, damit er zu Ende bringen kann, was er begonnen hat. Lass uns versuchen, sie zu wecken.»

Es dauerte eine Ewigkeit, bis sie alle aufwachten und noch einmal unheimlich lange, bis sie wieder ansprechbar waren.

Voller Sorge erzählten Fabian und Ari, dass sie viel länger geschlafen hatten, als es normalerweise möglich sei.

«Sie wollen Zeit schinden, die wir ihnen nicht geben dürfen», erklärte Ari.

«Bestimmt haben sie uns Kräuter untergemischt und da ihr nicht gegessen habt, hat es euch nicht getroffen», erklärte Patricia. «Aber wir werden den Spieß umdrehen, dann können wir vielleicht erfahren, was sie vorhaben.»

«Wie meinst du das?», wollte Ari wissen.

«Es gibt Kräuter, die als Wahrheitskraut dienen.»

«Ach ja, dass ich da nicht schon eher drauf gekommen bin», äußerte sich Fabian. Wobei ihm wieder einfiel, wie Vincent mit Patricia vor seinem Nest stand und sie ihn ausfragten.

Vincent grinste Fabian schuldbewusst an.

«Wir brauchen diese Kräuter», sagte Ari. «Vielleicht können wir dann tatsächlich etwas rausfinden.»

Patricia kramte in ihrem Beutel und hielt ein kleines Säckchen hoch. «Hier habe ich sie, wir müssen nur auf eine Gelegenheit warten, um es in das Essen der Drachen zu mischen.»

«Fabian und Pacco, ihr seid doch immer für einen Streich gut, ihr lenkt die Drachen ab, und Patricia und Vincent …» Ari verstummte, da einige Fackeln hinter einer Kurve des Stollens zum Vorschein kamen.

«Legt euch hin. Sie sollen denken, wir sind noch müde», flüsterte Ari und legte sich nieder.

«Noxius lässt bitten. Kommt, sein Tisch ist reichlich gedeckt!», forderte ein großer Schwarzer Drache. Weitere Augenpaare waren auf sie gerichtet. Einer nach dem Anderen folgten dem Schwarzen.

Dieses Mal wurden sie in ein kleineres Gewölbe geführt als zuvor. Viele schwarze Drachen hockten auf dem Boden und zerfleischten kleine Tiere. Fabian erkannte Kaninchen, Vögel und Reste eines kleinen Rehkitzes. Pacco starrte angewidert auf die Essenden.

«Ihr bekommt auch gleich», röhrte ein Schwarzer und schubste Pacco unsanft zu einer Seite in der Höhle, wo noch etwas Platz war. Ari guckte auf den Boden und versuchte ein Stück Felsen zu entdecken, das nicht mit Blutflecken übersäht war, bevor er sich setzte. Drachen kamen herein und reichten den Ketanuren und Rittern Holzschalen, gefüllt mit Undefinierbarem.

«Der Berg ist sehr groß, werden wir unseren Schlafplatz wiederfinden?», fragte Patricia den Schwarzen Drachen, der sie in die Höhle geführt hatte.

«Keine Angst, ich werde euch den Weg schon weisen», antwortete er und blickte Patricia an. Sie suchte in seinen Augen nach Nettem und Gutem, wie es die Drachen hatten, bei denen sie aufwuchs. Es war einfach unvorstellbar, von Grund auf böse zu sein, irgendwo musste doch in jedem etwas Gutes stecken. Doch sie fand nichts und blickte schnell auf ihr Essen.

«Du verdammter Schleimling», kreischte Pacco und stürzte sich auf Fabian. Er starkste über ihre Holzschalen und war froh, diesen grässlichen Fraß darin nicht essen zu müssen. «Du beleidigst meine Familie kein zweites Mal.»

«Und ob ich sie beleidigen werde, du winzige Echse», keifte Fabian zurück und schon lagen sie am Boden.

Für die Schwarzen Drachen wurde das Essen prompt zur Nebensache, sie ließen von ihren blutigen Stücken ab betrachteten lieber die Keilerei.

Eigentlich würde Fabian sein Schwert ziehen und einen anständigen Kampf gegen Pacco austragen, auch das hielt die Zuschauer normalerweise im Bann. Aber hier hatten sie es mit Schwarzen Drachen zu tun, die kein Interesse an respektvoll ausgetragenen Kämpfen hatten.

Patricia nutzte die Chance der Aufmerksamkeit, die alle den Streitenden widmeten und streute Kräuter aus ihrem Beutel auf das Essen des Schwarzen, der sie zurückbringen würde. Patricia nickte Feng zu, der sich zwischen die Raufenden warf und beruhigend auf sie einredete.

Ein Raunen ging durch die Höhle, von enttäuschten Drachen, die gern mehr von der Prügelei gesehen hätten.

«Warum hast du das gemacht?», fauchte ein Schwarzer und funkelte Feng böse an.

«Weil wir nicht streitsüchtig sind», murmelte Feng und schaute angewidert auf sein Essen.

Patricia wartete noch, bis der Drache zu Ende gegessen hatte und sagte: «Unser Marsch war lang. Ich bin erschöpft und würde mich gern hinlegen und etwas ausruhen.»

Der Drache erhob sich und sagte: «Kommt!»

Patricia und Ari blieben dicht am Schwarzen. Der Rest der Freunde ging immer langsamer, damit Patricia genügend Zeit hatte, Fragen zu stellen. Fabian tat, als habe er sich ein Bein verstaucht und Pacco beschimpfte ihn deshalb. Die Schwarzen, die der Gruppe folgten, fanden wieder Gefallen an ihren Rangeleien. So merkten sie nicht, dass Patricia schon weiter vorn war und den Schwarzen ausfragte: «Wo sind die Ketanuren aus Lakadar.»

«Die tun wie ihnen geheißen.»

«Was machen sie denn?»

«Sie lassen die lebendigen Berge wütend werden, damit sie ihr Feuer spucken.»

«Was hat das für einen Zweck.»

«Die Nichtgeflügelten sind wir los und das Land ist unser. Wenn wir dann noch die Einhörner und Drachen töten, befindet sich alles in unserer Hand.»

Ruckartig schnellte seine krallenbewährte Hand an Patricias Hals und er hauchte: «Sag mal, fragst du mich etwa aus, du miese Kreatur?»

Ari schubste den Drachen beiseite, dass er seine Fackel verlor. Sofort waren zwei Schwarze vorn und griffen Ari grob an seinem Fell. Fabian und Feng stürzten sich auf die Drachen, doch im Nu hatten sie Feng auf dem Boden liegen. Fabian mit einer Krallenhand gegen den Felsen gedrückt. Patricia und Vincent gebannt. Luna versuchte mit Cumu und Pacco, die Freunde wieder zu befreien, doch auch sie wurden mit den scharfen Krallen der Schwarzen bedroht.

«Hoffentlich gibt Noxius sie bald frei, dann kümmere ich mich um die beiden», pustete der große Schwarze und zeigte auf Ari und Fabian.

«Dann nehme ich die beiden!», sagte ein anderer. «Die Restlichen könnt ihr euch teilen.»

Zustimmendes Gemurmel der Drachen war zu hören und sie zogen grob an den Gebannten, um sie einzusperren. Fabian landete auf seinen Knien, als man ihn in ein Gewölbe schubste. Ari bekam einen Stoß und stolperte hinter ihm her.

«Sollen wir dem Menschen und den anderen nicht diese Dinger abnehmen», fragte einer der Grobiane und deutete auf Fabians Schwert.

Nicht mein Schwert, dachte Fabian und rutschte tiefer in die Grotte.

Der schwarze Artgenosse hob eine Hand und wackelte mit seinen Fingern, dass die Krallen nur so schimmerten. «Was will der Kleine mit diesem lächerlichen Ding anrichten, er könnte nicht mal eine deiner Schuppen damit zerbrechen, lass ihm sein Spielzeug.» Es knallte laut und die Felseinbuchtung war verschlossen.

Eine Tür, ging es Fabian durch den Kopf und erst jetzt wurde ihm bewusst, dass es im Drachenland keine verriegelten Höhlen gab. Vielleicht war es das, was er am Drachenland so sehr liebte, was alles so leicht und friedlich machte. Jeder konnte kommen und gehen, wie ihm beliebte und nichts wurde von anderen abgetrennt. Fabian lehnte an einer Wand und war froh, dass sie keine Fackel zurückgelassen hatten, so konnte Ari seine Tränen nicht sehen. Irgendwann übermannte ihn trotz seiner Verzweiflung und Wut der Schlaf. Doch jäh wurde er aufgeschreckt, als sich jemand an der Tür zu schaffen machte und mit einer Fackel hereinkam. Fabian erkannte trotz des Lichts der Flamme nur dunkle Gestalten, dann fiel ihm wieder ein, wo er sich befand. Zwei Drachen kamen herein, leuchteten mit der Fackel umher, bis sie gefunden hatten, nach wem sie suchten. Sie traten auf Ari ein, der eingerollt auf dem Höhlenboden lag. «Stop, es hört nicht auf», sagte der Drache, der die Fackel trug. Schon waren sie wieder verschwunden. Ari krümmte sich vor Schmerz während Fabian zu ihm hinkroch. Der Felsen, in dem sie sich befanden, schwankte. Nun wusste Fabian, warum die Schwarzen so plötzlich aufgetaucht waren, sie glaubten Ari war es, der weinte und somit den Boden zum Beben brachte. Entsetzen machte sich in ihm breit, als er sich ausmalte, was diese brutalen Bestien nun in den anderen Verließen tun würden. Er hatte Angst um Feng, Luna und Cumu, die sich die Drachen vornehmen würden.

«Wir müssen hier schleunigst raus», flüsterte Fabian und kroch zur Tür. Seine Finger glitten am Holz entlang. Einmal ganz ringsherum. Am oberen Rand spürte er etwas Luft nach oben. Fabian konnte eine Hand herausstrecken, aber was nützte das schon? Außen befand sich ein Riegel, der die Tür fest verschlossen hielt. Fabian schob seinen Arm durch den Spalt und fühlte Metall auf der Außenseite. Eisenbeschläge, die als Scharniere endeten. Zwei Metallhaken waren im Mauerwerk fest verankert und die Tür daran aufgehängt, genauso waren die Konstruktionen bei den Menschen an ihren Häusern und Ställen. «Jah», jubelte Fabian leise. «Komm Ari, ich habe eine Idee, wie wir hier rauskommen.»

Ari kroch zur Tür.

«Lass uns die Tür anheben», flüsterte Fabian. Gemeinsam versuchten sie, das Holz in die Höhe zu heben, doch es war schwer. Sie setzten all ihre Kraft ein, doch ging das runde Metall nicht aus dem Stift, der aus der Wand kam und die Konstruktion hielt. Wieder bewegte sich der Boden und kleine Felsbrocken rieselten von der Decke. Ari wurde von einem Stein getroffen. «Au! Muss das jetzt auch noch sein?», fluchte er.

«War der Stein groß?», fragte Fabian.

«So groß, dass es wehtat, als er auf mich fiel. Sonst hätte ich nicht «Au» gesagt, oder?»

«Ach, Ari, gib mir den Stein, ich suche noch mehr.»

«Was ist in dich gefahren», wollte Ari wissen. «Was willst du jetzt mit Steinen? Wir sind in einem Berg, umgeben von Stein.»

Fabian rutschte auf den Knien umher und schleifte Felsstücke aller Größen zur Tür. Dann flüstert er: «Lass uns das Holz anheben.»

Sie bewegten die Tür ein Stück nach oben und Fabian schob einige Steine darunter.

«Die Felsstücke sorgen dafür, dass das Holz nicht wieder bis unten fällt», wisperte Fabian, aus Angst man könnte sie auf der anderen Seite hören. «Wenn wir bei jedem Anheben Steine darunter legen, bekommen wir sie immer ein Stück höher, bis sie aus den Angeln fällt.»

Wieder bebte der Boden und Ari hob unter lautem Stöhnen vor Anstrengung das Holz Stück für Stück hoch. Dann kippte die Tür laut polternd auf den Boden. Sie waren frei. Nun durften sie keine Zeit verlieren, denn die unberechenbaren Drachen konnten jeden Moment auftauchen, um wieder jemanden zu quälen.

Sie tasteten sich an der dunklen Wand entlang und fühlten nur Gestein.

«Wir sind hier verkehrt», zischte Ari. «Als sie Patricia und Pacco einsperrten, hörte es sich an, als wäre es nah an unserer Höhle, wir sind zu weit, lass uns umkehren.»

Sie gingen nun in die Richtung aus der sie herkamen, an ihrem Gefängnis vorbei, immer weiter. Endlich fühlten sie wieder Holz und Fabian flüsterte: «Patricia, Pacco, Vincent …?»

«Fabian, wir sind hier», flüsterte Patricia und klopfte leise gegen die Tür.

«Wir holen euch da raus», versprach Fabian und zog den Riegel auf. Patricia fiel Fabian in die Arme. «Wer ist noch in der Höhle?», fragte Ari.

«Vincent und ich», flüsterte Feng. Er griff im Dunkel das Ketanurenfell seines Bruders und umarmte ihn, so gut es mit einem Arm ging, mit dem anderen Arm stützte er Vincent. «Seid ihr so weit in Ordnung», fragte Ari.

«Geht schon, nur Vincent kämpft noch mit einem Bann», antwortete Feng.

Sie tasteten sich am Gestein entlang, blieben aber dicht zusammen, um in der Schwärze vor ihren Augen den Vordermann nicht zu verlieren.

Endlich griff Ari, der erste in der Reihe, an die nächste Tür. «Pacco? Luna? Cumu?» flüsterte Ari, als er die Tür entriegelte und öffnete.

«Ari? Bist du das?», wimmerte Cumu tief im Inneren des Kerkers.

«Ja, ich bin es mit den anderen, uns fehlen nun noch Pacco und Luna. Sind sie hier?»

«Ja, aber sie brauchen Hilfe.»

«Pacco, mach mal Feuer, damit wir was sehen», forderte Fabian.

«Sie haben ihm irgendetwas auferlegt, immer, wenn sie hier hereinkamen», flüsterte Cumu und versuchte gemeinsam mit Fabian den Drachen aufzurichten.

«Pacco, kannst du mich hören?», fragte Fabian. Der Drache antwortete nicht, blieb aber auf seinen Beinen stehen.

«Du bist stark und ihr Bann kann dir nichts anhaben, das musst du dir selbst immer wieder sagen. Nun setze ein Bein vor das andere, damit wir hier wieder rauskommen.»

Langsam tasteten sie sich wieder am Felsen entlang.

«Wie sollen wir je den Ausgang finden?», flüsterte Luna. «Wir sind verloren.»

«Wir bekommen das hin, ganz bestimmt», sagte Feng.

«Runter», zischte Ari und bückte sich sogleich. Schon hörten es die anderen auch. Lautes Stampfen lag in der Luft und weit vor ihnen führte ein Quergang entlang, an deren Abzweigung schwarze Drachen mit Fackeln vorbeizogen.

Als wieder alles schwarz war, schlichen sie weiter. Schritt für Schritt, immer darauf bedacht, kein Geräusch zu machen. Wieder zogen Fackeln tragende Drachen vorbei, diesmal allerdings waren die Freunde schon sehr nah an der Abzweigung. Stocksteif lehnte sich die Gruppe an die Wand und vergaß sogar zu atmen. Nur ein Mucks und die Schwarzen würden sich wieder über sie hermachen. Dann gäbe es sicher keine zweite Gelegenheit mehr zu fliehen. Die Drachen zogen vorbei. Nun waren es nicht mehr viele Schritte, bis sie an der Wegbiegung angekommen waren.

«Wo lang?», fragte Fabian, der gemeinsam mit Ari in die Dunkelheit blickte. Kein Licht, nicht mal ein winziger Punkt war auszumachen.

«Wenn wir bergauf gehen, könnten wir richtig sein. Bergab würden wir tiefer in den Berg laufen. Lass uns probieren, ob wir etwas merken. Du gehst einige Schritte in diese Richtung», bestimmte Ari und schob den Ritter auf den Weg, den auch die Schwarzen gegangen waren.

«Ich nehme diese Strecke und ihr wartet hier. Wenn ich einen Laut von mir gebe, kommst du wieder zurück.»

Am Gestein tastete Fabian sich empor, ungeachtet, dass der raue Felsen seine Haut aufschnitt.

Ein leiser Pfiff ertönte und Fabian kehrte um.

«Was meinst du?», fragte Ari.

«Mein Weg führte bergab.»

«Dann gehen wir dort lang, wo die Drachen herkamen. Also los», flüsterte Ari und alle setzten sich wieder in Bewegung. Zwischendurch blieben sie stehen, um zu lauschen, aber kein Geräusch war zu hören, als wären sie allein im Berg. Sie gingen immer schneller, denn jeder hatte das Bedürfnis den Berg zu verlassen, selbst Pacco, der noch nicht wieder ansprechbar war, hielt Schritt. Hin und wieder fluchte jemand, wenn der poröse Felsen ihm schmerzende Schnittwunden zugeführt hatte. Sei es durch das Entlangtasten oder das unfreiwillige Berühren mit Arm, Schulter oder Bein. Sie irrten umher, bis die Erschöpfung sie veranlasste, eine Pause einzulegen.

«Ich sehe Licht», flüsterte Fabian, aber er dachte, dass ihn seine Augen vor Erschöpfung trügen.

Ari erhob sich und bewegte sich fast lautlos den Gang entlang, Fabian folgte ihm. Sie kamen an einen Abzweig, an dem der Lichtschein heller wurde. Es folgte noch um eine Biegung, bis Ari und Fabian ein Gewölbe mit einer Holztür erblicken. Ähnlich wie die Verließe in die sie eingesperrt waren. Stimmen zweier Schwarzer drangen an ihre Ohren.

«Was ist, wenn sie es merken?»

«Ach, das bekommt keiner mit, und wenn schon, der ist eh bald tot und dann schmeckt er nicht mehr. Ich mag es lieber frisch und warm.»

«Und wenn sie es doch merken?»

«Dann weiß doch niemand, dass wir es waren. Du schweigst und ich schweige.»

Flügelschwingen waren zu hören, aber nicht die der Schwarzen Drachen. Ein schrilles Fiepen, das in einen fauchenden Laut überging.

Ari begann zu laufen.

«Au, das Vieh hat mir einen Finger abgebissen», jammerte einer der beiden schwarz geschuppten.

«Packst du deine Beute immer am Kopf, du Versager? Geschieht dir ganz recht! Ich zeige dir mal, wie man diese großen Vögel umbringt, und du jag weiter Hasen hinterher, die sind eher was für dich.»

Im Schein der Fackeln, die etwas Licht vor das geöffnete Gemäuer warfen, bückte Ari sich und griff nach einem handgroßen Stein. Fabian tat es ihm gleich.

«Ich bin mitgegangen und will auch von seinem Fleisch.»

«Bestimmt nicht», sagte Ari und schlug mit dem Brocken dem verdutzten Drachen gegen den Hinterkopf. Nur einen Atemzug später traf Fabians Stein den zweiten Schwarzen.

Ari machte sich sofort daran, seinen Uhu von der Kette zu befreien, der sich dankbar an ihn schmiegte.

Sie nahmen die Fackeln der Niedergestreckten und verschlossen die kleine Grotte.

Fast rennend eilten sie zurück zu den Freunden. Als der Fackelschein für die Wartenden sichtbar wurde, wichen sie zurück, um sich in Sicherheit zu bringen, doch Fabian rief im Flüsterton. «Wir sind es, nicht erschrecken. Wir kamen gerade noch rechtzeitig, sie wollten Aris Uhu essen.»

Fabian stockte der Atem, als sein Blick, nun im Fackelschein, auf seine Freunde fiel. Vincents dunkle Haut sah hell und käsig aus, er starrte Fabian an und machte den Eindruck, als könne er den gesprochenen Worten nicht wirklich folgen. Pacco stand mit offener Drachenschnauze völlig abwesend da. Patricia mit zerrissenem Hemd und blutverschmiert. Hinter ihr Luna, die am ganzen Leib zitterte. Ihre Schuppen waren am Großteil ihrer Beine, Arme und des Bauches zersplittert. Viele hingen gebrochen an ihrer Stelle, doch sie hatte auch Wunden, an denen die Schuppen komplett fehlten. Vom Fell ganz zu schweigen. Cumu sah nicht viel besser aus. Als Fabian sich zu Ari drehte und seine gebrochenen Schuppen erblickte, wusste er, dass es die bestialischen Schwarzen waren, mit Tritten und Schlägen, um sie zur Ruhe zu bringen.

Wir müssen hier schnell weg, dachte Fabian und Ari nickte. «Vielleicht hilft uns das Feuer. Die Flamme bewegt sich. Wo zieht sie hin? Nach innen in einen Berg oder nach außen?», fragte Fabian.

«Die Flamme geht immer nach innen, da die Öffnung meist größer ist als der Rauchabzug», flüsterte Vincent. «Also weiter bergauf.»

Sofort setzten sich alle in Bewegung. Das Licht der Fackel schien in ihnen neuen Mut entfacht zu haben. Sie liefen entgegengesetzt des Flammenfingers. Das Feuer wurde mit jeder Biegung, die sie gingen, kleiner und so beschleunigten sie ihre Schritte. Selbst Pacco hastete mit allen um sein Leben. Wie lange sie schon gegangen waren oder in dem Berg gefangen gehalten wurden, konnte niemand einschätzen.

Nur noch ein kleines Licht flackerte am Stock der Fackel. Mit ihrem verendenden Licht sank auch der Glaube, dass sie jemals den Weg aus dem Berg finden würden. Luna schluchzte laut auf.

«Luna, du bist tapfer und stark», flüsterte Feng und hielt sie fest in seinen Armen. «Wir sind gleich hier raus, glaub mir, wir schaffen das, weil wir alle zusammenhalten.» Wieder durchfuhr ein Schluchzen ihren geschundenen Ketanurenkörper, als die Flamme versiegte. Der Boden bebte leicht.

«Du hörst jetzt sofort auf zu weinen!», befahl Feng und endlich riss sie sich zusammen. Nach wenigen Schritten kamen sie wieder an eine Biegung. Ari und Fabian waren die ersten, die weit entfernt einen winzigen Lichtpunkt ausmachten. Es könnte eine Fackel sein oder aber Tageslicht. Aris Uhu breitete seine Flügel aus und glitt den Stollen entlang. Die Freunde wussten noch nicht, ob das Licht eine Gefahr brachte oder sie in die lang ersehnte Freiheit führte. Ein schriller Schrei des Uhus ließ sie aufhorchen und Ari sagte: «Dort ist der Ausgang.»

Doch warum konnten sie so weit durch den Berg gehen, ohne einem Drachen begegnet zu sein? Fabian kam es eigenartig vor. Er hatte den Eingang so in Erinnerung, dass Drachen und Seelenvögel immerzu ein und ausgegangen waren.

Seine Freunde hatten scheinbar keine Bedenken und rannten auf das Licht zu.

Einer nach dem Anderen drängten sie sich an die Bergöffnung. «Wir sind verloren», waren Patricias Worte. Tränen rannen über ihr Gesicht, als sie hoch oben aus der Bergöffnung blickte. Unter ihnen war nichts als steiler Felsen. Es musste die Rückseite des Berges sein. Hier befanden sich nicht nur Felsen, sondern auch einige wenige Bäume, dessen Kronen von hier oben nicht größer als eine Hand waren. Pacco taumelte zurück in die Höhle und übergab sich. Sofort waren Patricia und Fabian bei ihm, doch er winkte ab und sagte röchelnd: «Der Bann hat mich getroffen wie Hahnenfuß, diese Bestien wollten mich vergiften.» Er wankte an eine andere Stelle und würgte erneut. «Alles Schlechte, was in meinem Kopf steckt, soll heraus.»

«Ich glaube, es geht ihm langsam besser», erklärte Fabian, dem immer noch starr blickenden Vincent und ging an ihm vorbei. Vincent hielt Fabian an der Schulter fest und flüsterte: «Fabian, wie kommen wir hier raus?» Fabian zeigte auf den

Ausgang, den sie gefunden hatten.

«Aber wie kommen wir da runter?», wollte Vincent wissen. «Diesmal haben wir keine Drachen, die uns helfen. Verdammt, ich hasse es, in einem Berg festzusitzen.»

Vincent erinnerte sich an das Ende des letzten Sommers, da waren sie unweit des Drachenlandes in einem Berg eingebrochen. Zu diesem Zeitpunkt hatten sie bereits das Herz von Arkamoor bei sich. Sie hatten es aus Arkamoor geholt, um es ins Drachenland zu bringen. Mit dem Stein sollte das Land für jeden Menschen und andere Wesen mit bösen Absichten verborgen bleiben. Damals waren sie in einen Felsen eingebrochen. Hoch über ihnen war eine Öffnung, die sie nicht erreichen konnten. Heute waren sie hoch oben und mussten irgendwie die steile Felswand hinuntersteigen, was für Vincent unmöglich erschien. Aber ein Zurück durch den Berg, um den Eingang zu suchen, in den sie hereinkamen, würde es auf keinen Fall geben. Viel zu groß war das Risiko, einem Schwarzen zu begegnen.

Vincents Blick richtete sich immer wieder in den dunklen Gang, aus dem sie kamen.

«Jetzt mach dir keine Sorgen, wir kommen hier schon raus», flüsterte Fabian und legte Vincent eine Hand auf die Schulter.

«Aber wie?»

«Wir haben vier Ketanuren dabei, da kann uns doch nichts passieren», erklärte Fabian.

Vincent blickte fragend.

«Ketanuren sind hervorragende Kletterer, sie bezwingen jeden Berg und ist er noch so steil.»

«Woher weißt du das?»

«Ihr habt an dem Kräuterbuch gearbeitet und Pacco die Giftpflanzen probieren lassen und ich habe Bücher gelesen.»

«Ach?»

«Tja, Fabian, es sieht aus, als ob man dir nicht zutraut, ein Buch überhaupt aufzuschlagen, geschweige denn darin zu lesen. Aber sei froh, so traut man dir auch nicht den Diebstahl von Büchern zu», sagte Ari.

«Was heißt denn jetzt Diebstahl, ich hatte mir das Buch doch nur geliehen», rechtfertigte sich Fabian. «Sämtliche Bücher, auch die von Ketanuren, Einhörnern, Drachen und Seelenvögeln hast du mir geborgt.»

«Du hast Bücher, die du verleihst?», mischte sich Vincent ein.

«Nein, eigentlich nicht», erwiderte Ari.

Vincent schaute fragend von Fabian zu Ari, der lächelnd meinte: «Wir sollten jetzt mit dem Abstieg beginnen.»

«Aber was machen wir mit Pacco?», fragte Cumu.

Pacco würgte unterdessen und spuckte auf den Felsboden.

«Ich werde mal sehen, ob es eine Möglichkeit nach einem sicheren Abstieg für ihn gibt», erklärte Luna. «Wenn dann einer zu jeder Seite mit ihm klettert, dann funktioniert es.»

«Bist du dir sicher, fühlst du dich denn gut?», fragte Feng.

«Ich bin schließlich keine Ketanurin, die nur rumheult und Angst hat», antwortete sie und ihr Blick zeigte Traurigkeit, aber auch Mut und Entschlossenheit.

«Aber das weiß ich doch», flüsterte Feng und strich über ihr schuppiges Gesicht. Schnell zog er seine Hand wieder zurück und fügte hinzu: «Das wissen wir alle.» Und in seinen Augen konnte sie lesen, dass er sie bat, vorsichtig zu klettern.

Sie griff mit ihren beschuppten Fingern in das scharfe Felsgestein, setzte erst ein Bein und dann das zweite aus der Felsöffnung an die Wand und kletterte behände davon.

«Kletter auf meinen Rücken, Fabian, ich bringe dich runter», forderte Ari.

«Ich bleibe bis zum Schluss», meinte Fabian und deutete mit dem Kopf in den dunklen Stollen hinter ihnen.

«Vincent», forderte Ari. «Halte dich an meinen Schultern fest und lehn dich ganz nah an mich.»

Vincent ging zwei Schritte zurück und schüttelte mit kurzen, aber heftigen Bewegungen den Kopf.

«Was ist los, du bist doch luftige Höhen gewöhnt, du fliegst sonst auf Drachenrücken», meinte Ari verständnislos.

«Ja, schon, aber die haben Flügel», flüsterte Vincent.

«Entschuldige bitte, aber trotz meiner Schuppen bin ich ein Ketanur, und die haben nun mal keine Flügel.»

Patricia verdrehte die Augen und sagte: «Also, ich würde mich freuen, hier so schnell wie möglich rauszukommen, also bring mich runter, Ari.»

Ari nickte. Patricia kletterte auf seinen Rücken und klammerte sich, dicht angelehnt an seinen Schultern, fest. Ari setzte seine schuppigen Füße auf den äußeren Felsen. Bald hing sein Körper mit Patricia huckepack an dem Berg. Hand und Fuß suchten im Wechsel nach neuem Halt in scharfkantigen Felsspalten und Nischen. Ungeachtet von Brocken, die sich lösten, setzte er seinen Weg fort. Nur einmal brach so viel Gestein aus dem Berg, dass Ari nur noch an einem Arm hing. Mit den Füßen Halt suchend ruderte er, bis der Stein ihn wieder sicher stehen ließ. Patricia hatte ihre Augen geschlossen, dachte an das Drachenland und wünschte sich Großmutters gebackene Äpfel und ihr weiches Nest. Ihre Arme wurden immer schwerer und schmerzten. Sie konnte nicht sagen, ob sie die Schultern noch fest umklammerte oder die Hände schon rutschten. Verzweifelt öffnete sie die Augen und sah den Boden nicht mehr weit unter sich. Das gab ihr Mut. Endlich angekommen, ließ sie sich von Aris Rücken gleiten und bedankte sich.

«Der nächste Abstieg wird nicht so lange dauern und er wird auch nicht so holprig sein. Ich habe ja jetzt einen Weg, den ich klettern kann», meinte Ari und verschnaufte kurz.

«Hoffentlich kann ich das wieder gut machen!», sagte Patricia und zeigte mit dem Finger auf Aris grün beschuppte Vorderseite, die völlig zerkratzt war.

«Das ist jetzt nicht wichtig», erklärte Ari und stieg wieder an der Bergwand hoch. Ohne Patricia noch einmal anzusehen, damit sie seine Angst nicht sah.

Es war keineswegs die Furcht, die Freunde nicht den Berg herunter zu bekommen, sondern vor dem, was noch vor ihnen lag. Die Schwarzen würden bestimmt schon ihre Flucht bemerkt haben.

Ari kletterte flink den Weg hoch, den er mit Patricia herunter gekraxelt war. Fast oben angekommen, erblickte er etwas entfernt über sich Pacco. Feng, Luna und Cumu umgaben ihn und drückten ihn an den Felsen. Der Drache konnte sich kaum halten, denn seine Füße waren groß und keineswegs zum Klettern geeignet. Sein breiter Rücken und der Schwanz zogen an ihm und wollten auf den Boden. Cumu und Feng drückten Pacco an den Berg, während Luna seine Füße in Felsspalten setzte, damit er Halt hatte und Stück für Stück dem Boden näher kam.

«Braucht ihr noch Hilfe?», fragte Ari.

«Nein, wir schaffen es so», rief Feng rüber und Ari kletterte weiter. Kaum war er über ihnen, hörte er Pacco stöhnen: «Mir ist schlecht.»

«Pacco! Nein!», ertönte Cumus Stimme. «Verdammt Pacco, ich finde das nicht fair, warum gerade ich.»

Ari kletterte flink weiter, verfolgt von würgenden Geräuschen. Froh darüber, nicht bei Paccos Abstieg helfen zu müssen.

Vincent war nun an der Reihe. Er stieg auf Aris Rücken und sprang im gleichen Moment wieder ab.

«Ich kann das nicht», jammerte er. «Das ist mir zu hoch. Du wirst mich nicht halten können. Wir werden abstürzen.»

«Mach dir keine Gedanken, ich bin den Weg einmal runter und wieder hochgeklettert, es ist ein guter Weg und ich kenne ihn. Wir werden nicht abstürzen», versuchte Ari zu beruhigen.

«Vincent, wir müssen hier runter», setzte ihm nun auch Fabian zu. «Oder möchtest du den Weg zurückgehen. Also ich nicht. Außerdem bin ich froh, wenn Ari wieder oben ist und mich runterbringt.»

«Ich kann nicht», meinte Vincent bebend und lehnte mit dem Rücken gegen den Felsen.

Ari verdrehte die Augen.

«Du entsinnst dich daran, dass du ein Ritter

des Drachenlandes bist? Los jetzt!», befahl Fabian und zog Vincent sanft am Arm in Aris Richtung.

«Du kennst keine Angst», versuchte Fabian, seinen Freund und Blutsbruder zu beruhigen.

«Ich kenne keine Angst, ich bin ein Ritter des Drachenlandes …ich kenne keine Angst, ich bin ein Ritter des Drachenlandes …», wiederholte Vincent immer wieder und drückte sich eng an Aris Rücken.

Da der Ketanur nicht viel größer als Vincent war, sah es in der Tat so aus, als würde es Ari nicht gelingen, den Ritter herunterzuschaffen. Doch Fabian hatte Vertrauen und wusste, dass Ketanuren hervorragende Kletterer waren.

Sie hatten noch keinen allzu weiten Weg hinter sich gebracht, als Vincent nach unten blickte. Er hatte Angst, von Aris Schultern abzurutschen und klammerte sich um den Ketanurenhals.

«Ich bekomme keine Luft mehr, halte dich gefälligst an meinen Schultern fest», keifte Ari, doch Vincent schien ihn nicht zu hören. Ari ließ mit einer Hand den Felsen los und rammte Vincent seinen Ellenbogen in die Rippen. «Nimm die Hände von meinem Hals und halte dich an meinen Schultern fest, sonst werfe ich dich runter. Jetzt sofort!»

«Ich kann nicht», gab Vincent wimmernd von sich.

«Letzte Chance, ich meine es ernst! Hände von meinem Hals!», sagte Ari so scharf, wie es ihm während des Würgens möglich war. Vincent gehorchte und nahm ganz langsam die Hände wieder an Aris Schultern.

«Wie weit seid ihr denn mit dem Buch gekommen?», fragte Ari, um Vincent abzulenken.

«Welches Buch?», fragte Vincent bebend.

«Das Kräuter- und Pilzbuch, an dem ihr arbeitet.»

«Wir sind schon sehr weit, Pacco hat einiges für uns ausprobiert, Aulet auch und an Fabian hat Patricia etwas getestet.»

«Was meinst du, sollte man die Kräuter und Pilze nicht auch an Ketanuren testen?»

«Ja, warum nicht, wir finden bestimmt Freiwillige, die uns behilflich sein werden.»

«Fabian wird das Buch dann abschreiben und zu uns bringen. Dann haben wir auch einen Nutzen davon», erklärte Ari und stieg Stück für Stück abwärts.

«Ja, das würde er gewiss tun.»

«Was habt ihr entdeckt, bei den Kräutern und Pilzen, was ihr vorher noch nicht wusstet?», hakte Ari weiter nach, um Vincent auf keinen Fall an den Abstieg denken zu lassen.

Vincent überlegte und erzählte, während er dem Boden mit geschlossenen Augen immer näher kam.

Endlich hatten sie es geschafft und Patricia wunderte sich, dass Vincent nicht von Aris Rücken glitt.

«Wir sind unten» erklärte Ari und löste den Klammergriff von seinen Schultern. Der Ketanur kletterte sofort wieder hinauf, ohne den auf dem Boden sitzenden und schlotternden Vincent zu beachten.

Es dauerte noch ein Weilchen bis Fabian unten war und auch Pacco, der sich auf dem Weg noch einige Male hatte übergeben müssen.

Als wieder alle versammelt waren, folgten sie der untergehenden Sonne, Richtung Osten. Fort von den Schwarzen Drachen zum Land der Ketanuren, nach Lakadar.

«Wo ist dein Uhu», fragte Fabian Ari.

«Ich haben ihn nach Lakadar geschickt, damit er mir Botschaft bringt, wie es um unser Land bestellt ist.»

«Ich habe Doran nicht mehr gesehen, seit wir in dem Berg waren. Dabei könnten wir die Vögel in der jetzigen Situation gut gebrauchen», meinte Fabian und blickte sich immer wieder um.

Ari nickte, auch er blickte nach oben in die Ferne und um sie herum, aus Angst, die Schwarzen könnten irgendwo auftauchen.

«Wenn wir ihr Land hinter uns gelassen haben, betreten wir wieder Wälder, die uns gute Verstecke bieten werden.»

Fabian nickte und ging weiter, obwohl seine Beine ihn kaum noch trugen. Er wusste nicht, wie viele Monde er nicht geschlafen hatte. Doch rasten wollte er nicht, denn die Schwarzen waren ganz sicher auf ihr Verschwinden aufmerksam geworden. Und die Suche nach den Weisen Ketanuren und den Rittern hatte sicher schon längst begonnen.

Ob sie sich wohl anschleichen oder direkt angreifen?, überlegte Fabian, als sie im Schatten des hohen Berges entlangwanderten. Der Berg rechts und links war eine öde Landschaft mit wenigen Bäumen. Den Rest bildete rotes Felsgestein.

Plötzlich lösten sich aus dem Schatten des Felsens zehn Schwarze Drachen. Fabian hatte das Gefühl, sie waren genauso überrascht wie er.

«Wenn jemand von denen entkommt, werden sie uns die ganze Bande auf den Hals hetzen, wir dürfen niemanden ziehen lassen», flüsterte Ari.

Fabian hätte seine Freunde am liebsten an seinem Rücken gehabt, damit keiner der Angreifer sich zwischen sie drängen konnte. Doch schon liefen die Ketanuren mit gezogenen Schwertern los und sechs Drachen rannten auf die Ritter zu. Sofort hatten sie ihre Schwerter gezogen und schlugen auf die lachenden unbewaffneten Schwarzen Drachen ein. Die Schwarzen spuckten Feuer und wo sie jemanden treffen konnten, setzten sie ihre scharfen Krallen wie Schwertklingen ein.

Die Ketanuren waren geschickt mit ihren Waffen und zielten auf die Flügel, um sie zu treffen und zu beschädigen. Einige Drachen liefen davon, als sie merkten, dass sie nicht mehr fliegen konnten. Aber andere kämpften mit ihren scharfen Krallen, auf Verderb und Verletzung aus. Das Feuer der Drachen konnten die Ketanuren von vorn noch abwehren, doch ihr Fell am Hinterkörper verschmorte. Fabian musste sich immer wieder ins Gedächtnis rufen, dass dies eine echte Auseinandersetzung war, und stark zuschlagen. Ungern zerschnitt er den Drachen ihre Flügel, doch war es in diesem Kampf nötig. Er stach mit der Klinge, wie er es bisher nicht wagte, denn nie war es sein Wille, jemandem zu schaden. Zwei Drachen durchstieß er die Flügel. Irgendwann rief einer der schwarzen zum Rückzug und sie verschwanden im Laufschritt vor ihnen.

Ari ließ sich auf dem Boden nieder und befühlte seinen Fuß. Blut quoll aus einer Wunde und als Fabian den geschundenen Freund näher anschaute, bemerkt er, dass das nicht die einzige Wunde war. Viele Schuppen an Arm und Bauch waren gebrochen und kleine Blutbäche rannen heraus. Die anderen Ketanuren sahen nicht anders aus. Ihr Fell war versengt und unzählige neu hinzugezogene Verletzungen wiesen ihre Körper auf. Vincent und Patricia sahen auch furchtbar aus. Pacco stand etwas abseits und übergab sich schon wieder. «Verdammt, verdammt», fluchte Ari mit zusammengebissenen Zähnen, «Was machen wir denn jetzt?»

«Wir tragen dich», sagte Feng.

«Dann werden wir Lakadar nie erreichen»,

meinte Ari. «Ihr verschwindet schleunigst. Noch einen Tagesmarsch und ihr könnt durch die Wälder gehen. Dort finden sie euch nichtso schnell.»

Feng schüttelte den Kopf und flüsterte: «Wir werden dich nicht zurücklassen.»

«Ich komme schon klar und jetzt verschwindet, bevor sie zurückkommen.»

«Geht, ich werde mit Ari nachkommen», sagte Fabian bestimmt.

Patricia blickte Fabian unglücklich an. Er nahm sie in die Arme und bemerkte erst jetzt, dass er neben seinen Schnittwunden von den scharfen Krallen der Drachen Verbrennungen an Armen und Gesicht hatte. Patricia strich über seine Wange, wo sie vermutete, dass die Haut dort in Ordnung war.

«Geht», flüsterte Fabian. «Wir werden langsamer nachkommen.»

«Ich weiß nicht, ob das eine gute Idee ist? Was wird uns denn in Lakadar erwarten und ich bin mir nicht sicher, ob wir dort helfen können», sagte Patricia unsicher.

«Ari hat seinen Uhu nach Lakadar geschickt, aber er ist noch nicht zurück», flüsterte Fabian. «Und Doran habe ich nicht mehr gesehen, seit wir in den Berg gingen. Ich hoffe nur, er hat sich in Sicherheit gebracht.»

Pacco und Vincent klopften Fabian auf die Schulter und gingen mit den Ketanuren eilig davon.

Ari und Fabian blieben zurück und sahen die Freunde hinter einer Biegung verschwinden.

«Hoffentlich ist das Glück ihnen hold», sagte Fabian und suchte für Ari einen Stock, an dem er sich stützen konnte. Ein hoher Wanderstock erschien Fabian genau richtig und er reichte ihm dem Ketanuren. «Was soll ich damit», fragte dieser mit funkelnden Augen.

«Du musst ihn ja nicht nehmen, doch dein Fuß ist verletzt und ich dachte, ein Stock wird dir helfen.»

Ari nahm den Knüppel an sich und stützte sich darauf.

«Von mir wird niemand etwas erfahren», erklärte Fabian.

«Ach und wenn schon», sagte Ari mit zusammengebissenen Zähnen.

Sie gingen schweigend weiter und die Sonne sank ständig, doch es blieb erbarmungslos heiß. Nur gut, dass der hohe Berg Schatten spendete, sonst wären sie nicht in der Lage, am Tag zu gehen.

Als der Berg flacher wurde und endlich ganz im Erdboden verschwand, standen sie vor einer Gesteinswüste, wie sie sie schon vor dem Berg fanden. Nichts als roter Stein soweit das Auge reichte. Ein heißer Wind blies ihnen entgegen.

«Dort», zeigte Ari nach links in die Steinwüste. «Dort waren Baumgruppen und nun ist alles verschwunden, sie haben alles vernichtet.»

Traurig humpelte Ari weiter, den Berg der

Schwarzen hinter sich lassend. Gern würden sie sich von Felsen zu Felsen bewegen, um sich vor den Drachen zu verstecken, aber Ari war froh, überhaupt noch auftreten zu können. Er ging so vorsichtig, wie es ihm möglich war. Hin und wieder entwich ihm ein leises Aufstöhnen.

Der riesige Felsen, in dem sie viele Monde eingesperrt waren, warf noch seinen Schatten auf sie, als ein Geräusch in ihre Ohren drang. Sie wussten, dass es die Flügelschläge der Schwarzen waren. Und es waren viele.

«Jetzt kann uns nur noch ein Wunder helfen», flüsterte Ari und zog im gleichen Augenblick wie Fabian sein Schwert. Rücken an Rücken standen sie da, während sie von mindestens dreißig Schwarzen Drachen umzingelt wurden.

«Och nur zwei, wie schade», meinte ein kleiner enttäuscht und lachte tief und schallend.

«Da haben wir nicht mal alle was, das macht doch keinen Spaß», rief ein anderer, die scharfen Krallen schwingend.

Fabian wehrte die Krallen ab, genau wie Ari. Doch der Kampf war ungerecht, denn als Fabian einen Gegner abwehrte, kamen zwei neue von den Seiten und verletzten Fabian wie Ari mit ihren Krallen. Fabian schaffte es, mit dem Schwert herumzuschlagen und die Gegner auf einer gewissen Distanz zu halten. Er scherte einigen Drachen ihre gefährlichen Krallen ab und sogar ihre Hände. Die Drachen liefen schreiend davon und andere lachten darüber. Ari war plötzlich nicht mehr hinter ihm, doch die Geräusche des Schwertes, welches auf harte Drachenschuppen traf, klang ihm in den Ohren. Doch lange dauerte es nicht und sie hatten Ari am Boden.

«Ari!», schrie Fabian und wollte seinem Freund zur Hilfe kommen. Doch es waren so viele und wenn er sich nach vorn kämpfte, schlichen sich schon Drachen von hinten heran.

«Fabian, gib auf», bat Ari. «Wir haben keine Chance. Vielleicht können wir mit Noxius eine Einigung finden.»

«Warum sollten wir uns einigen?», ertönte Noxius Stimme zwischen den Drachen. Sofort wichen die Drachen zur Seite und die Freunde hatten freien Blick auf den mächtigsten unter ihnen. «Gebt auf, ihr niederen Kreaturen, ihr seid verloren. Denn jetzt, wo ich den Stein besitze, wird es bald nur noch uns geben. Ob im Norden oder im Süden, wir haben die Macht.» Noxius lachte böse. «Ja, kleiner Mensch, genau diesen Stein, das Herz von Arkamoor, wie ihr ihn nennt.»

«Nein!», schrie Fabian und verschloss erst jetzt seine Gedanken. «Keiner von euch wird je das Drachenland betreten können, denn ihr habt kein reines Herz!»

Noxius schüttelte den Kopf und lachte hämisch: «Würde ich in dieses Land gehen, wo es genug Ketanuren gibt, die diese Arbeit, sagen wir mal, gern erledigen?»

«Nein», sagte Fabian. «Ich glaube dir kein Wort.»

«Da hast du aber Glück, dass ich den Beutel noch bei mir trage.» Noxius hielt einen Beutel in die Luft, und ließ den Inhalt daraus in seine krallenbewährte Hand gleiten.

Fabian stockte der Atem, als er die Steine sah, die er im letzten Sommer ins Drachenland brachte und für die Vincent fast sein Leben ließ.

Es kann doch nicht so sinnlos gewesen sein, das Drachenland vor den Menschen zu retten und einen Sommer später nicht nur sein Land zu verlieren, sondern von den Schwarzen versklavt oder sogar getötet zu werden. Die Kristalle hatten bereits ihre Farbe verändert und es müsste der Stein der Schwäche sein, der einen Riss hatte, was Fabian sehr traurig machte. Er dachte an Romee, der nicht verstehen konnte, wie die Drachen die Steine, anstatt sie zu verstecken, öffentlich ausstellten. Hätten sie doch auf ihn gehört.

Die Drachen sind so lieb, dumm und naiv, ging es Fabian durch den Kopf und er lächelte. Er dachte an Medrandon, Medine, Arcus, Cilla und an die anderen. *Sie sind so gut und glauben an das Gute in allem.*

«Gib auf», hörte Fabian Aris Stimme.

Möglicherweise hat Ari Recht, überlegte Fabian, *vielleicht haben wir wirklich keine Chance gegen die Schwarzen.* Krampfhaft suchte er nach einem Ausweg, aber er hatte keine Ahnung, wie er die Drachen hinhalten, von sich ablenken oder gar besiegen könnte. Die Gedanken an die Quälerei und das Töten von Menschen, Ketanuren und Drachen, die im Kopf der Schwarzen Drachen hausten, wollte Fabian nicht sehen. Er blieb verschlossen. Die Schwarzen um sie herum kamen langsam näher.

«Uns gehört der Stein der Macht und ihr auch gleich», zischte einer aus dem Pulk.

Fabian wollte seinen eigenen, sowie Aris Tod hinauszögern und sagte: «Ihr Schwarzen Drachen tut mir nur leid! Keiner von euch hat einen Freund, denn ihr würdet euch gegenseitig zerfleischen.»

«Ach, gib auf, du Schwätzer», rief es aus der Masse.

«Aber alle glauben an mich! Die Drachen, Ketanuren, Vladir und sogar sein Sohn Cannoc, der dieses Schwert mit seinen eigenen Händen geschmiedet hat!»

Fabian erhob sein Schwert, dass die Spitze zum Himmel zeigte. Die Schwarzen wichen einen Schritt zurück, ein leises Raunen ging durch die Menge. «Und ich!», rief Fabian nun aus, «habe geschworen, jedem zu helfen, der die Hilfe der Ritter des Drachenlandes benötigt!» Fabian redete weiter, trotzdem seine blanke Schwertklinge statt silbern gelbglühend wirkte und sich in ein flammendes Rot verwandelte. «Ich werde für die Freiheit der Ketanuren kämpfen!»

Einige Drachen ergriffen die Flucht und verschwanden im Berginneren.

«Fabian, Ari, wir kommen!», drangen die Stimmen von Patricia, Pacco und Vincent aus einiger Entfernung herüber. Mit leuchtenden Schwertern standen sie unerwartet zwischen den Schwarzen und kämpften. Auch Luna, Feng und Cumu schlugen zu und stachen, wo sie nur treffen konnten. Patricia stand Rücken an Rücken mit Fabian und kaum berührte ihr Schwert einen Schwarzen an seinem Schuppenpanzer, brach er zusammen. Die Schwerter klirrten gegen die Krallen und Feuerfontänen flogen über sie hinweg. Wurden sie getroffen, war der Schmerz, den die Drachen ihnen antaten, erst einmal nebensächlich, denn hier ging es um ihr Leben.

«Stell dich zu Pacco!», rief Fabian. «Ich habe noch etwas zu erledigen.»

Schwertschwingend lief er durch die Menge und stand plötzlich vor Noxius. «Du hast noch etwas, das nicht dir gehört», fauchte er den Drachen an. Noxius gab den umherstehenden Drachen ein Zeichen und schon stürzten sich vier Schwarze auf ihn. Noxius drehte ihm langsam den Rücken zu und lief Richtung Berg davon. «Bleib stehen und kämpfe gegen mich, wenn du dich traust!», rief Fabian Noxius hinterher. Das hatte wohl noch nie jemand zum Anführer der Schwarzen gesagt, denn die Drachen, welche Fabian umzingelten, blickten erschrocken und machten einen Schritt rückwärts. Mit wenigen Schwerthieben waren sie niedergestreckt. Noxius stand nahe dem Berg und lachte. Er hielt den Beutel mit den Steinen am ausgestreckten Arm hoch und rief: «Hol sie dir, wenn du dich traust.»

«Und ob ich mich traue!» Fabian rannte hinter Noxius her, den er kurz vor dem Eingang der Höhle, die sie vor einigen Monden betreten hatten, erreichte. Noxius versuchte ihn zu bannen. Doch in Fabian brodelte so viel Wut und Angst um die Drachen und Ketanuren, wie um seine Freunde, die mitten im Kampf waren, dass er dem Bannen mit Leichtigkeit standhalten konnte. Noxius öffnete sich und zeigte, wie er Ketanuren und Menschen tötete. Fabian erhob sein Schwert und schlug fest zu. Noxius blickte ihn fragend an und der Beutel mit den Steinen fiel zu Boden. Der Drache drehte sich um und verschwand im Eingang der Höhle. Fabian griff den Beutel, entfernte Noxius krallenbewährte Hand, die sich noch daran festklammerte und rannte zurück zu den Kämpfenden. Schlug Schwarze Drachen auf dem Weg in die Flucht und näherte sich den Freunden.

«Ari», rief Fabian über das Schlachtfeld. «Stimm das traurigste Lied an, das du kennst. Singt, weil wir gefangen waren, weil wir töten mussten, weil sie euren Familien furchtbare Dinge angetan haben.» Ari stimmte ein Lied an, Luna sang leise mit.

«Singt! Und weint für alles Ungerechte!», forderte Fabian und ging in die Nähe des Bergeingangs. Luna liefen Tränen über ihr schuppiges Gesicht. Feng stellte sich neben sie und auch er sang mit und weinte. Auch Cumu kam heran und stimmte mit ein.

Plötzlich bebte der Boden und die letzten Schwarzen Drachen, die noch gehen konnten, rannten in den Berg hinein.

Von irgendwoher kamen weitere Ketanuren, die sich zwischen den Felsen versteckt hielten, um vielleicht das Drachenland zu erreichen. Sie alle stimmten in den Gesang mit ein und weinten. Gesteinsbrocken lösten sich vom Berg und rollten herab. Risse entstanden quer durch das Gestein. Fabian ging näher als die anderen zum Berg und berührte ihn mit seinem Schwert. Allein vom Licht der Klinge riss das Massiv entzwei. Ein lautes Donnern erschütterte die Luft und der Berg fiel langsam in sich zusammen. Pacco zog Fabian zurück, damit keine Felsbrocken auf ihn schlugen. Patricia schloss Fabian weinend in die Arme und fragte: «Ist es vorbei?»

«Ich hoffe es.»

Mit jeder Strophe des Liedes gingen die Ketanuren weiter zurück. Noch bevor die Sonne sich ein letztes Mal zeigte, für diesen Tag, brach der Berg in sich zusammen und eine gigantische Staubwolke entstand.

Noch bis in die Dunkelheit war das Grollen des Berges zu hören, von dem nichts als Schutt,

Geröll und Staub übrig blieb.

Sie schleppten sich durch die Steinwüste nach Osten, Richtung Lakadar. Vornweg Luna mit Cumu und Feng, der den verletzten Ari auf dem Rücken trug.

Dann folgten die Ritter des Drachenlandes und die Ketanuren, die aus ihren Verstecken gekommen waren. Es wurden immer mehr, die zwischen den Felsen auftauchten und sich der Gruppe anschlossen.

«Es ist meine Schuld», jammerte Pacco. «Ich konnte mich nicht schützen und sie lasen meine Gedanken, deshalb wussten sie vom Herz von Arkamoor und auch, wo sie ihn finden würden.»

«Ich habe auch nicht geschafft, ihren Blicken standzuhalten», flüsterte Vincent. «Ich hoffe, dass im Drachenland niemand zu Schaden gekommen ist.»

«Wir haben die Steine zurück, also macht euch keine Sorgen», beschwichtigte Fabian. «Ihr kamt ja noch zur rechten Zeit, sonst wäre es aus gewesen mit uns.»

«Plötzlich haben unsere Schwerter geleuchtet, da wussten wir, dass wir umkehren müssen», flüsterte Patricia. «Hast du uns gerufen?»

Fabian schüttelte den Kopf und glaubte, Cannoc selbst hatte die Ritter wieder zusammengebracht.

Schweigend gingen sie durch die sternenklare Nacht. Es war selbst bei Dunkelheit unerträglich heiß. Die Wunden schmerzten und die Füße setzten nur noch stolpernd einen Fuß vor den anderen. Ari versuchte, wieder selbst zu gehen, was ihm nur unter größter Anstrengung gelang.

«Da sind sie», ertönte es vom Nachthimmel und schwarze Schatten kreisten über ihnen. Einige Ketanuren rannten erschrocken davon. Fabian zog sein Schwert, bereit den Schwarzen erneut gegenüberzutreten. Doch die bekannten Stimmen der Drachen ließen sie wissen, dass es Arcus und Cilla waren, die zuerst landeten. Keemun, Smettko, Liev, Umbra und Bias folgten. Arcus und Cilla weinten vor Erleichterung, als sie Patricia und Pacco in die Arme schlossen. Bias landete direkt von den Ketanuren und Fabian. Er blickte entsetzt, als er die verletzten Ketanuren sah. Mit getrocknetem Blut überzogen, das schwarze Fell versengt und schmutzig.

«Oh nein, was haben sie euch angetan!», sagte er und ging auf Ari zu.

«Dass, was sie uns nicht angetan hätten, wenn du die Ritter des Drachenlandes und uns, nicht im Stich gelassen hättest», sagte Ari bitter, ließ Bias stehen und ging weiter seines Weges.

Fabian stand vor Bias und sagte müde: «Hier, die Steine.»

Er drückte dem Obersten der Weisen den Beutel, den er Noxius abgenommen hatte, in die Drachenhand. Bias blickte fragend auf den Beutel.

Eilig folgte Fabian dem Ketanuren. «Ich

glaube, sie haben nicht mal das Fehlen der Steine bemerkt», meinte er und stützte Ari.

Liev landete neben ihnen und sagte nur: «Steigt auf, ich bringe euch nach Lakadar.» Ohne ein weiteres Wort half Fabian dem Ketanuren aufzusteigen, setzte sich dahinter und schon schlug Liev mit den Flügeln und erhob sich.

Als die Sonne sich am Horizont zeigte und den Himmel in ein Orange tauchte, waren sie über Lakadar, dessen Landschaft riesige Wälder zeigte. Ein großer Teil bestand aber nur noch aus schwarzen heruntergebrannten Baumstämmen, die wie die Krallen der Schwarzen Drachen aus der Erde ragten. Wie ein Drachenfriedhof, ging es Fabian durch den Kopf und er war nur noch traurig, weil die Schwarzen so viel Unheil angerichtet hatten.

Liev flog in ein Gebiet, das von dichten Baumkronen überdeckt war und landete. Sofort waren Ketanuren zur Stelle und begrüßten Ari. Fabian überschütteten sie mit Blicken und wussten nicht so recht, ob er Freund oder Feind war. Sie boten den beiden aber sofort Essen und Trinken an. Fabian trank gierig.

«Nimm nur kleine Schlucke, auch wenn es dir schwerfällt, du hattest viele Monde kaum etwas, du könntest Bauchschmerzen bekommen», meinte Ari. Fabian nickte und blickte in die Augen der Ketanuren, die verschüchtert den Blick senkten, als wolle Fabian sie bannen.

«Komm, ich zeige dir meine Höhle», sagte Ari und ging los.

Er kletterte über eine Art Leiter, aus Ästen und Zweigen geflochten, hoch auf einen Baum. In luftiger Höhe bemerkte Fabian, dass hier fast alle Bäume miteinander verbunden waren. An den Ästen wuchsen Pflanzen, die wie lange Bänder herunterhingen, die hatte man ineinander verknotet und so eine Art Leitern und Brücken hergestellt. Als sie ein Weilchen von einem zum anderen Baum gelaufen waren, schob Ari etwas von oben hängendes Blattwerk zur Seite. Fabian blickte in eine Art Blätterdachhöhle.

«Das ist deine Höhle?», fragte Fabian.

Ari nickte und deutete mit der Hand, damit Fabian hineinging. Aus Blättern und Zweigen fand sich im hinteren Teil ein Schlafplatz, ähnlich der eines Bettes.

«Darf ich hier schlafen?», erkundigte sich Fabian.

«Ja, ruh dich aus.»

«Und du?»

«Es wird sich gleich jemand um meinen Fuß kümmern. Ich bleibe hier sitzen», meinte Ari. Der Boden unter ihnen wankte und die Blätter der Bäume raschelten leise.

Fabian lag noch eine Weile wach und immer wieder kam ihm das Erlebte in den Kopf. Aber irgendwann schlief er ein.

Als die Sonne schon hoch oben stand, erschien Patricia und fragte Ari: «Weißt du, wo Fabian ist?»

Ari zeigte auf den Eingang seiner Behausung. Patricia schob den Pflanzenvorhang beiseite und sah Fabian mit dem Rücken gegen den Schlafplatz gelehnt, sein Schwert in den Händen haltend als betrachte er es. Doch Tränen liefen über sein Gesicht. Patricia wollte in die Blätterhöhle gehen, um zu Fabian zu gelangen, doch Ari hielt sie an der Schulter fest und schüttelt den Kopf.

«Aber er weint», flüsterte sie und kämpfte mit ihren eigenen Tränen.

«Vielleicht möchte er nicht, dass es irgendwer sieht», meinte Ari.

«Vermutlich hast du Recht», hauchte sie und drehte sich zum Gehen herum.

«Wenn du möchtest, bleib hier, ich verstehe deinen Schmerz und seinen Schmerz.»

Patricia drehte sich zu Ari herum und ließ sich von ihm in die Arme nehmen. An seine schuppige Brust gedrückt fragt sie: «Woher nimmst du deine Kraft, Ari?»

«Nach allem, was wir in den letzten Monden erlebt haben, wir waren eingesperrt, sie haben uns beinahe getötet und wir mussten um unser Leben kämpfen, da weiß ich gar nicht mehr, was Kraft überhaupt ist.» Aris Tränen liefen in Patricias Haar, während der Boden erzitterte.

Als die Sonne die höchste Stelle überschritten hatte, war Fabian wieder eingeschlafen. Patricia und Ari legten sich zu Fabian und schliefen auch ein.

Lakadar

Fabian war froh, nach jedem Albtraum den er hatte, Patricia bei sich zu haben. Er hielt sie fest umschlungen, um nach den schlechten Traumbildern zu wissen, dass sie nun in Sicherheit waren.

Als Fabian erwachte, stand die Sonne bereits wieder hoch am Himmel und lugte durch das Blätterdach. Fabian ließ Patricia und Ari noch schlafen, er setzte sich abseits und betrachtete sie. Nach einer Weile zog er sein Schwert aus der Scheide und schaute sich die Verzierungen auf der Klinge an. Sie waren teilweise vom dunklen Blut der schwarzen Drachen verdeckt. Fabian blickte auf und begegnete Aris blauen Augen.

«Wie geht es deinem Fuß?», fragte Fabian flüsternd.

«Geht schon», log Ari. «Wie geht es dir?»

«Wie deinem Fuß, würde ich sagen.»

Ari grinste schief und flüsterte: «Du wirst hungrig sein, ich hole uns was zu essen. Bleib du bei Patricia, damit sie nicht allein ist, wenn sie erwacht.»

Fabian nickte und legte sich zu seiner Freundin. Als sie spürte, dass er neben ihr lag, legte sie einen Arm um ihn und hielt ihn fest.

Als sie ausgeschlafen hatten, saß Ari vor seiner Behausung und blickte durch den Wald. Nur wenn man genau hinschaute, konnte man noch mehr Behausungen aus Ästen und Zweigen erkennen. Fabian hatte solche hohen Bäume, die von anderen Pflanzen umwachsen waren, noch nie gesehen. Doch sein Hunger war so groß, dass er im Moment keinen Blick für die Schönheit dieses Landes hatte.

«Kommt, ich bringe euch zu den anderen», schlug Ari vor, nachdem sie ihr Mahl beendet hatten. Er begann den Abstieg. Als sie unten angekommen waren, gingen sie zwischen den Bäumen entlang, vorbei an Ketanuren, die zwischen den Stämmen hindurchschauten, sich aber versteckt hielten.

Auf einer Lichtung erblickten sie ein kleines Feuer, um das Pacco und Vincent mit Cumu saßen. An einem Stock hielten sie Früchte über das Feuer. Pacco reichte Patricia seine Frucht und hielt eine weitere über das Feuer.

«Wo habt ihr geschlafen», wollte Pacco wissen.

«In Aris Höhle», antwortete Patricia.

«Etwa oben in einem Baum?», fragte Vincent.

Patricia nickte und erklärte, dass sich die Höhlen kaum von denen im Drachenland unterscheiden. «Unsere sind aus Stein und diese hier aus Ästen, Zweigen und den herabhängenden

Pflanzen, die hier überall wachsen.»

«Aber warum müssen denn die Höhlen so weit oben angebracht sein?», fragte Vincent und versuchte, nicht an den Abstieg des Berges zu denken.

«Es ist wegen der Tiere, die sich hier schon mal rumtreiben», warf Ari ein.

Pacco sprang auf und schrie: «Was?»

Cumu lachte und erklärte beschwichtigend: «Deshalb habe ich euch doch das Feuer entfacht, damit sie euch nicht zu nahe kommen.»

«Also ich schlafe ab jetzt auch auf einem Baum», erklärte Pacco. «Und Vincent, du solltest es dir auch überlegen.»

Vincent biss beleidigt in seine Frucht und hoffte, sie sahen nicht, welche Angst er hatte, bis in die Baumwipfel zu klettern.

Ein Ketanurenmädchen brachte eine mit Flüssigkeit gefüllte Holzschale und etwas einfach gewebten Stoff. Sie tauchte den Stoff in die Flüssigkeit der Schale und behandelte damit Aris Wunde. «Um euch kümmere ich mich später», sagte sie, als sie den Fuß verbunden hatte und die Gruppe wieder verließ.

Später tauchten drei Ketanuren mit Tüchern und gefüllten Holzschalen auf. Die Flüssigkeit daraus tupften sie auf die Verbrennungen, die sich bei Patricia, Fabian und Vincent so gut wie an jedem Körperteil befanden. Fabians rechte Gesichtshälfte hatte es besonders erwischt, weiße Blasen zierten die feuerrote Haut. Auch die Schulter war betroffen und als Fabian sein zerfetztes und angesengtes Hemd auszog und die Spuren der Verletzungen sah, war er heilfroh, auf dem Rücken Schuppen zu haben. Doch selbst einige Schuppen waren beschädigt und zerbrochen von den klingenscharfen Krallen der Schwarzen Drachen.

«Dein Haar», sagte der Ketanur, der Fabians Wunden versorgte, «es ist angesengt, soll ich es abschneiden?»

«Nein!», protestierte Patricia. «Nicht das Haar abschneiden.»

«Aber schau, bis hier hin ist es sowieso weggebrannt», sagte der Ketanur und deutete auf eine Stelle an der rechten Kopfseite, wo die rückenlangen Haare bis zur Schulter verschmort waren.

Patricia hatte sich neben den Ketanuren gestellt, der nur so viel von Fabians Haar mit einem kleinen Dolch abschnitt, wie sie es zuließ. Fabian war es egal, so sagte er nichts dazu und war auch nicht böse darüber, dass man ihn nicht mal fragte, wie kurz er sein Haar haben wollte.

Vincent hatte Glück, sein Haar war nur oberflächlich verbrannt und so konnte er sein schwarzes Haar weiterhin lang tragen.

Als der Ketanur an Patricias Haar wollte, schüttelt sie nur den Kopf. «Es ist schon schlimm genug, dass ich Narben von den Verbrennungen zurückbehalten werde, mein Haar lasse ich mir nicht abschneiden.»

Der Ketanur wollte noch etwas erwidern, doch Ari bedeutete ihm, still zu sein. Er nahm ihm das Messer ab und sagte: «Ich habe eine Idee, darf ich?»

«Du wirst sie auch nicht abschneiden!»

«Nein, vertrau mir», flüsterte Ari, der genauso ramponiert aussah wie die Menschen. Nur, dass er keine roten Flecken hatte. Er war vorn grün geschuppt und hinten vom Kopf an bis zu den Füßen mit Fell bestückt. An vielen Stellen war auch sein Fell versengt, wie Fabians Haar.

Ari schnitt mit dem Dolch die durch die Hitze der Drachenfeuer aufgekräuselten Haare ab.

«Nicht so viel», flehte Patricia.

«Warte nur ab, es wird toll werden», flüsterte Ari und flocht ihr Haar ineinander, dass man nicht mehr sah, dass einzelne Haarsträhnen fehlten.

«Kein Wunder, dass du so etwas kannst», meinte Fabian, du hast bestimmt von Kind an, das Zusammenflechten der Gewächse gelernt.» Ari nickte.

«Und bei mir lässt du es zu, dass meine wunderschönen Haare abgeschnitten werden?», beschwerte Fabian sich.

«Es ist doch nicht schlimm, dein Fell hat doch keine Farbe», sagte ein kleiner Ketanur, der plötzlich neben Fabian stand.

«Das hat dir doch Jum gesagt, nicht wahr?», fragte Fabian scharf. Der kleine Ketanur nickte und flüsterte: «Sie hat gesagt, es sind vier Ritter. Ein Mädchen, sie heißt Patricia und ein Drache, er ist ihr Bruder, dann ist da noch Vincent, er hat schwarzes Fell wie wir und Fabian, der hat keine Farbe.»

«Wo ist diese kleine Jum, die mich farblos nennt?», fragte Fabian und drehte sich suchend um. Zwischen den Bäumen erkannte er Jum, die sich gerade von Romees Hand löste und auf den sitzenden Fabian zu rannte. Sie umarmte ihn stürmisch und küsste ihn auf seine mit Brandblasen überzogene Wange. Fabian stöhnte auf. Sie ließ von ihm ab und rief: «Du bist verletzt, oh nein!»

«Es geht schon, wenn du diese Stellen nicht mehr berührst», dabei deutete Fabian mit der Hand auf die rote Haut an seinem Körper.

Jum blickte erschrocken. «Aber hier», und sie zeigte auf seine linke Wange, «bist du nicht verletzt.» Dann beugte sie sich vor und küsste ihn, aber dieses Mal ganz vorsichtig und flüsterte: «Die Zeichen werden weit zu sehen sein. Und sie waren weit zu sehen, sehr weit.»

Der kleine Ketanur zog Jum am Fell, damit sie mit ihm ging. Noch einmal beugte sich Jum zu Fabian und sagte: «Schade, ich kann in deinen Augen nichts mehr lesen, du beherrscht es jetzt.» Dann ging sie mit dem Kleinen davon.

Fabian erhob sich, um Romee mit einer Umarmung zu begrüßen.

«Was war das eben?», fragte Fabian und zeigte auf Jum, die sich von ihnen entfernte.

«Ich war oft mit ihr bei Bias und da hat sie in seinen Büchern gelesen, seitdem deutet sie Cannocs Prophezeiungen.»

«Ach, und ich durfte nicht mal eines seiner Bücher berühren.»

Romee begrüßte alle, die sich um das Feuer versammelt hatten und es war ihm anzusehen, wie sehr es ihn schmerzte, die zerschundenen Körper der Ketanuren zu sehen.

Romee bat die obersten Ketanuren mitzukommen, während die Ritter am Feuer blieben und aßen.

Viele Ketanuren standen zwischen den Bäumen und warfen verstohlene Blicke auf die Ritter. Als Fabian satt war und nun gern baden wollte, tauchte Ari mit Feng, Luna und Cumu wieder auf. Aris Fell, wie von den anderen Ketanuren, war an den Stellen quer über den Körper kurz geschoren, wo es versengt war. So hatten die Ketanuren nun ein gestreiftes Fell. Mal lang, mal kurz. Ihre Schuppen glänzten prachtvoll. Sie gingen aufrecht und stolz. Ganz anders als die Ketanuren, die hier in Lakadar lebten und die sie bisher zu Gesicht bekommen hatten. Pacco staunte mit offener Drachenschnauze und auch Patricia sowie Vincent konnten den Blick nicht von ihnen abwenden.

Fabian lächelte froh, denn es war schön zu sehen, dass die Freunde trotz der Strapazen und Kämpfe ihren Stolz behalten hatten. Fabians Blick wanderte dorthin, wo Aris Augen einen Atemzug verweilten. Bias.

«Ich dachte, du bist im Drachenland, die Steine zurückbringen?» Fabian sprang auf, um mit Bias auf Augenhöhe zu sein.

«Die Steine sind in Sicherheit.»

«Aber was heißt das, in Sicherheit?», fragte Fabian aufgeregt. «Sie müssen zurück ins Drachenland!»

«Die echten Steine sind im Drachenland. Die Schwarzen haben nur ganz einfache Edelsteine erbeutet, die unseren Steinen ähnlich sehen.»

«Noxius hat geglaubt, es sind die echten!», sagte Fabian und ließ Bias einen Blick in seine Gedanken werfen. Kämpfe auf Leben und Tod und wie er Noxius die Krallenhand abschlug, für die Steine. Bias wich erschrocken zurück. Fabian ging hinterher und sagte: «Ich würde es wieder tun. Fürs Drachenland.»

Bias drehte sich herum und verschwand zwischen den Bäumen.

«Das Herz von Arkamoor und der Stein der Schwäche waren nie in der Hand der Schwarzen. Sie hätten die Macht gar nicht an sich reißen können», sagte Fabian und klang sehr traurig.

«Ich habe Bias angefleht, die Steine nicht so auszustellen», erzählte Romee. «Es brauchte gutes Zureden, bis er sie endlich versteckte und heimlich gegen einfache Edelsteine austauschte. Die dann tatsächlich von einem gebannten Ketanuren gestohlen wurden. Noxius hätte es irgendwann gemerkt und sich dann was anderes einfallen lassen.»

«Was war mit Bias, warum ist er wieder gegangen?», fragte Feng und Fabian sagte bitter: «Ich habe ihm nur an unseren Erlebnissen teilhaben lassen.»

«Wie habt ihr erfahren, dass sie die Steine haben?», wollte Romee wissen.

Fabian verdrängte die Bilder, die vor seinem inneren Auge aufblitzten und sagte laut zu den Ketanuren: «Ihr seht einfach toll aus! Das Fell so schön und die Schuppen glänzen herrlich. Es ist kaum zu sehen, dass welche kaputt sind. Ich würde auch gern so schön glänzende Schuppen haben.»

«Ich auch», fügten Patricia, Pacco und Vincent hinzu.

Romee nickte.

Pacco blickte fragend zu Vincent herüber. «Aber du hast doch gar keine Schuppen.»

«Stimmt, aber musst du es allen verraten?», fragte Vincent missgestimmt.

«Aber es ist doch allen bekannt», meinte Pacco versöhnlich.

«Romee wusste es nicht, oder?», fauchte Vincent.

«Ich halte mich da raus», sagte Romee und lachte.

Vincent stand auf und ging, Patricia erhob sich auch und folgte ihm. Romee setzte sich mit Ari ans Feuer, obwohl die Luft hier in Lakadar so warm war, dass man eigentlich kein Feuer entfachen müsste. Doch das Knistern des Holzes und die tanzenden roten und gelben Flammen beruhigten die Freunde. Schnell war das Feuer niedergebrannt und Pacco lief los, um trockene Äste und Zweige zu suchen. Er legte das Gesammelte auf die Glut und pustete ins Feuer, um es wieder zu entfachen.

«Spuck doch Feuer», sagte Fabian, denn sonst machte Pacco nicht so ein Aufsehen, wenn es um Feuer ging.

«Ich kann es nicht mehr», flüsterte er heiser.

Fabian überkam große Traurigkeit, die, wie er meinte, auch seine Freunde in sich trugen.

«Ari, singst du für mich?», fragte Fabian. Ari begann zu summen, bis er leise sang. Er legte einen Arm um Fabian, der sich gegen seine Schuppen lehnte. Mit einer Hand kraulte Fabian Aris Rückenfell und mit der anderen Hand strich er über Pacco, der seinen schuppigen Kopf auf Fabians Schoß gelegt hatte. *Kleine Sonne* stromerte über Paccos bunte Schuppen und blieb auf jeder Verletzung einen Moment lang sitzen.

Die Abenddämmerung hatte bereits eingesetzt, als Ketanuren Essen und Trinken in Holzschalen zum Feuer brachten.

Sie hatten noch eine Schale dabei und baten Pacco zu sich. Etwas abseits vom Feuer rieben sie seinen kompletten Schuppenpanzer mit dem Inhalt der Schale ein. Immerzu kicherte er, weil es an manchen Stellen, besonders am Bauch und unter den Armen kitzelte. Als die Masse aus der Schale auf Paccos Schuppen verteilt war, glänzte er herrlich. Seine Farben kamen nun wunderbar zur Geltung, wie bei einem Edelstein, auf den die Sonne schien.

«Wenn mich Smetta nur so sehen könnte», hauchte Pacco sehnsuchtsvoll. «Erst singst du so schön und es geht mir nun richtig gut und dann noch so glänzende Schuppen», meinte Pacco und betrachtete seine Arme, die Beine und den Bauch im Schein des Feuers.

Fabian freute sich, dass Pacco in diesem Moment so glücklich war und sogar Kraft schöpfen konnte aus Aris Gesang. Fabian lächelte und sprach: «Smetta wird hin und weg sein.»

«So wie du von Aris Augen», flüsterte Romee in Fabians Ohr, als er sich Früchte aus der Schale neben Fabian nahm.

«Wer ist denn nicht verzaubert, wenn er in Aris Augen schaut?», fragte Fabian.

«Die haben eine Farbe wie Edelsteine, sind nicht so farblos wie du», meinte Pacco und brachte

Romee damit zum Lachen.

«Ich finde Fabian keinesfalls farblos», verteidigte Ari seinen Freund. «Schaut mal seine prachtvollen Schuppen an, voller Farbe. Das Haar schimmert wie Bernstein und er trägt in sich viel Schönes, wie Stolz und Anmut, er ist tapfer und mutig. Er ist ein guter Zuhörer …»

«Wenn man dich so reden hört, könnte man meinen, ihr seid ein altes Ehepaar», erklärte Romee.

«Und du bist ein guter Freund», las Fabian in Aris blauen Augen, als sich ihre Blicke begegneten.

«Du auch», sprach Fabian und strich über Aris Rückenfell und berührte dabei Romees Hand, die ebenfalls Ari kraulte.

Romee schlug Fabians Hand weg und flüsterte: «Hand da weg, du Mensch.»

«Halbdrache, wenn ich bitten darf», sagte Fabian gespielt wütend.

«Was macht ihr?», wollte Pacco wissen.

«Ich kraul Ari und finde auf einmal Fabians Hand in Aris Fell», erklärte Romee.

«Ich gebe auf», beschwichtigte Fabian. «Aber ich habe noch etwas und weiß nicht, ob es dir oder Ari gehört, schau mal.»

Romee guckte hinter Aris Rücken hervor. Diesen kleinen Moment, in dem Romee neugierig blickte, nutzte Fabian aus und bannte ihn.

«Das hat jetzt hoffentlich keiner gesehen»,

flüsterte Fabian kichernd. Ari stand kopfschüttelnd auf und setzte sich zu Pacco.

«Reingefallen, reingefallen», lachte Fabian Romee aus, als er wieder aufstand.

«Ich dachte, wir sind Freunde», tat Romee beleidigt.

«Ja, genau deshalb habe ich dich gebannt. Damit du weißt, wer dein Freund ist. Ein Mensch oder ein Halbdrache, der bannen kann.»

«Das gibt Rache», fauchte Romee mit zusammengebissenen Zähnen, lehnte sich herüber und rieb mit der Faust über Fabians Schuppen. Das Gefühl war sehr unangenehm, so wand Fabian sich schnellstens aus Romees Griff und kletterte den nächsten Baum hinauf. Romee dicht hinter Fabian, der natürlich gegen einen Ketanuren keine Chance hatte davonzukommen. Doch Romee ließ ihm immer einen gewissen Vorsprung. Im Rennen griff der Ketanur eine herabhängende Pflanze, schlang seine Beine darum und schaukelte hinüber zu einer Behausung.

«Das möchte ich auch», rief Fabian.

«Ich werde es dir zeigen», antwortete Romee lachend. «Und wenn du dann an der Liane hängst, werde ich dich bannen.»

«Träum weiter, Romee, wenn schon, werde ich dich bannen.»

Romee erklärte Fabian, wie er sich an der Pflanze festhalten musste und schwang mit ihm zum nächsten Baum.

Auf der gegenüberliegenden Seite konnten sie von der verflochtenen Plattform herunterschauen. Sie sahen das Feuer und Pacco, wie er Aris Rückenfell kraulte.

«Sieh nur, jetzt ist selbst Pacco Ari verfallen», sagte Romee und lachte.

Über die Lichtung schwebte fast lautlos ein dunkler Schatten. Fabian ging erschrocken in die Hocke und griff nach seinem Schwert. Verdammt, er hatte es nicht dabei. Sein Herz klopfte heftig und er ahnte einen Angriff der Schwarzen. Sein Atem ging schnell. Romee legte ihm eine Hand auf die Schulter und flüsterte: «Das ist Bias, der fliegt schon den ganzen Abend hier herum.»

Fabian blieb in geduckter Haltung und hauchte: «Hat er mich gesehen, wie ich an Ari angelehnt dasaß?»

«Bestimmt, er ist mindestens dreimal über uns hinweggeflogen.»

«Warum hast du nichts gesagt», hakte Fabian nach.

Romee zuckte mit den Schultern: «Bias ist nicht so gemächlich wie Drachen oder Ketanuren, ich glaube eher, er ist wie du oder Patricia.»

«Was soll das denn heißen? Wie sind wir denn?», hakte Fabian nach.

«Anders eben», erklärte der Ketanur. «Als ich im Drachenland war, hat man mir viele Geschichten über euch erzählt. Seit du im Drachenland lebst, hast du wirklich einiges erlebt.» Romee grinste.

«Man redet also über mich und Patricia? Was weißt du denn jetzt von uns?»

«Ich glaube alles. Vom ersten Kuss, den Gang ins Hochzeitstal, dem Streit mit Arcus, von Vincents Einbruch ins Eis und eurer Blindheit. Von der hübschen Liev, die du genauso toll findest wie Pacco und von Saba, die du sogar geküsst hast und es abstreitest. Dann ist da noch die Sache mit Ari, ihr wart zusammen im Hochzeitstal.»

Fabian hustete und lachte, während er sagte: «Und glaubst du, was sie dir über mich erzählt haben?»

«Das werde ich dir an einem anderen Ort verraten, bist du bereit?», fragte Romee und hielt Fabian eine Pflanze hin.

Sie schwangen sich über die Abgründe zwischen den Bäumen und rannten über die Befestigungen zur nächsten Liane, an der sie pendelnd das nächste Ziel erreichten. Es war fast so schön wie das Fliegen auf Keemun, wenn er steil zum Boden schwebte und im letzten Moment wieder hochflog. Sie schaukelten über Patricia und Vincent, die mit Arcus und Cilla an einem Feuer saßen. Immer weiter. Unvermittelt hörte der Wald auf. Vor ihnen erstreckte sich ein Baumfriedhof, der vom Mond angestrahlt wurde.

Sie setzten sich auf die letzte Plattform vor

einer grünen Behausung und Romee sagte: «Bis auf das mit Saba und Ari glaube ich alles.»

«Das schätze ich an guten Freunden, sie sehen die Wahrheit.»

«Selbst wenn ich blind wäre, könnte ich sehen, dass dein Herz Patricia gehört und Aris Gedanken nur um Bias kreisen. Warum das so ist, kann ich wirklich nicht verstehen, du vielleicht?»

«Nein, ich würde mich natürlich vorziehen, oder dich. Aber im Ernst, ich weiß es nicht. Bisher hat Bias Ari nicht besonders gutgetan. Ich kenne die beiden nur mit Meinungsverschiedenheiten.»

Romee kicherte und fragte dann ernst: «Aber warum tut Ari sich das an?»

«Warum? Das weiß nur er allein. Warum bin ich Ritter des Drachenlandes, wo ich doch den Hof meiner Eltern übernehmen könnte? Aber ich selbst kann nicht sagen, warum ich mir das antue. Wenn ich nicht ins Drachenland gegangen wäre, hätte ich mir viel Angst und Leid erspart.»

Fabian schluckte, denn er hatte die Bilder der Schwarzen wieder vor sich, die er verstümmelt oder getötet hatte.

«Singst du für mich?», fragte Fabian, der von seinen Erlebnissen eingeholt wurde.

Romee sang in einer fremden Sprache. Er legte einen Arm um den Ritter und saß mit ihm, in die Ferne blickend, hoch oben in der Baumkrone.

Fabians Gedanken wurden wieder klarer und er sah das Hier und Jetzt und nicht nur die gequälten Freunde und Kämpfe. «Warum bist du hier und nicht mehr im Drachenland?», wollte Fabian wissen.

«Als Doran im Drachenland ankam und davon sprach, dass ihr in den Berg der Schwarzen gegangen seid, haben wir uns natürlich große Sorgen gemacht. Bias schlug vor, noch am selben Tag aufzubrechen. Ich bat ihn, mich und Jum mitzunehmen, was er auch tat. Als wir bei Noxius ankamen, empfing er uns und machte uns weiß, ihr seid weitergewandert, wolltet nach Lakadar. Wir sind darauf reingefallen und haben ihm geglaubt.»

«Er hat seine Chance gesehen und die Steine stehlen lassen», warf Fabian ein.

«Die wir vor unserem Aufbruch noch gut versteckt haben», erzählte Romee weiter. «In Lakadar bekamen wir dann zu hören, das ihr nie angekommen seid. So sind die Drachen die verschiedensten Strecken, die ihr hättet nehmen können, abgeflogen. Bis zum Drachenland und zurück nach Lakadar. Bias hat sich fast keine Pause gegönnt und ist beinahe gestorben vor Angst. Er hat mir gesagt, es war sein größter Fehler, euch allein zurückzulassen.»

«Das fiel ihm aber spät ein!» Fabians Worte klangen bitter.

«Die Weisen fordern von ihm die Entscheidungen und diese können auch mal falsch sein, so ist es, wenn man Verantwortung hat.»

«Schlägst du dich jetzt etwa auf Bias Seite?», hakte Fabian nach.

«Ich habe viel Zeit mit ihm verbracht und er ist ein toller Drache, er ist wirklich in Ordnung. Hast du schon einmal in seine Augen gesehen?»

Fabian runzelte die Stirn und sagte: «Ich glaube, wir reden von zwei unterschiedlichen Drachen.»

«Aris Uhu hat dann die Nachricht von eurer Flucht gebracht, und wieder sind sie losgeflogen, diesmal aber in die richtige Richtung. Doch kamen sie zu spät. Wir haben von der Westseite aus im Sonnenuntergang die Aschewolke gesehen, aber wir konnten uns keinen Reim darauf machen. Nur Jum zitierte etwas aus dem Buch des Cannoc von Weißen und Schwarzen Kräften und sie wusste, dass ihr es heil schaffen würdet.»

«Ob Cannoc ahnte, was er von uns verlangte, als er die Schwerter schmiedete?»

Romee war sich nicht sicher und sagt lieber nichts. Er ging in die Behausung, holte einen Krug und Früchte und reichte Fabian einen Kamm.

Der Ritter zog den Kamm gedankenverloren durch sein Haar. Romee lachte herzhaft, dass sein Fell wippte.

«Warum lachst du?», forschte Fabian nach, da er überhaupt keinen Grund dafür sah.

«Ich habe dir meinen Kamm gegeben», sagte der Ketanur kichernd. «Wollte dich fragen, ob du so nett bist und mein Fell kämmst. Und du kämmst dich selbst!»

Fabian nahm schnell den Kamm aus seinem Haar und flüsterte: «Entschuldigung, aber sonst werde ich immer darauf hingewiesen, mich zu kämmen.»

«Ist schon in Ordnung», meinte Romee lächelnd. «Ordne du erst einmal dein Haar, hast es in der Tat nötiger als ich.»

«Siehst du, genau das meine ich.»

«Komm, ich flechte sie dir, dann hast du weniger Arbeit damit», bot Romee an. Sofort begann er, Fabians nun nur noch schulterlanges Haar zu flechten. Das Ergebnis waren viele dichte Zöpfe, die wie kleine Schlangen von seinem Kopf abstanden.

Zufrieden betrachtete Romee seine Arbeit. «Du hast jetzt etwas Ähnlichkeit mit den Stachelschweinen, die durch unseren Wald stromern.»

«Ist das etwas Gutes?», fragte Fabian skeptisch. «Bei den Menschen ist es eine Beleidigung, wenn man sie mit Schweinen vergleicht.»

«Oh nein, das wusste ich nicht! Bei uns ist es eine nette Geste, mit anderen verglichen zu werden.»

Romees Blick fiel auf die Verbrennung an Fabians Schulter. Fabian folgte seinem erstaunten Blick und erblickte im gesamten Bereich, in dem die Haut gerötet war, winzige Schuppen. Er griff in sein Gesicht und spürte, dass es auch dort an der verbrannten Stelle nicht mehr lange dauern würde, bis Schuppen seine Haut durchbrachen.

«Das ist von der Medizin, mit der sie die Verbrennungen abgetupft haben, ich brauche noch mehr, für den Rest meines Körpers», sagte Fabian aufgeregt.

«Wir können dir gern mehr von der Medizin holen, doch davon ist es bestimmt nicht. Es kommt direkt aus dir.»

Fabian drehte den Kamm in seinen Händen und überlegte laut: «Ob das meine Chancen bei Ketanuren- und Drachenmädchen erhöht?»

«Auf jeden Fall», antwortete Romee lachend.

«Dann ist es in Ordnung so», gab Fabian nickend von sich und begann das Ketanurenfell zu kämmen. Er gab sich Mühe, Romee nicht wehzutun. Blieb er im dichten Fell stecken, löste er die Stelle erst mit den Fingern, bevor er weiterkämmte.

Den Kamm immer wieder durch das dichte Ketanurenfell zu ziehen, beruhigte ihn und ordnete seine Gedanken. Er dachte nicht mehr nur an die vergangenen Tage, die sehr schrecklich für ihn waren. Nach einiger Zeit fragte er: «Wie weit ist es, bis zu den Grenzen von Lakadar?»

Romee hob eine Hand und zeigte mit dem beschuppten Finger zum Horizont. «Soweit du sehen kannst und bis dahin war auch unser Wald.»

«Haben sie ihn niedergebrannt?»

Romee nickte und flüsterte: «Sie haben die Ketanuren gebannt, versklavt und sie sind den Schwarzen gefolgt. Weil sie zu nichts anderem in der Lage waren.»

«Warum konnte keiner etwas dagegen unternehmen?», wollte Fabian wissen. Denn es wäre unvorstellbar und schrecklich, wenn jemand ins Drachenland käme, um einige seiner Bewohner zu verschleppen. Allein der Gedanke schmerzte in Fabians Herz und er fragte sich, wie es Romee, Ari und den vielen Ketanuren damit ging.

«Wir haben doch erst nur gesehen, dass die Bäume brannten. Lakadar ist groß, auf der westlichen Seite haben wir nichts gemerkt, denn die, die sich schützen konnten, sind voller Panik davongelaufen, um sich irgendwo zu verstecken, anstatt den Obersten Bescheid zu geben. Die Schwarzen haben gebannt, mit Feuer gespuckt, verletzt und getötet. Erst als wir davon wussten und uns vor den Bannen schützen konnten und geflohen sind, sind wir zu euch ins Drachenland aufgebrochen.»

«Was haben die Schwarzen vor?», fragte Fabian.

«Nichts mehr, denn Noxius ist vernichtet.»

Das Gesagte traf Fabian wie ein Faustschlag in die Magengegend.

Vernichtet sagte Romee und er hat Recht damit, ich habe viele Drachen verletzt, vernichtet, getötet, überlegte Fabian, *aber ich tat es nur, damit ich überlebe, damit wir überleben.* Eine Gänsehaut zog sich über seinen Körper, obwohl die Luft so warm war, wie er es aus heißen Sommertagen kannte.

«Schwarze Drachen haben hier viel Unheil gestiftet», dachte Fabian laut nach. «Haben die Ketanuren gebannt und mitgenommen. Die Schwarzen, die das getan haben, wissen bestimmt nicht, dass ihr Berg zerstört wurde. So erfüllten sie, was ihnen aufgetragen wurde.»

«Womöglich hast du recht.»

«Was liegt hinter Lakadar?»

«Das Land der Menschen», erklärte Romee.

«Könnte Noxius vorgehabt haben, die Menschen durch die Ketanuren zu vernichten?»

«Ja, es wäre ihm zuzutrauen.»

Fabian blickte über die toten Bäume und überlegte einen Augenblick, erhob sich und sprach: «Wir sollten uns auf die Suche nach den Ketanuren machen. Lass uns Ari aufsuchen, er ist doch einer der Obersten in Lakadar.»

«Jetzt, wo er hier ist, bestimmt. Jeder wird seine Meinung achten.»

«Wir werden auch Bias und alle anderen Weisen zusammenrufen», bestimmte Fabian, wobei er eine Liane griff und locker über den Abgrund schwang. «Erzähl mir von diesem Land, in dem die Menschen leben.»

«Was möchtest du hören?», fragte Romee.

«Alles, was du weißt», forderte Fabian.

«Die Menschen leben in Häusern, aber das müsstest du ja wissen. Sie haben keine Weisen oder Obersten, sondern einen Mann, der nennt sich König und er bestimmt über alles im Land. Aber er ist sehr nett, möchte in Frieden leben. Das Land grenzt im Westen an unser Land und im Süden an das große Wasser. Doch blicken sie auf Berge, die auf der anderen Seite des Wassers sind, sowie im Osten. Es ist ein schönes Land, doch haben sie nur kleine Bäume, nicht so prachtvolle, wie sie hier in Lakadar zu finden sind. Sie haben eine kleine Baumkrone. Ich mag nur ihre runden Früchte, mit den Bäumen kann ich nicht so viel anfangen.»

Als sie über Patricia, Vincent, Arcus und Cilla schwangen, rief Romee: «Bleib du hier, ich rufe alle zusammen!»

Fabian seilte sich ab und Vincent war starr vor Ehrfurcht und fragte: «Was machst du da?»

«Ich habe mir Lakadar mal ein bisschen angesehen und nun rufen wir eine Versammlung ein. Während wir hier verweilen, sind die Ketanuren noch immer verschwunden.»

«Wir sind schon weit geflogen und haben sie nicht gesehen», erklärte Cilla.

Fabian ließ sich neben Patricia nieder und fragte in ihr trauriges Gesicht: «Ist alles in Ordnung?» Obwohl er genau wusste, dass nicht alles in Ordnung war.

«Schau dir meine Verletzungen an», flüsterte Patricia.

«Sie sind schon gut abgeheilt», bemerkte Fabian.

«Das meine ich doch nicht», meckerte sie ungeduldig.

Vincent verdrehte die Augen und sagte: «Wenn ich mal solche Probleme hätte.»

Fabian deutete mit der Hand auf seine Schulter, seinen Bauch und sein Gesicht und flüsterte: «Überall, wo ich Verbrennungen habe. Sind sie nicht wunderschön?» Patricia nickte lächelnd.

«Patricia, ich wäre enttäuscht», flüsterte Fabian weiter. «Wenn du keine Schuppen bekommen würdest, wir sind Halbdrachen, vergiss das nicht. Außerdem liebe ich jede einzelne an dir und möchte für jede deiner neuen Schuppen einen Kuss.»

Sie gab ihm einige Küsse und Fabian vergaß die Welt um sich herum.

«Nun langt es aber, ihr solltet nicht in aller Öffentlichkeit knutschen», gab Arcus von sich.

Fabian löste sich von Patricia und blickte in die Runde. Bias und Umbra saßen bereits am Feuer. Ari und Pacco kamen gerade aus dem Dickicht.

Vincent warf Fabian ein großes Stück Stoff auf den Schoß, mit den Worten: «Ich habe dein Hemd repariert, du kannst es jetzt wieder anziehen.»

Den Stoff auseinandergezogen erkannte Fabian sein Hemd. Die Stücke, die fehlten oder angesengt waren, hatte Vincent durch neue, einfache Stoffstücke ersetzt. Die so aussahen wie die Flicken, mit denen Aris Fuß verbunden, oder ihre Wunden abgetupft wurden. Jetzt erst fiel Fabian auf, dass Vincent bereits frisch gebadet aussah und auch ein geflicktes Hemd trug, genau wie Patricia. Er nahm sich vor, nach der Versammlung auch ein Bad zu nehmen. Feng mit Luna an der Hand und Cumu setzten sich um das Feuer.

Fabian war ganz aufgeregt und es sprudelte nur so aus ihm heraus: «Während wir hier sitzen, sind die verschleppten Ketanuren irgendwo und brauchen unsere Hilfe. Denn die Schwarzen, die hier waren, wissen vielleicht noch nichts von ihrem eingestürzten Berg.»

Eingestürzter Berg ist ein gutes Wort, dachte Fabian. Denn er wollte das Wort Tod vermeiden. Tod der Schwarzen.

«Vielleicht sind sie auf dem Weg zu den Menschen. Noxius könnte sie dazu benutzen, die im Osten lebenden zu vernichten.»

«Ein paar Ketanuren gegen ein ganzes Land?», warf Arcus ein. «Wie stellst du dir das vor?»

«Ich weiß es nicht, aber wir sollten die Kräfte der Ketanuren nicht unterschätzen.»

«Aber warum sollte Noxius die Ketanuren vorschicken, um den Menschen etwas anzutun?», fragte Cilla. «Es wäre doch ein Leichtes für ihn selbst und seine Schergen hätten noch ihren Spaß daran.»

«Noxius hatte so etwas erwähnt», erklärte

Fabian. «Außerdem hat er Ketanuren benutzt, um sich das Herz von Arkamoor und den Stein der Schwäche zu Eigen zu machen. Warum also nicht auch die Eroberung dieses Landes, was nur ein Anfang sein sollte. Er wollte Herrscher über alle Länder werden.»

«Hat er das gesagt?», mischte sich nun auch Bias in das Gespräch ein.

«Ja, das hat er», gab Fabian nickend von sich. Er hatte die Szene vor Augen, wie er dem Obersten der Schwarzen Drachen die Hand abschlug und wünschte sich, er hätte Noxius nie kennengelernt. «Wir sollten aufbrechen, um nach den Ketanuren zu suchen.»

«Ihr habt einiges an Strapazen hinter euch und solltet noch etwas ausruhen», sagte Cilla ruhig.

«Ja, ist okay, ich wollte auch erst noch ein Bad nehmen», sprach Fabian.

«Das meine ich nicht!», zischte Cilla und Fabian fuhr zusammen. «Die Sonne ging mehrere Male auf und unter und ihr habt auf Essen und Trinken verzichtet, kaum Schlaf gehabt und …», sie pustete aus ihren Nüstern kleine Flammen. «Schaut euch an. Ihr alle braucht wirklich etwas Ruhe!»

Fabian blickte seine Freunde an. Erst jetzt fiel ihm auf, wie dünn Vincent wirkte. Seine Wangen waren eingefallen und seine Augen hatten tiefe dunkle Schatten. Patricia war blass und sah krank aus, trotz des sauberen und geflickten Hemdes. Pacco saß in sich zusammengesunken, die Drachenaugen auf das Feuer gerichtet, als habe ihm jemand Kräuter gegeben, die in ihm Übelkeit und Müdigkeit gleichzeitig auslösten.

Den Ketanuren war nichts anzusehen. Das lag sicher an den glänzenden Schuppen, die die äußeren Verletzungen verdeckten. Außerdem strahlten sie so viel Stolz aus, den Fabian noch nicht bei vielen Ketanuren gesehen hatte.

«Wir werden etwas unternehmen, doch es braucht Zeit», sagte Arcus, der Fabian anblickte und seine Ungeduld sah.

Ein fester Griff packte Fabian von hinten um seinen Oberkörper. Schon hatte er einen Kuss auf seiner gesunden Wange. «Ich weiß, dass du meine Eltern rettest», flüsterte Jum Fabian ins Ohr.

«Jum, lass Fabian in Ruhe und küss ihn nicht immerzu», schimpfte Romee, der neben Bias saß.

Sofort lief Jum zu Romee und setzte sich zwischen den Ketanur und Bias, der dem Ketanurenmädchen über den felligen Kopf strich.

Vincent hielt etwas an einem Stock ins Feuer, aber selbst die Glut brachte nicht mehr genug Hitze, um sein Gemüse zu garen. Pacco erhob sich, doch Arcus hielt ihn am Arm fest und deutete auf die Holzscheite hinter ihnen. Sie waren zu einem kleinen Haufen aufgestapelt, damit die Gäste sich am Feuer ihre Früchte erwärmen oder garen konnten. Pacco schüttelte den Kopf und setzte sich wieder.

Arcus stand auf und nahm drei Scheite und legte sie in die Glut. Er hauchte sein Rachenfeuer darüber und schon brannten sie. Pacco saß nur da und blickte weiterhin ins Feuer.

Freundschaft

«Wo kann man denn hier baden?», fragte Fabian in die Runde, weil das Gespräch scheinbar zu Ende schien. Ihm war es auch unangenehm, noch weiter am Feuer zu verweilen, an dem niemand seine Meinung teilte. Außerdem ärgerte er sich darüber, weil keiner der Weisen oder Ritter etwas zu seinem Vorschlag gesagt hatte. Auch er war schlapp und müde von dem langen Weg und den Kämpfen. *Aber vom Dasitzen und Nichtstun wird gewiss nichts besser werden,* dachte er. *Und den Ketanuren ist damit auch nicht geholfen.*

Romee erhob sich und sagte: «Komm, ich zeige dir den See.»

Sie gingen ein Stück durch den Wald und machten Halt an einem See, der so groß war wie die Badestelle an den warmen Quellen. Ketanuren waren im Wasser, aber es herrschte längst nicht der Spaß wie an den heißen Quellen im Drachenland. Fabian entkleidete sich und stieg ins Wasser, Romee folgte ihm.

«Habt ihr früher mehr Spaß gehabt, ich meine, bevor das alles passierte?», fragte Fabian.

«Ja, es kommt mir vor, als verharren alle

in einer Starre», Romee ging näher an Fabian heran und flüsterte: «Oder als wären sie gebannt worden.»

«Ich wünsche, euer Frieden wird schnell wieder hergestellt, ich würde die Ketanuren gern lachen sehen», erzählte Fabian.

«Ich auch», tauchte Bias Stimme vom Ufer aus auf. «Wir sollten keine Zeit verlieren, die Ketanuren zu finden.»

Fabian schreckte zusammen, er hatte Bias nicht herannahen sehen.

Habe ich mich verhört?, dachte Fabian und guckte Bias mit großen Augen an, denn er hatte nicht damit gerechnet, dass Bias etwas unternehmen wollte.

«Darf ich?», fragte Bias und deutete auf das Wasser. Fabian blickte noch immer erstaunt, doch Romee sagte: «Aber klar, komm rein.»

Es war für Fabian neu, dass Bias seine Nähe suchte. Bisher waren sie nicht gerade das, was man Freunde nennt.

«Du hast recht, Fabian, wir sollten keine Zeit verlieren. Die Ketanuren sind vielleicht in großer Gefahr», sagte Bias. «Ich werde dich fliegen, wenn du möchtest.»

Fabian sah Bias misstrauisch an und fragte sich, warum Bias ihm helfen wollte.

«Es tut mir leid», hauchte Bias. «Ich habe eine falsche Entscheidung getroffen und euch dadurch in Gefahr gebracht. Ich möchte es wieder gut machen. Es tut mir so leid, was euch widerfahren ist und dass du gegen Noxius gekämpft hast. Gibst du mir eine Chance?»

«Ist es nicht Ari, den du das fragen müsstest?», rutschte es Fabian heraus.

«Du bist ein Ritter des Drachenlandes und ich einer der Weisen und wir haben eine Aufgabe. Da sind Ari und ich momentan nebensächlich.»

«Wann können wir aufbrechen?», fragte Fabian, dem es ganz recht war, Lakadar mit den meist traurig dreinblickenden oder sehr verschüchterten Ketanuren zu verlassen.

«Von mir aus sofort», sagte Bias und blickte erleichtert.

«Romee, kannst du uns noch ein Bündel mit Essen bringen, dann sind wir bereit.»

Romee nickte und verließ das Wasser.

«Ich habe Doran Richtung Osten geschickt. Er ist noch nicht wieder zurück. Bestimmt wird er uns auf dem Weg finden und kann uns berichten, wo die Ketanuren sind oder was bei den Menschen los ist.

«Gute Idee», meinte Fabian. «Warte hier auf mich, ich werde mein Schwert holen.»

«Sitz auf, ich fliege dich», meinte Bias.

Fabian wusste nicht so recht, ob er Bias trauen konnte oder nicht. Er hielt sich an seinem Hals fest, als Bias hinauf über die Baumwipfel flog und vor Aris Behausung landete.

Ari saß in seiner blätterüberdachten Höhle

und hielt Fabians Schwert auf seinem Schoß.

Fabian ging auf ihn zu und nahm sein Schwert.

«Willst du mich nicht fragen, ob ich mitkomme?» wollte Ari wissen.

«Ich habe bereits gefragt und du hast nichts dazu gesagt. Genauso wenig wie alle anderen. Wir fliegen von der Wasserstelle aus.»

«Wer», fragte Ari, obwohl er es bereits wusste.

«Bias und ich.»

Ari nickte und als Fabian die dünnen Äste, die den Höhleneingang verschlossen, beiseite drückte, begegneten sich Aris blaue Augen und Bias Blick.

An der Badestelle mussten sie nicht lange warten und Romee tauchte mit vier prall gefüllten Beuteln auf.

«So lange werden wir hoffentlich nicht wegbleiben, dass wir so viel Essen brauchen», meinte Fabian. «Oder isst du mehr als jeder anderer Drache?», wollte er von Bias wissen.

«Ich glaube, das ist nicht alles für uns», sagte Bias und deutete mit dem Kopf hinter sich, wo Patricia, Pacco und Vincent zwischen den Bäumen auftauchten.

«Wir lassen dich doch nicht allein ziehen», meinte Pacco.

«Unsere Hemden sind geflickt, also können wir weiterziehen», meinte Vincent lächelnd.

Ich hoffe, sie bleiben diesmal ganz, dachte Fabian, dem nicht nach Kampf zumute war und laut sprach er: «Warum habt ihr denn nicht gesagt, dass ihr der gleichen Meinung seid wie ich?»

«Versuch du mal gegen eine Drachenmutter anzukommen», erklärte Patricia und fügte gespielt wütend hinzu: «Und du wolltest dich schon wieder aus dem Staub machen, ohne uns Bescheid zu geben.»

«Aber ich hätte mich doch noch verabschiedet, niemals wäre es mir anders in den Sinn gekommen», versicherte Fabian.

Bias machte einen Schritt auf Patricia zu und sagte: «So war es ausgemacht, er wollte sich verabschieden und dann sollte es losgehen.»

Ari gesellte sich mit den Obersten Ketanuren zu Patricia und Fabian.

«Wie geht es deinem Fuß?», fragte Fabian Ari.

«Er wurde gut behandelt, er ist fast wieder in Ordnung. Die Kräuterkundigen haben mir etwas aufgetragen, das sie bisher nicht kannten. Es wächst nur im Drachenland.» Bei den letzten Worten blickte Ari kurz an Fabian vorbei. Fabian folgte seinem Blick und sah Bias, der gerade Gedanken mit Patricia austauschte und lächelte.

Smettko und Liev landeten, gefolgt von Keemun.

«Fabian, hast du schon einen Drachen, mit dem du fliegst», fragte Liev freundlich.

«Ich fliege mit Bias», antwortete er.

Pacco rief sofort: «Ich habe noch niemanden, der mich fliegt.»

«Vergiss es, Liev fliegt Patricia und Vincent», sagte Smettko und grinste böse.

«Möchtest du mit mir vorliebnehmen», fragte Keemun seinen Cousin.

«Ja, ich fliege mit dir», meinte Pacco. «Aber sag mal, was bildet Smettko sich eigentlich ein. Es ist ja gerade so, als ob Liev sein Eigentum ist. Und warum soll ich nicht auf ihr fliegen? Denkt er, ich würde den Flug ausnutzen und ihre goldenen Halsschuppen berühren? Über sie hinwegstreichen, mich von ihrer Farbe verzaubern lassen, mich ganz dicht an sie lehnen, sie heimlich küssen und hoffen, dass ihr liebliches Rachenfeuer eines Tages mich treffen wird und unsere Münder zueinanderfinden ...»

«Ja, ich glaube, das denkt Smettko», unterbrach Keemun Pacco. «Er sieht dir an, wie sehr du Smetta vermisst und möchte nichts riskieren.»

Oh, wie Recht Keemun hat, überlegte Fabian und schlug Pacco freundschaftlich auf die Schulter. Dem Drachen entfuhren vor Schreck kleine Flammen aus der Nase.

«War das eben Feuer, was aus meiner Nase kam?», fragte Pacco ungeduldig und tippelte von einem auf das andere Drachenbein.

«Klar, war das Feuer, was denkst du denn?», antwortete Fabian.

«Ich habe dir doch gleich gesagt, es funktioniert bald wieder», freute sich Vincent mit Pacco. «Du musst nur geduldig sein.»

Fabian fühlte sich schlecht, weil er sich nicht um Pacco gekümmert hatte, seit sie in Lakadar waren.

«Es will einfach nicht klappen, seit sie mich gebannt haben», gab der Drache von sich und vermied, den Umherstehenden in die Augen zu blicken.

«Ach, Pacco», flüsterte Fabian teilnahmevoll. «Wenn Smetta dich küsst, wirst du wieder genauso gut Feuer spucken können wie immer.»

«Meinst du wirklich?»

«Ja, ganz bestimmt. Aber ich habe noch eine andere Idee, von der werde ich dir erzählen, wenn wir eine Pause machen.»

Bias nickte Fabian zu und er stieg auf den Drachenrücken. Pacco, der nicht mehr viel kleiner als sein Cousin war, stieg auf dessen Rücken. Patricia und Vincent kletterten auf Liev. Ari saß mit Cumu auf der Weisen Umbra und Feng mit Luna auf Smettko.

«Nun steig auf», sagte Bias an Romee gerichtet, der unschlüssig dastand.

«Aber ich bin keiner der Weisen», sagte Romee.

«Nun komm, wenn du mit möchtest, steig auf.»

Fabian reichte Romee eine Hand und zog

ihn nach oben, zwischen die Flügel.

Fabian lächelte Patricia an. Ari blickte Fabian an und der Ketanurenblick verriet, wie sehr es ihn schmerzte, dass er nicht auf Bias Rücken saß.

Ich hoffe, es ist bald wieder alles in Ordnung zwischen euch, dachte Fabian, ohne seine Gedanken zu verschießen. Ari wendete traurig den Blick ab.

Bias erhob sich und flog nach Osten. Über die verbrannten Bäume von Lakadar. Nur noch lange schwarze Stumpen standen da, soweit das Auge reichte.

Es muss für die Ketanuren sehr schmerzhaft sein, dachte Fabian und Romee entfuhr ein Schluchzer. Fabian suchte nach tröstenden Worten, die er Romee sagen könnte, doch es fiel ihm nichts Passendes ein, also schwieg er. Schloss die Augen und stellte sich vor, es wäre eine Reise an einem Sommertag. Entspannt saß er auf Bias Rücken und flog, während der warme Wind über seine Haut und die Schuppen strich und sein Hemd flattern ließ. Jeder Flügelschlag, der ein herrliches Säuseln mit sich brachte, drang tiefer in Fabian ein. Vor seinem inneren Auge sah er Traumbilder vom Drachenland. Er flog über die warmen Quellen, über die Wälder rings ums Land und schließlich über das Hochzeitstal. Doch ein Geräusch passte nicht in diese Idylle. Fabian öffnete die Augen und drehte sich herum, um an Romee vorbei zu blicken.

«Seelenvögel», schrie er. Gerade noch rechtzeitig schaffte er es, sich mit Romee nach vorn zu bücken, da flogen sie schon dicht über sie hinweg. «Was sollte das denn?», sagte Fabian aufgebracht und zog sein Schwert.

Ein Seelenvogel flog dicht vor Bias und sagte: «Runter! Wothan will mit dir reden.»

«Fabian, steck dein Schwert wieder ein», meinte Bias.

«Aber wir wurden angegriffen», rechtfertigte Fabian sein Tun.

«Warten wir erst mal ab, was Wothan von uns will», bedeutete Bias und landete. Die Seelenvögel standen als Gruppe da und vor ihnen Wothan.

«Ihr wartet hier», flüsterte Bias und ging auf Wothan zu.

«Was habt ihr mit den Schwarzen gemacht?», fragte der Oberste der Seelenvögel ohne eine Begrüßung.

«Ich weiß nicht, was du meinst, drück dich deutlicher aus.»

«Du weißt ganz genau, was ich meine! Ihr Berg ist zusammengebrochen!», sagte Wothan und sein Vogelkopf ruckte bedrohlich vor und zurück.

«Was habe ich mit dem Berg der Schwarzen zu tun?», fragte Bias und stand stolz und in voller Größe vor dem Vogel.

«Ihr Drachen und die nicht geflügelten habt doch gemeint, die Schwarzen wären Schuld am Überfall von Lakadar.»

«Wir haben den Vorschlag gemacht mit Noxius zu reden, aber es gab da welche, die sich nicht getraut haben, ihn aufzusuchen», sagte Bias langsam.

«Ha, von wegen nicht getraut, ich setze mich nur nicht für Kreaturen ein, die es nicht wert sind», blaffte Wothan und sein Hackschnabelkopf zuckte hin und her.

«Ja, das Gleiche sagte Noxius auch, als ich ihn nach Euresgleichen fragte.»

Prustend fragte der Seelenvogel: «Du warst bei Noxius?»

«Du warst zu feige, da bin ich allein gegangen.»

«Aber wie konnte der riesige Berg einstürzen, es war kein lebendiger Stein?»

«Ich habe die Erfahrung», erklärte Bias ruhig, «dass man einen Berg nicht zu sehr aushöhlen darf. Es kann sonst passieren, dass die Wände zu dünn werden und alles zusammenbricht.»

Wothans Flügel, die er auf der Erde wie ein Umhang trug, standen leicht auseinander. Fabian hatte freien Blick auf die Vogelhände. Sie bewegten sich ohne Unterlass, als habe Wothan Klebemasse in den Händen, die ständig geknetet werden musste, damit sie nicht trocknete und seine Hände zusammenklebte.

«Wenn du weiter keine Fragen hast, würde ich gern meine Reise fortsetzen», meinte Bias. Er drehte sich zu seinen Begleitern und deutete mit der Hand nach oben. Sofort stiegen Fabian und Romee auf Bias Rücken. Bias schwang seine Flügel und erhob sich. Alle Drachen folgten ihm.

Kein Wunder, dass Bias der Oberste der Weisen ist, überlegte Fabian, *er ist ruhig geblieben, hat sich von Wothans Worten kein bisschen provozieren lassen. Am Ende hat er den Seelenvogel wie einen Dummkopf stehen lassen.* Fast tat Wothan ihm etwas leid.

Bis die Dunkelheit hereinbrach, flogen sie weiter und Fabian erinnerte sich wieder, was er Bias fragen wollte. «Weißt du ein Kraut, damit Pacco wieder Feuer spucken kann?»

«Nein, ich kenne mich mit Kräutern nicht aus.»

«Aber das Kraut für Aris Fuß hattest du doch auch», meinte Fabian empört.

«War das etwa so offensichtlich?»

«Ja», antwortete Fabian. «Ich habe gemerkt, wie glücklich du warst, weil es seinem Fuß besser ging. Selbst ein Blinder würde merken, welchen Schmerz ihr in euren Herzen tragt.»

«Ich habe einen Fehler gemacht.»

«Sieh es mal so, du hast das Drachenland gerettet, als du die Steine versteckt hast», versuchte Fabian, den Drachen zu besänftigen.

«Bist du noch sauer auf mich?», fragte Bias. Es sollte ganz beiläufig klingen, aber es gelang ihm nicht.

«Nein. Ich kann weder dich, noch jemand anderen verantwortlich machen, für das, was uns die Schwarzen angetan haben.»

Sie schwiegen eine Weile, dann fragte Fabian: «Hast du Kräuter, die es Pacco ermöglichen, wieder Feuer zu spucken?»

«Nein, so etwas gibt es nicht.»

«Pacco glaubt bestimmt nur, durch den Bann der Schwarzen, dass er schwach ist und kein Feuer mehr speien kann. Er hält große Stücke auf dich. Wenn du ihm ein Kraut zusteckst und sagst, er wird noch in dieser Nacht wieder Feuer spucken können, vermute ich, dann wird es ihm gelingen.»

«Ist gut, ich werde es probieren. Dich brauche ich wohl nicht zu fragen, welches Kraut ich wählen soll.»

«Nö», antwortete Fabian. «Ich kenne eh nur das wichtigste Kraut, wenn man mit Drachen zusammen lebt: Ranunkulus Skeleratus. Der Gifthahnenfuß.»

«Das war mir völlig klar, aber untersteh dich, es irgendwem unterzumischen», sagte Bias scharf.

«Angst?»

«Wenn Romee nicht mit auf meinem Rücken sitzen würde», sagte Bias und kam beachtlich ins Schwanken. «Dann könnte es zu einem, sagen wir mal … kleinen Unfall kommen. Hubs, da habe ich doch glatt Ritter Fabian verloren. Wie konnte das nur passieren.»

«Ach, Bias, eine Sache ist da noch.»

«Soll ich noch jemandem was von dir

ausrichten, bevor du von meinem Rücken stürzt, oder was?», fragte Bias.

«Was ich dir in meiner Wut gesagt habe, kann ich nicht zurücknehmen», erklärte Fabian und konnte sich ein Grinsen nicht verkneifen. «Du kämpfst nicht gut mit dem Schwert. Ich bin gewiss nicht der beste Schwertkämpfer, aber du bist schlechter.»

«Ja, ich gebe zu, lieber in Bücher zu gucken, als mein Schwert zu ziehen. Du kannst dir das sicherlich nicht vorstellen, aber du kennst ja auch nur Hahnenfuß.»

«Ich gebe auf», sagte Fabian lachend, «denn nicht umsonst bist du der Weise Bias und der Oberste aller Weisen noch dazu.»

«Aber du hast auch ein Horn. Da muss also auch etwas Weises in dir stecken. Vielleicht kommt es irgendwann einmal zum Vorschein», sagte Bias lachend und rief: «Festhalten!» Er stürzte zu Boden, fast so, wie Keemun geflogen war, als sie im Tal der Einhörner waren.

«Du kannst ja doch fliegen und ich dachte, du schaffst es nur wie die ganz alten Drachen», schrie Fabian gegen den Wind.

«Dir werde ich es zeigen, aber wir müssen erst einmal landen, bevor die anderen denken, es geht mir nicht gut.»

«Aufgeschoben ist nicht aufgehoben», sagte Fabian voller Vorfreude auf einen wilden Flug mit Bias. Lachend sprang er nach der Landung vom Drachenrücken und verbeugte sich vor Bias. Romee schüttelte nur grinsend den Kopf.

«Hat Fabian wieder Ärger mit Bias?», fragte Patricia Romee so leise, dass es Fabian nicht mitbekam.

«Ganz im Gegenteil, ich glaube sie sind auf dem besten Weg, sehr gute Freunde zu werden.»

Patricia blickte den Ketanuren ungläubig an. Sie konnte aber nichts mehr sagen, da Fabian bereits bei ihnen war und einen Arm um sie legte. «Du siehst traurig aus, was ist los?» Patricia umarmte Fabian und meinte: «Ich bin nur müde, weiter nichts.»

Falsche Worte

Nicht weit von ihnen entfernt stand Vincent, der Keemun anflehte: «Nun mach endlich ein Feuer! Ich habe keine Lust, gebissen oder gestochen zu werden.»

«Aber die Seelenvögel könnten uns dann sehen und die sind mir nicht geheuer», entgegnete Keemun.

«Was ist mit Vincent, wovor hat er Angst?», wollte Fabian wissen.

«Er hat von Schlangen gehört und kleinen krabbelnden Insekten, die einen Stachel haben. Wenn sie Menschen stechen, könnten sie sie vergiften», verriet Patricia.

Fabian schob Patricia grinsend von sich.

Bias nahm sein Schwert und bat Pacco, mit ihm zu kommen. Pacco ging zwischen Patricia und Fabian entlang und schlug Fabian freundschaftlich auf die Schulter.

Fabian wartete einen Moment, begann plötzlich auf der Stelle zu springen und rief: «Ah, ah, ah, ich glaube an meinen Füßen ist eben eine riesige Schlange vorbeigehuscht.»

Dann sah Fabian nur noch, wie Vincent

Keemun ansprang, um auf irgendetwas draufzuklettern. Ihm war egal, auf was oder wen er gerade kletterte, Hauptsache seine Füße berührten nicht mehr den Boden. Der Drache verlor das Gleichgewicht und kippte um. Vincent überschlug sich und kreischte: «Keemun, ich habe doch gesagt, du sollst Feuer machen!»

«Was ist los?», fragten Umbra und Ari wie aus einem Mund.

«Eine Schlange», kreischte Vincent.

«Wo», fragten die Umherstehenden. Fabian krümmte sich vor Lachen und Patricia guckte ihn böse an und sagte laut: «Da war nichts, nur wieder so ein blöder Scherz von Fabian.»

Umbra leuchtete mit ihrem Rachenfeuer die Gegend ab. Zwischendurch beschwichtigte sie Vincent, dass am Boden keine Spur von einer Schlange sei.

«Wie die Kinder», meinte Ari, aber Fabian sah, wie er grinste.

Fabian wollte Patricia wieder umarmen, aber sie nahm seine Hand von ihrer Schulter und flüsterte: «Du bist so gemein, entschuldige dich sofort bei Vincent.»

«Entschuldige, Vincent», rief Fabian Vincent zu, der sich noch immer an Keemuns Drachenhals klammerte, damit er nicht auf den Boden zurück musste.

Er hat wirklich Angst, ging es Fabian durch den Kopf. Er ging zu Keemun, als wäre er ein scheues Pferd und streckte einen Arm zu Vincent aus. Als er ihn berührte, flüsterte er: «Ich habe nur einen Spaß gemacht. Niemand außer uns ist hier, keine Schlange und auch nichts anderes.»

Vincent blickte Fabian grimmig an. Fabian wurde schwindelig und schon lag er am Boden.

Das Nächste was Fabian mitbekam, waren feste Schläge auf seine gesunde Wange und Patricias Stimme: «Das geschieht dir ganz recht.» Als Fabian die Augen öffnete, kniete Vincent neben ihm und half ihm sich zu setzen.

Keemun spuckte immer wieder Feuer, während Vincent immerzu den Boden nach ungebetenen Tieren absuchte. Fabian sah alles doppelt und fühlte sich, als wäre er gerade aus tiefstem Schlaf erwacht. Ein raschelndes Geräusch zerriss die nächtliche Stille und Fabian war plötzlich wieder hellwach. Seelenvögel flogen über sie hinweg, keiner machte einen Mucks. Als sie vorüber waren, sagte Bias: «Wir fliegen weiter, vielleicht weisen sie uns den Weg zu den verschwundenen Ketanuren, also los.»

Jeder nahm seinen Beutel und kletterte auf seinen Drachen. Schon erhoben sie sich in die mondbeschienene Nacht.

Romee hielt Fabian fest, denn er hatte Angst, dass Fabian nach dem Bann noch nicht ganz bei sich war und vom Drachenrücken stürzte.

«Da mache ich einmal einen Spaß und schon werde ich gebannt. Aber Vincent ist mein Blutsbruder, deshalb habe ich nicht mit solch einer Situation gerechnet», erboste sich Fabian und er begann zu zittern.

«Geschieht dir recht», meinte Bias. «Leider habe ich es nicht geschafft dich zu bannen, obwohl ich es mehrere Male versucht habe. Du warst immer verschlossen.»

«Aber Vincent ist doch mein Bruder, vor ihm verschließe ich mich nicht», erklärte Fabian mit aufeinander klappernden Zähnen.

Bias flog ruhig und so konnte Romee Fabians Umhang aus dem Beutel nehmen und ihn umhängen, damit er nicht mehr fror.

Fabian bekam es kaum mit, so sehr war er damit beschäftigt, dass Vincent ihn gebannt hatte.

Als sie in tiefster Nacht eine Pause machten, mied Fabian die Gesellschaft von Vincent. Er ging lieber von der Gruppe weg und sah sich die Gegend im fahlen Mondschein an.

Der Boden über den er ging, war weich und knirschte leise, wenn er darüber lief. Er bückt sich herunter und berührte ihn. Nahm etwas in seine Hände, aber es rann ihm durch die Finger, fast so wie Wasser. Es war hier ganz anders als dort, wo er aufwuchs oder im Drachenland. Wenn er dort die Erde berührte, war er sofort schmutzig. Auch wuchsen in der Erde Mais, Getreide oder Bäume und Büsche, aber hier war nichts. Solange sie schon flogen, kein einziger Baum oder Strauch, nur die helle Erde, die vom Mond beschienen wurde.

Fabian zog seinen Umhang dichter um seinen Körper. Es war so kalt geworden, wie in den strengsten Wintern, die er aus seiner Kindheit bei den Eltern in Obertal kannte.

«Es ist Sand, der den Boden hier bedeckt», erklärte Ari, der sich mit Romee und Pacco auch von der Gruppe entfernt hatte.

«Pacco, mach mal Feuer, um den Boden nach Tieren abzusuchen», sagte Ari und deutete auf ein fingerlanges Ding, das auf seinen acht Beinen eilig davonkrabbelte. Seinen Schwanz hatte es in die Höhe gerichtet und Ari deutete auf das Ende. «Dort ist ein Stachel, vor dem ihr euch in Acht nehmen solltet. Das kleine Ding hat viel Gift an seinem Stachel.»

Es gibt also wirklich die gefährlichen Tiere, vor denen Vincent Angst hat, überlegte Fabian und fand seinen Spaß nun nicht mehr so gut. Aber am meisten interessierte ihn, dass Pacco wieder Feuer spucken konnte.

«Lasst uns aufbrechen», ertönte Bias Stimme.

Ari verweilte einen kleinen Augenblick. Fabian sah ihm an, wie quälend es für ihn war, Bias Stimme zu hören und doch nicht bei ihm zu sein.

Romee sprach aus, was Fabian gerade dachte. «Flieg du auf Bias, dann könnt ihr unterwegs reden.»

«Nein», fauchte Ari und drehte sich zum Gehen herum. Romee hielt ihn am Arm fest und sagte: «Quäl dich doch nicht so.»

Ari löste sich mit einem Ruck aus dem Griff und stapfte zurück zur Gruppe.

Als sie wieder aufstiegen, wehte ein leichter Wind. Der Mond war wolkenverhangen, von der Umgebung war kaum noch etwas zu sehen. Jeder schaute, ob am Horizont ein erstes Licht erschien, was den neuen Morgen ankündigte. Doch es war schwer, überhaupt die Augen aufzuhalten, denn aus dem Wind wurde ein Sturm. Der Sand vom Boden wurde aufgewirbelt und schlug nun auf ihre teilweise geschundenen Körper. Fabian war froh über die gute Heilung seiner Verbrennungen. Aber dieser Sturm peitschte den Sand so heftig in sein Gesicht, dass er glaubte, der Sand habe ihm den Rest seiner Haut verletzt. Jedes Sandkorn peinigte wie ein kleines Messer sein Gesicht, Hals, Arme und den Körper, wo es nur hingelangen konnte.

Eine Böe erfasste Bias und trug ihn in die Höhe. Er kämpfte sich wieder zu den anderen Drachen und schrie: «Bringt euch in Sicherheit, legt euch flach auf den Boden und schützt eure Begleiter unter den Flügeln.» Schon sauste er im Sturzflug nach unten. Es war nicht leicht, denn es war kein Boden unter ihnen zu sehen, alles war schwarz. Fabians Haut und er glaubte, sogar seine Schuppen, schmerzten. *Ob es Bias auch so wehtut?*, überlegte Fabian und stürzte von Bias Rücken. Er überschlug sich mehrere Male und blieb liegen.

Eine Hand griff nach ihm und zog ihn blind mit sich. Endlich fand Fabian Schutz. Er wusste nicht, wo er war und warum ihn kein Sand mehr so schmerzhaft traf. Vermutete, unter einem von Bias schwarzen Flügeln Schutz gefunden zu haben. Er blieb still liegen und lauschte dem Rauschen des Sturms. Die Stimmen seiner Freunde konnte er nicht hören, so sehr er sich auch anstrengte. Sicher haben auch sie Schutz unter den Drachenflügeln gefunden, überlegte Fabian und versuchte, irgendwelche Geräusche einzufangen. Doch er hörte nur das Rauschen des Windes, was ihn schläfrig machte.

Sein Körper wurde wie von einer schweren Decke zugedeckt. Fabian wollte sich umdrehen, um sich bequemer hinzulegen. Er versuchte ein Bein zu sich heran zu ziehen, aber vergeblich. Er konnte seine Beine weder vor- noch zurückzuziehen und das gefiel ihm gar nicht. Leicht hob er den Kopf und öffnete die Augen. Alles war schwarz um ihn herum. Fabian überlegte, was ihn in diese Lage gebracht hatte. Er erinnerte sich an den Sturm und dass er wohl unter Bias Flügel Schutz gefunden haben musste. Lange lag Fabian so da und lauschte, doch vom Sturm war nichts mehr zu hören.

Wenn ich gegen Bias Flügel drücke, würde er es gewiss merken, überlegte Fabian und versuchte, seine Arme nach oben zu recken. Er drückte erst ganz sacht gegen die ledrige Flügelhaut, dann immer fester. Doch es half nichts und so tastete er um sich und begann langsam den Sand, der ihn gefangen hielt, wegzuschieben. Endlich konnte Fabian seine Beine wieder bewegen. Langsam kroch er an den Drachenkörper heran. Die glatten Schuppen wirkten vertraut, er strich darüber und dachte an die Nächte, in denen er sein Lager mit Pacco teilte. In Gedanken sah er auch Patricias Schuppen, die sie auf ihrem Rücken trug.

Hoffentlich sind sie alle in Ordnung und konnten sich vor dem Sturm schützen, dachte Fabian voller Sorge. Am liebsten wollte er sofort nach ihnen sehen. «Bias, lass mich raus!», rief Fabian und strich über Bias Drachenhaut. Nichts tat sich. Da fiel ihm ein, was Romee bei ihm gemacht hatte und somit das Unangenehmste war, was er je gefühlt hatte. Also rieb er mit einer Faust so doll er konnte über Bias Schuppen. Sofort bewegte sich der Drache und sprang auf. Wie Regen rieselte Sand auf ihn herab. Erschrocken hielt Fabian die Hände vors Gesicht, um sich vor Sand und Sonne zu schützen, die hell in seine Augen stach.

«Was soll das?», kreischte Bias.

«Ich war eingeklemmt und du hast mich nicht bemerkt, als ich an dir gerüttelt habe», rechtfertigte Fabian sein Tun.

Ein Knurren kam aus dem Sand. Fabian und Bias waren sofort bei dem halb vom Sand verdeckten Romee. Der Ketanur lag zusammengerollt da und es war nur sein schwarzes Fell zu sehen. Ritter und Drache strichen vorsichtig über den felligen Rücken des Ketanuren und fragten, ob alles in Ordnung sei. Romee erhob sich, streckte seine Arme in die Höhe und nickte.

«Ich suche die anderen», entschied Fabian und lief rufend durch den Sand: «Patricia, Vincent, Pacco!»

Nach und nach bewegten sich viele kleine Sandhügel in der Nähe und einer nach dem anderen tauchte wieder auf. Nur Keemun fehlte noch, er war mit Patricia und Vincent unterwegs.

«Hoffentlich ist er nicht abgestürzt», sagte Romee leise zu Bias. Fabian hatte seine Worte aber gehört und meinte laut: «Keemun fliegt ausgezeichnet, er ist ganz bestimmt sicher gelandet.»

Bias erhob sich in die Luft und suchte von oben weiter.

«Wenn die Sonne untergeht, müssten wir da sein.» hörte Fabian Luna mit Umbra reden. Feng, Ari und Cumu standen mit ernsten Mienen zusammen.

Sicher haben sie Angst davor, was wir finden werden. Mit den Schwarzen Drachen ist nicht zu spaßen und die Ketanuren waren nun schon lange in ihrer Gefangenschaft, überlegte Fabian und würde den Ketanuren gern Mut zusprechen, doch Ari fragte, bevor Fabian überhaupt etwas sagen konnte: «Du siehst bedrückt aus, wer fehlt?»

Fabian blickte in Aris blaue Augen und

vergaß, laut zu antworten. Doch der Ketanur hatte bereits seine Gedanken gelesen. «Sie sind ganz in der Nähe, werden sicherlich schnell von Bias gefunden, ganz bestimmt.»

Auch Umbra sowie Liev und Smettko erhoben sich und suchten die Gegend ab.

Pacco und Fabian guckten unentwegt in den Himmel, ob denn ein Drache mit Patricia und Vincent zurückkam oder wenigstens Nachrichten brachte. Weit entfernt sahen sie die Drachen kreisen, doch keiner kam zurück. Fabian setzte sich in den Sand, der bereits sehr heiß war. Eine Handvoll hob er auf und ließ sie von Hand zu Hand gleiten. Als er erneut in den Sand griff, sah er vor sich ein Stück Lederband liegen. Er zog am Band und es kam noch ein Anhänger zum Vorschein, den der Sand verdeckt hatte. An dem Band hing ein Edelstein.

«Sieh nur, was ich gefunden habe», lenkte Fabian Paccos Aufmerksamkeit vom Himmel auf den Schmuck. Pacco nahm das Band an sich und betrachtete es. «Solche Steine wurden schon mal verschenkt, von uns aus dem Drachenland, an gute Freunde, an Ketanuren.»

«Bist du dir sicher?»

Pacco nickte. «Ich habe gesehen wie Medrandon Löcher in die Steine machte», sagte er ernst. «Also sind sie tatsächlich hier gewesen, wir sind auf dem richtigen Weg.»

Fabian nickte zustimmend und sagte: «Hoffentlich kommen wir noch rechtzeitig.»

Ein großer Drachenschatten sauste von hinten über sie herüber und wenige Atemzüge später landete Bias mit Patricia und Vincent auf seinem Rücken. Pacco drückte Fabian das Fundstück in die Hand und fing Patricia auf, die von Bias Rücken glitt. Er rieb seine Drachenschnauze an Patricias Gesicht und gab ihr einen Kuss nach Drachenart. Patricia lief zu Fabian und stürzte sich in eine Umarmung. «Ich habe mir solche Sorgen um euch gemacht.»

«Und wir um euch», flüsterte Fabian und wollte Patricia nicht mehr loslassen.

«Nur gut, dass Keemun so laut geschnarcht hat, so habe ich ihn trotz der Sandböe, unter der er lag, gehört», meinte Bias lachend.

«Hack nicht auf Keemun herum», bat Patricia. «Er hat uns sicher auf den Boden gebracht und unter seinen Flügeln Schutz geboten.»

«Und warum ist er nicht hier bei uns gelandet?»

Keiner antwortete Bias, denn die Freude darüber war groß, dass niemandem etwas passiert war.

Ari legte einen Arm auf Fabians Schulter und sagte: «Siehst du, es ist alles in Ordnung, wie ich gesagt habe.»

Fabian nickte und sagte ihm in Gedanken: *Wir sollten los.*

Geh zu Bias und sag ihm, wir sind soweit, bat Ari in Gedanken.

«Du kannst selbst zu ihm gehen und auch mit ihm fliegen.»

Aris Rückenfell stellte sich noch weiter auf, als es normalerweise von seinem Körper abstand. Mit funkelnden Augen blickte er Fabian an. Irgendeinen Bann versuchte er ihm aufzuerlegen, doch der Ritter sagte nur: «Eigentlich müsste man dich an deinem Fell packen und zu ihm hinschleifen.»

«Versuch es doch», flüsterte Ari, ging einen Schritt auf Fabian zu, hakte ein Bein um seine Beine und schubste ihn nach hinten. Fabian landete mit dem Rücken im Sand, doch er packte Ari ebenfalls mit seinen Beinen und warf ihn auch um. Ari rollte sich auf Fabian und begann ihn zu würgen, doch Fabian schaffte es, den Ketanuren von sich zu stoßen.

«Fällt dir nichts Besseres ein?», foppte Fabian. Ari stürzte sich wieder auf Fabian, als der herbeigeeilte Smettko Fabian festhielt und Umbra Aris Rückenfell packte. «Wie die Kinder», schimpfte Umbra.

«Ich sagte doch, kräftig am Rückenfell ziehen», meinte Fabian lachend.

«Wir sind noch nicht fertig», blaffte Ari und drohte Fabian mit der Faust.

«Ich freu mich drauf», sagte Fabian und fügte zu den erschrocken guckenden Freunde hinzu: «Wir haben nur Spaß gemacht.»

«Ja, es war nur Spaß», sagte nun auch Ari.

«Können wir weiter, jetzt wo ihr da seid?», fragte Fabian. «Ich habe nämlich keine Lust, dass mich der Sand verbrennt.»

Patricia nickte und Vincent auch, der herzhaft gähnte.

«Ihr habt doch bis eben geschlafen, da müsstest du doch ausgeruht sein», meinte Fabian und ging durch den heißen Sand.

«Ich habe kaum ein Auge zugetan», gab Vincent leise zu.

«Wegen Schlangen und anderem Getier, was hier sein Unwesen treibt?», fragte Fabian ebenso leise.

Vincent nickte. Patricia blickte Fabian an und dachte: *Kein falsches Wort jetzt.*

Pacco ging mit Keemun hinter ihnen her und meinte, er solle Bias Worte nicht so ernst nehmen.

Als ob ich zu jeder Zeit immerzu das Falsche sage, überlegte Fabian. Er ging auf Bias zu und sagte: «Wir sind so weit, wir können uns wieder auf den Weg machen.»

Bias nickte und so kletterte Fabian auf Bias Rücken. Es dauerte noch, bis Smettko mit Keemun geklärt hatte, wer wen fliegt und alle auf ihren Drachen saßen. Fabian blickte nicht mehr zu ihnen herüber, guckte nur nach vorn in die Wüste, deren Luft flimmerte und alles verschwommen erscheinen ließ. Er hatte ein Gefühl, als hätte er Wein getrunken. Bei dem Gedanken wurde ihm übel.

Als Romee auf den Drachenrücken kletterte, bat Fabian den Ketanuren, vor ihm zu sitzen und erklärte, dass ihm vom in die Ferne blicken übel würde.

Bias schwang einige Male mit den Flügeln und erhob sich.

«Es kommt nicht vom weit blicken, es wird die Hitze sein, die dich benommen macht.»

Romee griff Fabians Hände und legte sie um seinen Bauch und sagte gegen den heißen Flugwind: «Damit ich weiß, dass du noch hinter mir sitzt.» Romee begann zu summen, bis daraus ein Lied wurde, dessen Sprache Fabian nicht verstand. Er lehnte sich an den Ketanuren und fühlte sich gut aufgehoben. Erst als die Sonne ihren höchsten Punkt hinter sich ließ und die Luft so heiß war, dass es allen Reisenden schwerfiel zu atmen, ging es Fabian besser. Die Drachen hatten mit der Hitze kein Problem, da sie Wärme liebten und selbst Feuer spuckten.

«Ist wieder alles in Ordnung?», fragte Romee.

«Ja», sagte Fabian.

«Das hört sich nicht ehrlich an, möchtest du mir sagen, was dich bedrückt?», hakte der Ketanur nach.

«Euch Ketanuren kann man aber auch nichts vormachen.»

«Wir sind sehr feinfühlige Wesen», erklärte Romee.

«Ha! Feinfühlig, dass ich nicht lache», platzte es aus Bias heraus.

Fabian beachtete das Gesagte des Drachen nicht und erzählte Romee: «Ich komme einfach nicht mehr mit Menschen zurecht. Immer werde ich von ihnen falsch verstanden. Mache ich mal einen Spaß, sind gleich welche beleidigt. Wenn ich etwas sage oder nur sagen möchte, heißt es «Sag jetzt bloß nichts Falsches», ich mache in ihren Augen nichts richtig.»

«Fabian, nimm Patricia und Vincent nicht so ernst», sagte Bias. «Sie sind sehr angespannt. Wir und besonders ihr habt eine schwierige Zeit hinter euch und keiner weiß, was uns erwartet, und ob wir es schaffen, die Ketanuren zu retten. Jeder trägt eine gewisse Angst in sich, möchte sie verbergen und wird dadurch vielleicht ungerecht dem Nächsten gegenüber.»

«Alles wird wieder gut werden, wenn diese Reise vorbei ist», fügte Romee hinzu.

Es muss Romee furchtbar ergehen, überlegte Fabian. Seine Familie und Freunde sind verschwunden und nur die Hoffnung, dass wir sie lebend finden, lässt ihn nicht verzweifeln.

Fabian umklammerte Romee fester, aber diesmal, um ihm etwas Kraft zu geben. Der Ketanur strich dankbar über Fabians Hände. Als die Sonne bereits tief stand, machten sie eine kurze Rast.

Der doppelte Vincent

«Wie weit ist es noch bis zu den Menschen?», fragte Fabian, der sich direkt neben Bias niedergelassen hatte.

«Wenn der Mond hoch am Himmel steht, werden wir da sein.»

Fabian biss von einer Frucht ab und spuckte das Abgebissene auf seine Hand. Bias grinste und erklärte: «Du musst die Schale abmachen.»

Fragend blickte Fabian den Drachen an. Bias nahm ihm das Obst aus der Hand und löste ganz vorsichtig die dünne Schale. «Das ist eine Feige, wenn du sie frisch isst, mach die Schale ab. Du kannst sie auch trocknen, dann schmeckst du die pelzige Schale nicht mehr.» Bias legte die gepellte Frucht in Fabians Hand.

«Danke, das wusste ich nicht.»

«Wie solltest du auch, sie wachsen in der Gegend um Lakadar.»

Fabian genoss die Süße des Fruchtfleisches und blickte in die Richtung, in die sie gleich wieder aufbrechen würden. Etwas war anders. Der Himmel zeigte nicht mehr dieses Blau, wie er es sonst tat, sondern eher ein leichtes Grau.

«Zieht da wieder ein Unwetter auf?», fragte Fabian und deutete vor sich.

«Ich glaube nicht, es ist nur der Himmel, der grau ist. Aber genau weiß ich es nicht», gab Bias ratlos von sich. «Aber falls sich da was zusammenbraut, möchte ich aus dieser sandigen Umgebung weg sein.» Bias erhob sich und rief einmal laut: «Wir brechen auf.»

Patricia hielt Fabian am Arm fest als er dabei war, auf den Drachenrücken zu steigen.

«Fabian», sagte sie. «Ist alles in Ordnung mit dir?»

Fabian nickte.

«Möchtest du, dass ich mit dir fliege?», fragte sie weiter.

Fabian blickte an ihr vorbei und sah Vincent bereits auf Keemuns Rücken sitzen und den Boden mit Blicken nach gefährlichen Schlangen und Krabbeltieren absuchen. «Nein, bleib bei Vincent, er braucht dich», sagte Fabian ernst und wollte auf den Drachenrücken steigen. Doch Patricia hielt ihn noch immer fest, kam einen Schritt näher und schlang ihre Arme um ihn. Fabian erwiderte ihre Umarmung, küsste sie erst auf die Stirn und dann auf den Mund. Als sie sich von einander lösten, strich sie über seine schuppige Wange und flüsterte: «Ich habe dich sehr gern, mein schöner Halbdrache.»

Fabian lächelte sie an und hauchte in ihr Ohr: «Ich möchte niemals ohne dich sein.»

Bias hustete kleine Flammen aus seiner Schnauze und murmelte: «Wir wollen los.»

Patricia lächelte und lief eilig zu Keemun.

Bias erhob sich und die Schar der Drachen folgte ihm.

«Siehst du, ich habe es dir doch gesagt», sagte Bias. «Wir alle sind nur sehr angespannt.»

«Ja, du bist nicht umsonst der *Weise Bias*, ich hoffe, du hast auch recht damit, dass kein Sturm aufziehen wird.»

Als die Sonne ihre letzten Strahlen aussendete, erblickte Fabian weit vor sich etwas anderes als das weit flimmernde, gelbliche Bild der Wüste. Am Horizont schien es Berge zu geben. *Hoffentlich gibt es dort viele Bäume,* dachte Fabian, der in der Wüste den Schatten vermisste.

«Bald haben wir das Land der Menschen erreicht. Wir müssen nur über den Bergkamm, der dort am Horizont liegt», erklärte Bias und bewegte seine Flügel etwas schneller, um noch mehr an Fahrt zu gewinnen.

Langsam versank die Sonne. Ein letztes Mal warf sie ihre Strahlen auf die Berge vor ihnen. Aber kein goldenes Leuchten ging von dem Berg aus, wie Fabian es bei den Felsen vorm Drachenland gesehen hatte, die er Liev nennen würde.

Die Berge, die sich vor ihnen am Horizont ausbreiteten, wirkten nur grau und trist. Genau wie der Himmel, der sein Grau übergangslos in ein Schwarz färbte.

Schwarz wie die Drachen, dachte Fabian und bekam eine Gänsehaut. Sein Schwertknauf fest in der Hand, stiegen die Gedanken des Kampfes gegen die Schwarzen wieder in ihm auf. In diesem Augenblick wurde ihm bewusst, dass er hinter dem Bergkamm sein Schwert vielleicht erneut benutzen musste. «Vladir und Cannoc, steht uns bei», flüsterte Fabian und war völlig angespannt.

Romee begann ein Lied zu summen. Fabian glaubte, er mache sich diesmal selber Mut. *Kleine Sonne* kletterte aus Fabians Hosentasche und krabbelte durch Romees Fell. Fabian nahm sie heraus und reichte sie Romee, der sie küsste und an sein Herz drückte.

Mittlerweile war es stockdunkel, nur kleine Sonne strahlte ein wenig Licht aus. Das Licht schob die Verzweiflung etwas in den Hintergrund.

Für lange Zeit sprach niemand ein Wort, nur Romee summte leise eine Melodie.

Die Feuer der Menschen

Was *uns wohl im Land der Menschen erwartet?,* überlegte Fabian, als in der Ferne plötzlich viele Feuer brannten. So hatte er sich die Stadt der Menschen nicht vorgestellt. Sie überflogen den Bergkamm und ein riesiger Berg war nun in seiner vollen Größe zu erblicken. Er stand zwar sehr weit entfernt, aber seine gigantische Größe schien die Bergkette vor dem Drachenland noch zu übertreffen. Auf dem Berg brannte es lichterloh, aber es war kein Feuer wie Fabian es kannte. Es strahlte heller als jede Flamme, die er bisher gesehen hatte. Den ganzen Berg herunter brannte es, als habe jemand eine Feuerspur gelegt. Erst als Bias tiefer flog, erkannte Fabian direkt unter sich Häuser, die im Schein vieler kleiner Lichter erleuchtet waren. Die Häuser sahen ähnlich aus, wie die in der Menschenwelt, aus der Fabian kam. Nur hatten die Häuser unter ihnen kein richtiges Dach, stattdessen waren die Dächer abgeflacht und begehbar. Sie standen eng nebeneinander, dass ein Haus mit dem nächsten verbunden war. Stimmengewirr und aufgeregte Schreie drangen zu ihnen herauf. Bias hielt nach einem geeigneten Landeplatz

Ausschau und sank vor der Stadt, wo nur noch vereinzelte Häuser standen.

Zwei Reiter auf schnellen dunklen Pferden galoppierten direkt auf die Gruppe zu, brachten ihre Pferde zum Stehen und sprangen ab. Sie trugen lange Gewänder und Tücher um den Kopf gewickelt. Sie hielten brennende Fackeln in den Händen und musterten die Reisenden.

«Was führt euch in unser Land?», fragte einer der Reiter, dessen langes Gewand an der Taille mit einem Gürtel versehen war. Ein armlanges krummes Schwert war daran befestigt.

«Das ist eine lange Geschichte», erklärte Bias. «Darüber würden wir gern mit eurem König reden.»

«Der König ist vor zwei Vollmonden gestorben, seine Tochter regiert nun das Land, ich werde sie benachrichtigen lassen.»

Der zweite Reiter stieg auf sein Pferd und ritt in die Stadt. «Ich werde Essen und Trinken bringen, ihr seht erschöpft aus.» Der Reiter wandte sich zum Gehen, da hielt Bias ihn am Arm und fragte leise: «Waren in letzte Zeit schwarze Drachen hier? Oder habt ihr Ketanuren gesehen?»

«Nichts von beidem. Glaubt ihr denn, die Ketanuren nehmen den weiten Weg von Lakadar durch die Wüste auf sich?»

«Wir hatten es vermutet», flüsterte Bias.

Fabian ging zu Patricia, Vincent und Pacco.

Der Drache war gerade dabei, ein kleines Feuer zu entfachen.

Patricia lehnte sich an Fabian, der seine Arme fest um sie geschlungen hatte.

Vincent setzte sich auf den Boden und blickte sich suchend nach allen Seiten um, ob in ihrer Nähe Schlangen waren. Nach einer Weile, als das Feuer brannte, legte er sich mit dem Kopf auf sein Bündel. «Ich habe einen riesigen Hunger», flüsterte er und im nächsten Moment war er auch schon eingeschlafen.

Fabian nahm den Umhang aus seinem Bündel und deckte Vincent damit zu. Er griff nach Patricias Umhang, legte sich ebenfalls nieder, aber mit Patricia im Arm. Ihre Blicke glitten herüber zum Berg, dessen Feuer unendlich zu sein schien. Gern hätte Fabian noch gefragt, warum auf dem Berg so viele Feuer brannten. Doch schon übermannte auch ihn der Schlaf, noch bevor einige Bewohner Wasser und Speisen brachten.

Als Fabian kalt wurde, zog er den Umhang mit einem Ruck über sich. «Au, verdammt, warum ziehst du an meinem Fell», meckerte Romee, der nahe Fabian zusammengerollt geschlafen hatte.

«Entschuldigung, das ist mir bei Ari auch schon passiert», flüsterte Fabian verschlafen.

Bias, der dicht beim runtergebrannten Feuer lag, öffnete ein Auge, blickte Fabian an und ein tiefes Knurren entfuhr seiner Kehle. Fabian legte den verrutschten Umhang wieder über sich und

Patricia, kuschelte sich ganz eng an sie heran und schlief weiter.

Der Boden bebte und Fabian sah Ketanuren vor sich. Sie alle lebten in der Stadt, waren in Sicherheit und wollten gar nicht zurück nach Lakadar. Auf keinen Fall durch die heiße Wüste, wo ihnen bei Tage der heiße Sand die Füße verbrennen würde. Fabian strich durch die weichen Rückenfelle der Ketanuren, die das wunderbar fanden und sich gern kraulen ließen. Der Boden bebte erneut und Fabian fragte: «Warum bist du traurig, es sind doch alle hier?»

«Ich bin nicht traurig», nuschelte Romee verschlafen.

Fabian öffnete die Augen und brauchte einen Moment, um sich zurechtzufinden. Langsam begriff er, dass die Ketanuren nicht hier lebten, sondern die Menschen und dass es nur ein Traum war.

Fabian setzte sich auf. Seine Freunde lagen noch auf ihren Lagern und schliefen. Nur Vincent verweilte außerhalb der Schlafenden. Er trug ein weißes Gewand mit wunderschönen Stickereien, die es verzierten. Er sah aber älter aus. *Sind wir schon so lange unterwegs, dass Vincent gealtert ist?*, überlegte Fabian. Blickte hinter sich und sah Vincent neben der runtergebrannten Feuerstelle schlafen, genau dort, wo er sich in der Nacht hingelegt hatte. *Zweimal Vincent, das geht nicht, also träume ich noch,* dachte Fabian und konnte den Blick nicht von dem im weißen Gewand nehmen.

Zwei Frauen brachten Krüge und eine große Schale mit Früchten.

Auch sie sehen wie Vincent aus, dachte Fabian. Er starrte die Frauen an und sie gingen kichernd davon.

«Komm essen», flüsterte der alte Vincent mit einer ganz anderen Stimme als Vincent sie hatte.

Langsam wurde Fabian bewusst, dass er nicht träumte. Er befand sich in einem Land, in dem alle Menschen eine braune Hautfarbe hatten. Wie Vincent und genauso schön. Diese ebenmäßigen Gesichter, das schwarze Haar, Fabian fühlte sich nun wirklich farblos. Seine Haut war hell und an vielen Stellen waren ihm Schuppen gewachsen. *Die sind wenigstens bunt, wie die von Pacco,* überlegte Fabian, stand vorsichtig auf, um Patricia nicht zu wecken und setzte sich zu dem Mann.

«Wir wollten euch bessere Schlafplätze bieten, aber es wurde abgelehnt», entschuldigte sich der Mann.

«Es ist völlig in Ordnung, Hauptsache nicht in der Wüste schlafen», beschwichtigte Fabian und griff nach Feigen, die er gekonnt schälte, bevor er sie aß.

«Ihr seid schon lange unterwegs.»

Fabian nickte und blickte den Mann an. Er lächelte und betrachtete eingehend sein Haar, die Kleidung und die Brandwunden, die Fabian bei den Kämpfen davongetragen hatte. Fast schon starrte der Mann auf die Schuppen, die aus der

Haut wuchsen, die mit Brandwunden übersät war.

Das Hemd hatte Vincent in Lakadar notdürftig geflickt und sah keineswegs mehr aus wie die Kleidung eines Ritters. Und sein Haar? Fabian griff vorsichtig an seinen Kopf und fühlte seine vielen Zöpfe, die ihm Romee geflochten hatte, ineinander verfilzt.

«Ja, wir sind schon lange unterwegs», flüsterte Fabian und blickte von seinem Platz über die Stadt. Rechts von ihm war der Felsrücken, der sich gestern in der Ferne über den ganzen Horizont erstreckte. Links standen noch vereinzelte Häuser und Bäume, die nur am oberen Ende eine Baumkrone hatten. Die Stadt lag in einer Senke. So konnte man über die Häuser hinwegblicken, auf den Berg, der sich wie ein abgeflachter Hügel weit hinter der Stadt in den Himmel erhob. Schwarze Rauchwolken zogen aus dem Berg heraus, wie aus einem Kamin.

«Warum lodern dort so viele Feuer?», wollte Fabian wissen, der noch die Bilder des Berges aus der gestrigen Nacht in Erinnerung hatte.

«Der Berg macht es selber.»

Fabian blickte ungläubig und meinte, der Mann hat ihn nicht verstanden. Wieder griff er nach einer Frucht, in dem Moment bebte der Boden. Sofort sprang Fabian auf und blickte sich suchend um.

«Sie sind hier», flüsterte Fabian, sah aber nur seine Gefährten, die noch schliefen. Weiter unten in der Stadt erblickte er einige Menschen, aber keinen weiteren Ketanuren.

«Die Ketanuren müssen ganz in der Nähe sein», sagte Fabian ernst und blickte den Mann an.

«Nein, es ist kein Fremder in unserer Stadt. Ihr seid die ersten nach vielen, vielen Monden. Wir haben lange keine Ketanuren als Gäste begrüßt.»

Der Boden schwang wieder und Fabian sagte aufgeregt, während er mit der Hand auf den Boden deutete: «Aber dieses Beben lösen Ketanuren aus, wenn sie traurig sind und weinen.»

«Hier sind keine Ketanuren», erklärte der Mann. «Es ist der Berg, der alles zum Beben bringt, wenn er Feuer spuckt.»

«Feuer spuckt?», wiederholte der Ritter.

«Ja, der Berg spuckt Feuer aus, das macht er manchmal, dann kommen wieder viele Sommer und er ist still. Es ist lange her, ich war noch ein Kind, da hat er auch Feuer gespuckt. Als das Feuer erkaltet war, konnte man direkt zu dem Berg gehen. Vorher war er durch das große Wasser von uns getrennt.»

Der Boden bebte wieder. Der Mann deutete mit einem Finger zum Berg, der nun dichte schwarze Rauchwolken ausspie.

Fabian meinte, sogar Geröll gesehen zu haben, das in hohem Bogen aus der Bergöffnung flog.

«Aber wie …»

«Diese Art von Bergen leben», meinte der Mann.

«Lebende Berge. Lebende Berge», flüsterte Fabian und ging zum schlafenden Bias.

«Bias, wach auf, sie sind hier», sagte Fabian und rüttelte Bias unsanft an der Schulter.

Der Drache erhob sich, strafte Fabian mit einem grimmigen Blick und sagte kopfschüttelnd: «Nein, hier ist niemand vorbei gekommen.» Der Drache deutete auf den Mann. «Sie hätten es bemerkt, es waren so viele Ketanuren.»

«Bias, es ergibt nun alles einen Sinn!», unterbrach Fabian und es fiel ihm schwer stillzustehen. «Noxius meinte, die Ketanuren braucht er nur, um die Menschen zu vernichten und er redete von den lebenden Bergen. Die Ketanuren sind hier, wir müssen etwas tun, bitte.»

Bias blickte Fabian tief in die Augen und meinte: «Ich fliege mit dir den Umkreis ab, damit du dich mit eigenen Augen überzeugen kannst, dass hier keine Ketanuren sind.»

«Danke, Bias», japste Fabian und stieg auf den Drachenrücken. Bias griff mit einer Hand so viele Früchte aus der Schale, wie er tragen konnte, und erhob sich flügelschlagend.

«Sie sind hier ganz in der Nähe», rief Fabian Bias zu. «Ich bin mir da ganz sicher.»

«Also ich glaube, du warst zu lange in der Sonne», antwortete Bias. Flog erst einmal den Bergrücken Richtung Innenland ab und meinte: «Wie sollen die Ketanuren über den Bergrücken gekommen sein und dann noch ungesehen?» Das leuchtete Fabian ein, er sagte aber nichts. So flog Bias wieder in die andere Richtung. Er überquerte die Bäume an der linken Seite der Stadt. Hier war es grün soweit das Auge reichte. Auch hier gab es einen Bergrücken, aber er war längst nicht so hoch wie auf der anderen Seite. Wenn Fabian nicht so angespannt gewesen wäre, hätte er den Anblick genossen, der ihm von hier oben geboten wurde. In der Ferne weit ab der Stadt stand ein Haus, das alles übertraf, was Fabian zuvor gesehen hatte. *Das muss ein Palast sein,* überlegte er. Das Gebäude wurde von vielen Säulen getragen und war mit Türmen auf den Dächern ausgestattet, die goldfarbene Kuppeln hatten.

Etwas Dunkles konnte Fabian gerade noch ausmachen, da traf es ihn schon am rechten Arm und krallte sich ungeschickt fest. Fabian wollte schon danach schlagen, doch erkannte er im letzten Augenblick seinen Vogel, dessen Krallen sich in sein Fleisch bohrten.

«Doran, wo kommst du denn her?»

«Ach, Fabian, ich bin so froh, dass es dir gut geht. Ich war in großer Sorge. Ich wollte zu dir und kam in einen Sturm, deshalb musste ich mich erst einmal orientieren und habe viele Tage verloren.»

«Jetzt bist du wohlbehalten wieder da und das freut mich sehr. Aber sag mal, hast du unterwegs Ketanuren gesehen?»

Doran schüttelte den Kopf.

Der lebende Berg

Die Stadt, nun zu ihrer Rechten, endete direkt im Wasser. Das große Wasser, wie der Mann es nannte. Doch es war noch viel größer als in Fabians Vorstellung. Soweit seine Augen nach links und rechts blicken konnten, war nur Wasser zu sehen. Aus dem Wasser ragte der hohe Berg, der nun wieder Feuer ausspuckte, dass es den Berg herunterlief.

«Siehst du, kein Ketanur weit und breit», schrie Bias gegen das Grollen des Vulkans an.

«Flieg einmal um den Berg herum», bat Fabian.

«Das ist gefährlich», sagte Bias und machte eine schnelle Bewegung nach rechts, um den Brocken auszuweichen, die der Vulkan in die Höhe schoss.

«Flieg einmal um den Berg herum! Oder traust du dich nicht?», fragte Fabian und klatschte mit der Hand auf Bias geschuppten Hals.

Der Drache schnaufte und kleine Flammen schlugen aus seinen Nasenlöchern, als wolle er mit dem Berg um die Wette Feuer spucken. Bias setzte zum Sturzflug an und flog unter dem dichten schwarzen Rauch hindurch, den der Berg röchelnd herausbeförderte. Auf der Rückseite des Vulkans war die Luft wieder rein und die Sonne hatte ihre Helligkeit und Kraft wieder. Dafür blies ihnen vom Wasser aus ein fester Wind ins Gesicht.

Sie hatten die Hinterseite erreicht. Hier war der Berg schwarz, zugedeckt von der Asche des Vulkans. Sie erkannten auch erst die vielen schwarzen Felle nicht, die vor dem Berg standen. Aber eine Melodie drang trotz des Windes an ihre Ohren. Sie klang traurig und herzzerreißend, doch sie konnten sich verschließen, um nicht mit in den Sog der Traurigkeit zu gelangen. Bias flog tiefer, dann sahen sie die Ketanuren. Sie standen eng aneinandergedrückt und sangen. Schwarze Drachen mit langen Lederpeitschen schlugen auf die Ketanuren ein. In Fabian stieg eine unbändige Wut auf. «Hört sofort auf!», schrie er, doch sie waren zu weit oben, so wurden sie nicht gehört.

Bias flog plötzlich direkt auf den Berg zu, ziemlich hoch, an die Öffnung des Vulkans. Als Fabian den Ketanuren erblickte, hatte Bias ihn schon mit seinen Händen gepackt und flog mit ihm nach unten zum Fuße des Berges.

«Sie lassen sie hinaufklettern und ins Feuer springen», sagte Bias erschrocken und wütend zugleich.

Er landete weich und ließ den Ketanuren los, der sofort zu seinen Artgenossen lief.

«Hört zu!», verschaffte sich Bias Gehör

bei den Schwarzen Drachen. «Euer Berg ist dem Erdboden gleich und Noxius vermutlich nicht mehr am Leben! Was ihr tut, ist sinnlos. Lasst die Ketanuren frei und geht eurer Wege, wir wollen keinen Kampf.»

«Du kannst uns viel erzählen», rief einer der Schwarzen. «Außerdem geben wir nicht kampflos auf, Drachen sind unsere Spezialität.»

«Hey, wisst ihr, mit wem ihr es zu tun habt?», dröhnte Fabian und sprang vom Drachenrücken, dabei flog Doran in die Höhe. «Das ist Bias, der Oberste der Weisen.»

«Und wenn es der Oberste der Seelenvögel ist oder der Einhörner, Auftrag ist Auftrag!», schrie ein Schwarzer Drache zurück und ging auf Fabian zu.

Blitzschnell zog der Junge sein Schwert und streckte es seinem Gegner an die Kehle.

«Wir wollen kein Blut vergießen! Lasst die Ketanuren frei, dann könnt ihr gehen!»

Die Schwarzen lachten und Fabian konnte sich gerade noch wegducken, als ein anderer mit seinen scharfen Krallen nach ihm schlug. Bias hieb ihm mit dem Schwert auf den Flügel, dass er brach. Mit einem Schmerzensschrei stürzte sich der Drache auf Bias und lief direkt in sein Schwert. Augenblicklich war es, als waren alle Augen, auch die der Ketanuren, auf Bias und den toten Drachen gerichtet. «Wir wollen keinen Kampf, also lasst die Ketanuren frei und verschwindet.»

Die Schwarzen ignorierten Bias Worte und stürzten sich auf ihn und Fabian. Die Schwerter klirrten gegen die scharfen Krallen der Drachen.

«Er ist ein Mensch und wird unser Feuer nicht vertragen!», rief einer und Fabian konnte sich gerade noch runterbücken, um dem Feuerstrahl auszuweichen. Er nutzte diesen Moment, rollte sich zu dem angreifenden Drachen und versenkte sein Schwert in der Drachenbrust. Sofort war er wieder auf den Beinen und eilte Bias zur Hilfe, der versuchte, sein Leben gegen zwei Schwarze zu verteidigen. Keinen Moment zu früh. Einer kam schon so nah heran, dass er beinahe mit seinen Krallen Bias einen todbringenden Stoß ins Herz versetzte. Fabian schlug dem Drachen einen Arm ab. Als dieser noch immer nicht aufgeben wollte, verletzte Fabian ihn am Hals, sodass er kampfunfähig zu Boden fiel. Blitzschnell drehte sich Fabian, um es mit dem nächsten Gegner aufzunehmen, doch keiner ging auf ihn los.

«Ich glaube, die anderen haben das Weite gesucht», sagte Bias gegen den Gesang. Die Ketanuren standen eng beieinander und sangen und summten die traurigste Melodie, die Fabian je gehört hatte, dabei weinten sie voller Verzweiflung.

«Es ist alles gut, wir bringen euch nach Hause», schrie Fabian, doch die Ketanuren reagierten nicht. Fabian kletterte den Berg hinauf um den festzuhalten, der sich auf den Weg machte und sich ins Feuer stürzen wollte.

«Nein», schrie Fabian. «Komm zurück, tu das nicht.» Fabian stellte sich ihm in den Weg und hielt ihn an den Schultern fest. Es war ein großer Ketanur und Fabian konnte ihn kaum zurückhalten.

«Du musst ihm den Bann abnehmen», schrie Bias herauf.

«Was?»

«Sie alle wurden von den Schwarzen gebannt und du musst den Bann wieder lösen», brüllte Bias.

«Ich kann so etwas nicht.»

«Versuch es!»

Fabian blickte dem Ketanur in die Augen, doch dieser sang einfach weiter, als ob er Fabian gar nicht sah. Viele Gedanken gingen Fabian durch den Kopf und er probierte alles aus, was er konnte. Der Ketanur brach vor seinen Füßen zusammen.

«Verdammt, ich kann das nicht», jammerte Fabian und half dem gebannten Ketanuren wieder auf die Beine.

Der Berg bebte erneut, dass einige Ketanuren den Boden unter ihren Füßen verloren und hinfielen.

Der Wind drehte und die Asche wehte direkt auf die Stadt zu.

«Doran, flieg zu den anderen und erkläre ihnen, sie sollen die Stadt räumen!», schrie Bias.

Der Vogel flog davon.

Der Berg machte ein Geräusch, als ob ein Drache fauchend ausatmete, dabei flog eine riesige schwarze Wolke Richtung Land.

Zwei weitere Ketanuren waren vor Fabian zusammengesunken, während er alles probierte, um ihren Bann zu lösen.

«Fabian, hör mir jetzt genau zu», brüllte Bias zu ihm hoch. «Als du Noxius die Hand abgeschlagen hast, sind seine Kräfte auf dich übergegangen, du warst bereit, deshalb hat dein Schwert geleuchtet. Auch wenn du dich vielleicht an den Moment nicht mehr erinnern kannst. Du hast nicht aufgegeben. Sie haben es mir erzählt. Also befreie die Ketanuren von ihrem Bann, du kannst es! Also tu es!»

Fabian stellte sich gerade hin und schloss für einen kurzen Augenblick die Augen. Er griff in seine Hosentasche und ertastete einen Stein, der an einem Band befestigt war, den einer der Ketanuren in der Wüste verloren hatte.

Er wickelte sich das Band um sein Handgelenk, griff den Kopf des Ketanuren, der direkt vor ihm stand, blickte ihm in die Augen und befahl ihm, den Schwarzen Bann zu lösen.

Der Ketanur blickte Fabian erstaunt an und sah sich um.

«Lauf in die Richtung, immer am Wasser entlang», sagte Fabian und deutet mit dem Arm vom Berg weg. Dann griff er den nächsten Ketanuren und befahl auch ihm, den Bann zu lösen.

Einen nach dem anderen befreite Fabian und sie liefen eilig vom Berg weg. Bias löste den Bann der unten Stehenden, während Fabian die Aufsteigenden erlöste. Der Gesang wurde langsam leiser. «Müsste der Berg sich nicht langsam wieder beruhigen? Es sind doch nur noch wenige, die singen», rief Fabian an Bias gerichtet.

«Der Berg ist wach, ich glaube nicht, dass er wieder aufhören wird.»

In dem Moment bebte der Boden heftig, Fabian und die Ketanuren konnten sich nicht halten und rutschten den Berg herunter. Sofort griff Fabian den nächsten Ketanuren und befahl ihm, den Bann zu lösen.

Unendlich viele befreiten sie so. Nach und nach wurden die gebannten Ketanuren weniger.

Als der letzte Ketanur ohne Bann war und sich in Sicherheit brachte, schwang Fabian sich auf Bias Rücken. Sofort erhob sich Bias und flog an dem niedrigen Bergrücken entlang und bog sofort in die Stadt ein.

Ein seltsames Bild zeigte sich ihnen. Die weiß getünchten Häuser lagen unter einer dicken schwarzen Rußschicht. Teilweise hatten Gesteinsbrocken die Wohnungen zerstört. Wege konnte man nur noch erahnen, aber nicht mehr erkennen. Als Fabian von Bias Rücken sprang, versank er fast bis zu den Knien in dem schwarzen Staub.

«Ist hier noch jemand? Braucht jemand Hilfe?», rief Bias und lauschte. Ein lang gezogener

Schrei folgte, der keinen Widerhall hatte, wie an einem Wintertag im Schnee. Bias machte den Ort des Schreis aus. Er griff in die dunkle Masse und zog etwas genauso Dunkles hervor. Ein Seelenvogel, der mit offenem Schnabel gequälte Laute von sich gab.

«Wir bringen dich in Sicherheit», tröstete Bias und half dem Vogel aufzustehen. Fabian hielt ihn fest und versuchte, weder die blutenden Wunden noch den verletzten Flügel zu berühren. Bias flog den Seelenvogel mit Fabian immer am Wasser entlang.

Smettko mit Patricia auf seinem Rücken flog ihnen entgegen und rief: «Wir sammeln uns am Palast.» Dann sauste er vorbei, dicht gefolgt von Keemun, der Vincent trug.

Bias landete vor dem Palast und der Seelenvogel wurde sofort von zwei Frauen mit gleicher samtener Haut wie Vincent sie hatte, aufgenommen. Sie brachten ihn stützend zu weiteren Verletzten und versorgten seine Wunden.

Fabian blieb auf Bias sitzen und meinte: «Lass uns schauen, ob wir helfen können.»

Bias erhob sich und flog zurück in die Stadt. Aus einem halb eingestürzten Haus hielt jemand seinen Arm heraus.

«Dort», rief Fabian und zeigte mit dem Finger zum Haus. Bias landete und gemeinsam schafften sie es, die Felsbrocken so weit beiseite zu schieben, dass der Mann befreit werden konnte.

Sie flogen noch viele Male, bis sie niemanden mehr fanden. Der Vulkan rumorte unterdessen und spie sein Feuer über den Rand der Öffnung. Der Lavastrom rann den Berg herunter und hatte bereits die ersten Häuser der Stadt erreicht.

Als sie nach langem Suchen niemanden mehr gefunden hatten, saß Fabian erschöpft neben Bias und sie teilten sich einen Krug mit Wasser. Pacco entzündete viele kleine Feuer, damit sich auch wirklich keine Schlange oder sonstiges Krabbeltier in ihr provisorisches Lager verirrte. Patricia versorgte mit Vincent die Verletzten. Feng, Luna und Cumu waren bei einer großen Gruppe Ketanuren, die immer wieder zu ihm herüberschauten.

«Ich weiß, es könnte sinnlos sein», ertönte eine vertraute Stimme neben Fabian und Bias. Beide hoben den Kopf. «Aber ich möchte noch einmal in die Stadt, vielleicht braucht doch noch jemand Hilfe.» Bias sprang sofort auf, blickte Ari in seine blauen Edelsteinaugen und nickte.

«Seid vorsichtig, das Feuer ist schon sehr weit vorgedrungen.»

«Klar, wir passen auf», erwiderte Ari und legte Fabian eine Hand auf sein mit Ruß überzogenes Hemd. «Schön, dass du so hartnäckig gewesen bist, die Ketanuren werden bald wieder zuhause sein.»

«Ich hätte sie nicht allein befreien können», meinte Fabian bescheiden.

Bias zwinkerte Fabian zu und stupste ihn mit

seiner Schnauze gegen seine schuppige Wange. Ari umarmte Fabian fest und setzte sich dann auf Bias Rücken.

Fabian lief zwischen einzelnen Gruppen entlang, die sich ans Feuer gesetzt hatten. Sein Blick fiel auf die Stufen, die zum Palast heraufführten. Dort lag sein Bündel, zwischen denen seiner Freunde. Er holte seinen Umhang heraus und legte ihn sich, trotz der warmen Nacht, um die Schultern. Sein gesamtes Essen nahm er aus dem Beutel und ging auf eine Gruppe Ketanuren zu.

«Ihr seid sicherlich hungrig, aber esst nur wenig, damit ihr keine Bauchschmerzen bekommt.»

Dankend griffen die ängstlichen Ketanuren zu. Ein kleiner Ketanur begann zu weinen.

«Warum weinst du?», fragte Fabian.

«Du bist so schwarz, wie die Schwarzen», antwortete der Kleine.

«Hör zu», sagte Fabian beschwichtigend. «Ich bin gar nicht schwarz. Aber ich kann mir gut vorstellen, dass ich voller Ruß bin. Pass auf.» Fabian legte seinen Mantel ab und zog sein Hemd aus. Ein Raunen ging durch die kleine Menge.

«Siehst du? Ich bin nicht schwarz, man sagt sogar ich sei farblos.»

Er übergoss seine Hände mit etwas Wasser aus einem Krug und wusch über sein Gesicht, griff ein Stück von seinem Mantel und trocknete sich ab. Wieder ging ein Raunen durch die Menge.

«Ein Halbdrache», erklärte Feng, der plötzlich neben Fabian stand. «Ihr werdet die Schwarzen und die Weißen Kräfte spüren. Und die, von denen man es am wenigsten erwartet, werden das Gleichgewicht wieder herstellen.»

«Ich hoffe, es ist wieder hergestellt», sagte Fabian. «Und wir alle können in Frieden leben.»

«Darf ich mal deine Schuppen anfassen?», fragte der Kleine. «Die sind so schön bunt.»

Fabian hockte sich hin und streckte einen Arm aus. Der kleine Ketanur strich über die Schuppen und auch einige der Großen berührten Fabians Schuppen am Arm.

«Ein schöner Stein», meinte ein Älterer. «Ich hatte auch mal so einen, habe ihn aber auf meinem Weg hierhin wohl verloren. Im Stein war ein winziges Blatt.»

Fabian wickelte das Band von seinem Arm und fragte: «Etwa so wie dieser?»

Der Ketanur nahm den Stein, schaute ihn an und rief laut aus: «Ja, es ist mein Stein!»

«Ich habe ihn in der Wüste gefunden und war mir sicher», erklärte Fabian, «dass wir auf dem richtigen Weg sind.»

«Und ob du auf dem richtigen Weg warst», meinte der Ketanur und lächelte Fabian an. «Du hast mich und viele andere gerettet, der Stein soll bei dir bleiben, damit du immer daran erinnert wirst, etwas Gutes getan zu haben. Und in Lakadar bist du jederzeit willkommen.»

Feng stand nur da und nickte.

«Wenn jemand in Gefahr ist, muss man doch helfen, das würde jeder von euch genauso machen», erklärte Fabian. «Außerdem habe ich eine kleine Ketanurenfreundin, der ich versprochen habe, euch zu finden.»

«Wie heißt sie?», wollte der Kleine wissen.

«Jum», erklärte Fabian.

«Sie ist meine Freundin», prahlte der kleine Ketanur stolz.

«Fabian, ich brauche dich», sagte Patricia. Fabian legte einen Arm um sie und sagte: «Das ist meine Freundin. Dass du ihr keine schönen Augen machst!»

Der Kleine grinste.

Fabian ging mit Patricia, die erklärte: «Akbas ist auf etwas draufgefallen und hat sich verletzt … aber sieh selbst.»

«Wer ist Akbas?», wollte Fabian wissen, doch dann standen sie schon vor ihm. Patricia hatte die Federn rund um die Wunde bereits mit dem Messer weggeschnitten. Er blutete und etwas schaute aus seinem Leib heraus. Fabian ging nah heran und Pacco hauchte einen Feuerstrahl, damit man die Wunde erkennen konnte.

«Na, wenigstens kein Metall, da hast du noch mal Glück gehabt», erklärte Fabian dem Seelenvogel.

«Du must es rausziehen, wir können es nicht», flüsterte Patricia.

Fabian blickte sie, Vincent und Pacco an, die alle betreten wegschauten. «Warum ich?», wollte Fabian wissen.

«Du hast es doch schon einmal gemacht», erklärte Patricia.

Fabian kniete sich neben den verletzten Seelenvogel und flüsterte: «Weißt du, wie Alkohol bei Menschen wirkt, oder Gifthahnenfuß bei Drachen?»

Akbas nickte. «Es ist bei uns auch der Hahnenfuß, wir sind den Drachen sehr ähnlich.»

Eilig besorgte Pacco Hahnenfuß, den der Vogel gierig verschlang. Patricia half Fabian beim Reinigen der Hände.

«Bist du allein unterwegs gewesen?», wollte Fabian wissen.

Akbas schüttelte den Kopf. «Ich war mit einigen Freunden hier, als wir hörten, dass der Berg erwacht ist, flogen wir hin. Wir haben euch in der Wüste gesehen. Ihr habt gerade eine Rast gemacht.»

«Wolltet ihr euch das Feuer des Berges anschauen?», fragte Fabian weiter.

«Nein, wir haben den Furchtlosesten unter uns gesucht. Wer am nächsten an die Bergöffnung fliegt, ist der Mutigste. Als ich dann von einem Stein getroffen wurde und abgestürzt bin, haben die anderen das Weite gesucht.»

«Das ist aber verdammt feige», erklärte Fabian und griff nach dem Holz, was in der Wunde steckte. Pacco legte dem Seelenvogel ein Holzstück in den Schnabel. Patricia strich liebevoll über den gefiederten Kopf und Vincent hielt saubere Tücher bereit. Fabian zog an dem Holz, das ohne großen Kraftaufwand den Körper verließ. Der junge Vogel gab einen schrillen Schrei von sich und Vincent verband die Wunde. Patricia machte sich sofort daran, dem bewusstlosen Seelenvogel sämtliche Wunden, die er sich zugezogen hatte, zu behandeln.

Fabian wurde nicht mehr gebraucht. So beschloss er, auch noch einmal nachzusehen, ob es noch Überlebende in der Stadt gab. Liev war die erste, die Fabian traf und so fragte er, ob sie ihn noch einmal über die Stadt fliegen würde. Sie nickte und schon sprang Fabian auf.

Die Luft war voll von schwarzem Ruß, sodass Fabian unentwegt husten musste. Die Sicht war schlecht, aber vielleicht war irgendwo noch jemand, der ihre Hilfe benötigte, der überlebt hatte. Fabian sah Bias und Ari, die dicht über den im Ascheregen versunkenen Häusern flogen. Fabian ließ Liev landen und sie gingen durch die Gassen, so gut es möglich war. Der Berg spuckte unaufhörlich weiter und ließ immerzu Asche auf sie regnen. Doch Fabian und Liev blieben hartnäckig und erst als sie wegen des Rußes und hereinbrechender Dunkelheit nichts mehr sehen konnten, flogen sie zurück. Erschöpft ließen sie sich nieder, hustend und kaum noch Luft bekommend.

Bias und Ari landeten ebenfalls. Sofort eilten zwei Menschenfrauen zu ihnen und Fabian konnte hören wie Ari sagte: «Sie ist auf dem Weg hier hin eingeschlafen.»

Dann sah Fabian ein kleines Bündel, welches die Frauen Ari abnehmen wollten und schon war ein jämmerliches Weinen zu hören. Die kleine Gestalt klammerte sich an Ari, der tröstend auf sie einredete. «Lasst sie hier, wir kümmern uns um sie», sprach Ari zu den Frauen und begann eine Melodie zu summen. Sofort beruhigte sich die Kleine wieder. Fabian ging zu Ari und Bias, der zaghaft über ihren Kopf strich.

Ari lächelte Fabian an und flüsterte: «Die Kleine haben wir noch gefunden, es hat sich gelohnt, dass wir noch einmal rausgeflogen sind.» Und seine Augen glänzten und funkelten in ihrem herrlichen Blau.

Fabian freute sich, setzte sich zu Bias und Ari ans Feuer und war wohl irgendwann eingeschlafen.

Die Sonne stand schon hoch am Himmel. Fabian reckte sich unter seinem Mantel. Er konnte sich nicht erinnern, wer ihn zugedeckt hatte. Als er sich aufsetzte, erblickte er Ari und Bias, die am erloschenen Feuer saßen und dem kleinen Menschenmädchen, was sie gerettet hatten, Essen reichten. Kleine Fruchtstücke, die Bias ihr in den

Mund schob, während sie bei Ari auf dem Schoß saß. Bias und Ari blickten sich immer wieder an und schmunzelten.

Fabian war froh, dass die beiden wieder vereint waren.

«Schaut, da ist er», sagte Patricia und gesellte sich mit Pacco und Vincent zu Fabian. Sie aßen gemeinsam.

Einer der Reiter bahnte sich mit seinem Pferd zwischen den Menschen und Ketanurengruppen einen Weg und schlängelte sich zu der Gruppe. Der Reiter stieg von seinem Pferd, beugte sich zu Vincent, um ihm etwas ins Ohr zu flüstern.

Vincent erhob sich daraufhin, blickte die Freunde fragend an und zuckte mit den Schultern. Dann ging er hinter dem Wachmann her.

Fabian und Pacco nahmen ein Bad. Sie lagen im Wasser und schwiegen. Jeder hing seinen Gedanken nach und wurde die Bilder, die er gesehen und erlebt hatte, nicht los. Fabian wusch noch seine Hose, aber sein Hemd war so kaputt und von Asche schwarz, dass er es gar nicht mehr anzog.

Wieder am Feuer kam auch Vincent zurück und setzte sich zu ihnen. Er sah nachdenklich aus. «Was wollte der Reiter?», fragte Pacco.

«Ich soll allen Weisen und Rittern Bescheid geben. Wir haben eine Einladung der Königin bekommen, heute Abend bei Sonnenuntergang am Palast mit ihr zu speisen.»

«Das ist doch toll», sagte Ari fröhlich und das kleine Mädchen sagte: «Toll.»

«Sie hat «Toll» gesagt», sagte nun Bias, als ob das nun etwas ganz Besonderes war. «Sag mal Ari», flüsterte Bias und ging mit seiner Drachenschnauze ganz nah an die Kleine heran. Sie strich mit ihren kleinen Händen über Bias Nüstern, drehte sich herum und krabbelte um Ari und kuschelte sich in sein Fell. Alle am Feuer betrachteten die Szene und lächelten. Pacco stieß Fabian leicht am Arm und deutete auf Vincent. Fabian verstand nicht und Pacco strich über sein Kinn und den Hals, als ob er sich kratzen würde. Da erblickte Fabian es auch.

Vincent kramte in seinem Beutel, holte etwas ordentlich Zusammengelegtes aus Stoff heraus und reichte es Patricia mit den Worten: «Hier habe ich ein neues Hemd für dich.»

«Ich brauche keins, aber Fabian.»

«Nimm es, dann hast du ein Neues, wenn wir nachher gemeinsam speisen.»

Patricia schüttelte den Kopf, nahm das Hemd und reichte es Fabian.

«Bitte, zieh es an», sagte Vincent barsch.

Patricia blickte Vincent an und sagte langsam: «Warum? Ich habe doch ein Hemd an.» Dann schaute sie Fabian und Pacco in die Augen und beide nickten leicht und aßen weiter.

«Patricia!», sagte Vincent ungeduldig. «Man

kann durch das kaputte Oberteil deine Schuppen sehen. Die Menschen hier haben Angst vor dir und deinen Schuppen, so verdeck sie doch wenigstens.»

«Was ist mit Fabian? Er läuft ohne Hemd herum. Und was ist mit dir, haben sie auch Angst vor dir?»

«Ich habe doch keine Schuppen», sagte Vincent kopfschüttelnd.

«Doch», kam es von Pacco, Fabian und Patrica zugleich.

Die Freunde griffen sich alle ans Kinn. Es dauerte einen Augenblick bis Vincent begriff. Er tastete nach seinem Kinn und jubelte: «Dann stehe ich euch um nichts mehr nach, jetzt bin ich auch ein Halbdrache!» Immer wieder tastete er über sein Kinn und den Hals. «Und ich dachte, es sind Verbrennungen!»

«Nun übertreib mal nicht», meinte Pacco lachend, «du hältst dein Schwert wie ein Mädchen und lässt dich von jedem bannen.» Pacco blickte Vincent tief in die Augen, aber nichts passierte. Vincent strich immer wieder über seine Schuppen und fragte: «Welche Farbe haben sie denn?»

«Gold, orange, grün und gelb», sagte Patricia.

Vincent hörte nicht mehr auf zu grinsen. Selbst als sie bei Sonnenuntergang zum Palast gingen, lächelte Vincent noch immer.

Der neue König

Der Platz vor dem Palast war mit Decken ausgelegt, auf denen Schalen und Krüge standen. Die Weisen Drachen, Ketanuren, Liev, Smettko und Keemun sowie die Ritter setzten sich und freuten sich über die Vielfalt der Speisen. Die Königin verließ ihren Palast, stieg anmutig die Treppen vor der großen Eingangstür herab. Auf der vorletzten Stufe blieb sie stehen. Sie blickte zu den Geladenen und sagte: «Ich danke euch von Herzen, für die Hilfe, die alle geleistet haben. Als die Asche vom Himmel regnete und den Teil der unteren Stadt verschüttete, hätten ohne eure Hilfe niemals so viele Menschen gerettet werden können. Ich weiß nicht, wie ich das je wieder gut machen kann?»

Sie hob ihren Becher und prostete in die Runde. An Vincent blieb sie mit dem Blick hängen und auch er blickte sie an, als redeten sie in Gedanken miteinander. Pacco und Fabian tauschten erstaunte Blicke aus und grinsten. Alle griffen zu und Fabian trank auch vom Wein aus den Krügen. Nach dem Festessen herrschte das erste Mal seit Langem eine fröhliche Stimmung. Bias und Ari spielten fangen, mit dem kleinen

Menschenmädchen, die auf den Namem Schiwa hörte. Smettko und Liev bliesen sich ihr Rachenfeuer um die Schnauzen. Keemun scherzte mit Romee und allen schien es richtig gut zu gehen. Vincent ging zur Königin, die sich bei ihm einhakte und mit ihm umherlief. Im flackernden Licht der aufgestellten Fackeln wirkten Vincent und die Königin noch anmutiger, als sie es ohnehin schon waren.

«Sie ist wunderschön», flüsterte Patricia.

Fabian fand beide sehr schön. Die Prinzessin war fast so groß wie Vincent und trug ein langes mit Kristallen besticktes Gewand, das nur eine ihrer Schultern bedeckte. Ihre dunkle samtene Haut schimmerte und selbst ihr langes schwarzes Haar glänzte mit der Haut um die Wette. Vincent passte so perfekt in dieses Bild, immer gut gekleidet und das Haar penibel gekämmt. Was Fabian sah, waren zwei vollkommen schöne Menschen.

«Sie sind beide sehr hübsch», meinte Fabian. «Aber du bist die Schönste von allen.»

Er lächelte Patricia an und zog sie mit sich zwischen einige Bäume und setzte sich nieder, abseits der Freunde. Sie genossen es, für sich zu sein, küssten sich und sagten sich gegenseitig, wie sehr sie sich liebten. Zwischen zwei Küssen blickten sie einmal auf und sahen, dass sie nicht mehr die Einzigen waren, die es sich im Dunkel des Waldes gemütlich gemacht hatten.

Vincent saß mit der Königin ganz in der Nähe

und sie unterhielten sich leise. Die Königin nahm seine Hände in die ihren und lächelte. Fabian stieß Patricia und deutete mit dem Kopf zu den beiden. Sie wurden unabsichtlich Zeugen, wie die Königin über seine neu gewachsenen Schuppen strich. Sie beugte sich herüber und küsste ihn. Patricia wollte sich erheben, doch Fabian hielt sie am Arm fest und schüttelte heftig den Kopf.

Gestörte Ruhe

Der nächste Morgen war kühl und der große Berg hatte sich scheinbar wieder beruhigt. Die Fröhlichkeit des gestrigen Abends lag noch immer in der Luft. Alle hatten neue Kraft gesammelt und wussten, dass es bald nach Hause gehen würde. Vincent saß nach einem Bad nachdenklich am Feuer. Als sie ausgiebig gefrühstückt hatten, gingen auch Patricia, Fabian und Pacco baden. Später liefen sie durch den Wald und erzählten sich, auf was sie sich am meisten im Drachenland freuten. Alle sehnten sich nach den leckeren Äpfeln der Großmutter und ihrem Nest.

«Darauf, Kräuter und Pilze zu bestimmen und ihre Kräfte zu erforschen, freue ich mich aber auch», gestand Patricia. Plötzlich sahen sie Vincent mit der Königin auf einer Lichtung stehen und Fetzen ihres Gespräches drang zu ihnen herüber. «... überlege es dir, ich kenne keinen Besseren, der mit mir regieren könnte. Du bist sehr weise...», sprach die Königin und griff nach Vincents Hand.

«Ich muss zurück ins Drachenland, dort warten meine Familie und meine Freunde. Ich habe in meinem Land eine sehr wichtige Aufgabe.»

«Hier wäre es auch wichtig, die Menschen zu führen, … ich würde mich freuen … du gehörst hierhin, das muss dir doch auch klar sein … hast du nicht bemerkt, hier sehen alle so aus wie du. Wie wir …»

Die Freunde schlichen davon, weil sie nicht vorhatten, das Gespräch weiter zu belauschen. Sie gingen ein Stück und als sie außer Hörweite waren, meinte Pacco: «Sie hat recht, hier sehen alle so aus wie Vincent.»

«Was, wenn er tatsächlich bleiben möchte?», fragte Patricia.

«Es würde mich sehr traurig machen», flüsterte Fabian, «denn ich möchte meinen Bruder nicht zurücklassen. Aber wenn es sein Wunsch ist, müssen wir es akzeptieren.»

«Vielleicht fühlt er sich im Drachenland als Außenseiter und findet hier ein Zuhause?», sagte Pacco mit einem Kloß im Hals.

«Wenn es so sein sollte …», sagte Fabian, als sie plötzlich verängstigte Schreie hörten. Erschrocken versuchten sie herauszufinden, was passiert war.

Der Himmel verdunkelte sich und Seelenvögel kamen über den Bergkamm geflogen. Es waren viele. Die Ketanuren rannten schreiend Richtung Wald. Verängstigte Menschen folgten ihnen. Die Seelenvögel breiteten ihre Flügel aus, bereit zum Angriff.

«Papa, Papa», hörte man Akbas rufen.

«Wer hat sich erdreistet, meinen Sohn gefangen zu nehmen?», schrie Wothan, dabei zuckte sein Kopf mit dem gewaltigen Hackschnabel vor und zurück.

«Aber Papa, ich bin …»

«Wer wagt es? Verderb über euch alle», schrie Wothan und hob bedrohlich seine Flügel. Die vielen Seelenvögel kamen schreiend und mit erhobenen Flügeln näher.

«Papa, nun hör mir doch mal zu», schrie Akbas und zog an einem Flügel Wothans, «ich wurde nicht geraubt! Sie haben mir das Leben gerettet!»

Endlich blickte Wothan seinen Sohn an.

«Als ich gestürzt bin und verletzt in der Asche lag, haben mich der Weise Bias und Ritter Fabian gerettet. Die anderen Ritter haben meine Wunden versorgt! Der Weise Bias und Ritter Fabian haben auch die Ketanuren gerettet, sie waren gebannt und haben den Berg erweckt! Sie sind wirklich alle sehr nett! Aber wer nicht nett ist, das sind meine Freunde! Die sind einfach davon geflogen, als ich von einem Stein getroffen wurde, das war so gemein.»

«Was hattet ihr denn hier zu suchen?», fragte Wothan seinen Sohn. Akbas senkte den Kopf und erklärte: «Wir wollten herausfinden, wer der Mutigste unter uns ist und am nächsten an das Feuer fliegt. Ich habe gewonnen.» Akbas trat von einem auf den anderen Vogelfuß und erzählte nun mit lauter Stimme weiter. «Aber noch mutiger ist Ritter Fabian, er war ganz oben auf dem Berg und das, obwohl er gar keine Flügel hat!» Wothan unterbrach Akbas, strich ihm über den Vogelkopf und wendete sich an Bias, der sich Wothan genähert hatte.

«Ich möchte mich bei dir bedanken und auch bei deinen Rittern», sprach der Seelenvogel. «Ich hatte falsch von euch gedacht und möchte es wieder gutmachen, ich stehe in eurer Schuld! Ich werde euch nun den Rücken kehren, denn ich möchte keinen Krieg gegen euch führen. Wie schon gesagt, ich habe euch falsch eingeschätzt. Ich möchte auch euer Leben retten. Gebt acht, die Schwarzen haben sich gesammelt und flogen in einer mondlosen Nacht weit um dieses Land herum. Sie werden euch vom Wald aus angreifen.»

Die Seelenvögel erhoben sich mit raschelnden Flügelschlägen hoch in die Luft und verschwanden.

«Wer kämpfen kann, zum Wald! Wir werden von den Schwarzen Drachen angegriffen!», schrie Bias.

Ari reichte einer Frau die kleine Schiwa und sprang auf Bias, der sofort Richtung Wald flog. Patricia, Pacco und Fabian hatten mittlerweile auch den Platz erreicht und stiegen auf den Drachen, der am nächsten war. Patricia und Fabian auf Smettko und Pacco auf Liev. Vincent holte sie ein und schwang sich auf Keemun.

«Wo ist die Königin?», fragte Fabian gegen die Unruhe, die nun herrschte, weil Menschen und wenige Ketanuren schreiend umherliefen.

«Die Königin hat zwei Wachen bei sich, die bringen sie in Sicherheit!» Schon flogen sie los und waren kurze Zeit später am Waldrand. Die Ritter sprangen mit gezogenen Schwertern von den Drachen. Sie wehrten sich gegen den Angriff der Schwarzen, der bereits begonnen hatte.

Dieses Mal redeten die Drachen nicht, machten keine Witze, wie sie sich Fabian und Ari aufteilen würden, sondern versuchten sofort, zu verletzen und zu töten. Die Schwerter schlugen gegen die Klingenhände, die Schuppen und Flügel der Schwarzen Drachen.

«Tötet sie! Tötet sie alle!», erklang es von den Schwarzen Drachen, die sich gegenseitig anzufeuern schienen.

Ob Ritter, Drachen aus dem Drachenland oder Ketanuren, ihnen allen war bewusst, dass die Schwarzen es auch so meinten. Sie kamen mit dem Ziel in dieses Land, alle zu töten.

Fabian schlug so fest zu, wie er nur konnte. Das Schwert knallte gegen die schwarzen Drachenschuppen, dass sie in viele Stücke zerbarsten, Flügel zerstört wurden und Drachen verletzt am Boden liegen blieben. Manche ergriffen die Flucht, aber noch immer ertönte zwischen den Bäumen der Ruf von einem Schwarzen Drachen: «Tötet sie alle! Dann ist das Land unser!»

Bias schrie über das Schlachtfeld: «Gebt endlich auf, ihr Schwarzen, gebt auf! Die Seelenvögel haben sich von euch abgewandt! Ihr steht ganz allein da!»

Als haben einige der Drachen erst jetzt bemerkt, dass sie ohne die Seelenvögel kämpften, rannten sie in Panik davon.

«Das Land ist groß, also geht und nehmt euch einen neuen Berg. Geht und ihr überlebt!» Doch die gebliebenen Schwarzen kämpften weiter und verloren nach und nach ihr Leben.

«Heute muss niemand mehr sterben!», versuchte Bias es weiter. Aber die Drachen spuckten Feuer und stürzten sich wütend auf jeden, den sie erreichen konnten, dabei wurden es immer weniger! Fabian erblickte einen Schwarzen, der versuchte, hinter einem Baum Schutz zu suchen.

«Noxius!», schrie Fabian voller Zorn und rannte in den Wald.

«Bleib hier!», riefen Vincent und Ari und folgten Fabian. Die Schwarzen blickten sich immer wieder nach ihrem Anführer um und einer nach dem anderen ergriff die Flucht und rannte ebenfalls in den Wald.

«Bleibt ihr hier, nicht dass sie noch einmal zurückkommen», rief Luna zu den Drachen und Ketanuren. Patricia und Pacco sowie einige der Wachleute der Stadt, die mitgekämpft hatten, folgten den Schwarzen Drachen durch den Wald.

Sie rannten und rannten, mit ihren Schwertern in den Händen. Doch, statt die Schwarzen zu jagen, wollten sie nur sicher gehen, dass die Drachen wirklich verschwanden. Tatsächlich sah man in der Ferne Drachen davonfliegen.

«Fabian! Sei nicht leichtsinnig!», schimpfte Vincent prustend, stand gebeugt da und stützte die Arme auf seinen Oberschenkeln ab, «Wir müssen zusammen bleiben!»

«Aber es war Noxius, ich habe ihn erkannt, er war es!», schnaufte Fabian und Schweiß gemischt mit Blut rann ihm über Gesicht und Arme.

«Komm!», sprach Ari, der neben einigen Verletzungen auch wieder ein Großteil seines noch vorhandenen Fells versengt hatte. «Ich glaube, wir haben sie in die Flucht geschlagen, nun müssen wir die Ketanuren und die Bewohner dieser Stadt wieder beruhigen. Aber nun lass uns erst einmal schauen, wie viel die anderen abbekommen haben.»

Patricia und Pacco erreichten die Drei und waren erleichtert, Fabian wohlauf zu sehen. Patricia warf sich Fabian an die Brust, ohne ihr Schwert loszulassen. «Ich hoffe, Vincent und Ari haben schon geschimpft, dass du einfach in den Wald gerannt bist», sagte Patricia ungehalten als sie Fabian wieder losließ.

«Er war es, ganz bestimmt», sagte Fabian und wirkte abwesend. Vincent und Ari blickten sich an und Ari flüsterte: «Ihr solltet ein Bad nehmen und eure Wunden versorgen.» Vincent nickte.

Allen, die gekämpft hatten, ging es soweit ganz gut und die ersten Wunden wurden bereits versorgt.

Bias war noch dabei, einige der Wachen dieses Landes den Bann abzunehmen, den die Drachen ihnen auferlegt hatten. Vincent zog Fabian in die Richtung des Sees. Als sie sich auszogen, bemerkten sie erst wie zerschunden ihre Haut und sogar einige Schuppen waren. Fabians Hemd war zerfetzt, doch darum machte er sich keine Sorgen. Er stieg mit Vincent ins Wasser und fragte sich, wo seine Gefühle geblieben waren. In diesem Moment spürte er nichts, er konnte nicht mal weinen, wie Vincent es tat.

Nach einer Weile stieg Fabian aus dem See. Zwei Frauen warteten bereits und versorgten seine Wunden und rieben mit einer Paste über seine Schuppen.

«Davon werden sie schön glänzen», sagte eine.

Fabian ließ nur alles über sich ergehen, zog auch das neue Gewand an, was sie ihm reichten und ging davon.

«Ritter Fabian, dein Schwert!», riefen sie ihm noch nach, aber Fabian ging einfach weiter. Als er Umbra sah, fragte er: «Geht es dir gut, dass du mich fliegen kannst?» Umbra nickte und flog Fabian über die Stadt, über den großen Berg und wie er es wünschte, zum großen Wasser. Sie setzte ihn an einer Stelle ab, an der keine schwarze Asche niedergeregnet war.

«Soll ich bei dir bleiben», fragte Umbra, doch Fabian schüttelte nur den Kopf.

Alle, die gekämpft hatten, waren wieder versorgt und Bias ging zu jedem Einzelnen und erkundigte sich nach seinem Wohlbefinden. Pacco und Patricia saßen eng beieinander an einem Feuer, als ob ihnen kalt wäre. Patricia hielt Fabians Schwert mit beiden Händen fest und starrte ins Feuer. Vincent ging mit der Königin zu Menschen und Ketanurengruppen und sie redeten beruhigend auf sie ein.

Als die Sonne schon tief stand, kehrte wieder etwas Normalität ein. Menschen- und Ketanurenkinder rannten umher und spielten miteinander. Es fanden auch wieder Gespräche an den Feuern statt.

Fabian saß im weichen Sand, *Kleine Sonne* in den Händen haltend und starrte noch immer auf das Wasser. Es schien nie zu enden, soweit seine Augen sehen konnten. Es hatte den Anschein, als wurde es in der Ferne eins mit dem Himmel.

Leise knirschte es hinter ihm und Aris vertraute Stimme fragte: «Darf ich mich zu dir setzen?» Fabian nickte.

«Das hast du am See vergessen», sagte Ari und reichte Fabian sein Schwert.

«Ich möchte das Schwert nicht und auch kein Ritter des Drachenlandes mehr sein.»

«Denkst du, man kann sich im Leben nur Schönes aussuchen und wenn es Probleme gibt, alles hinwerfen?», fragte Ari.

«Mit diesem Schwert habe ich schlimme Dinge getan, Dinge die ich nie tun wollte.»

«Du hättest dein Leben verloren», meinte Ari. «Wenn du das Schwert nicht benutzt hättest. Du hast dich, deine Freunde und die Bewohner dieses Landes verteidigt. Wenn du nicht gekämpft hättest, dann wären die schönen Menschen dieses Landes alle umgebracht worden. Es ist doch schon schlimm genug, was der Berg angerichtet hat.»

«Sich verteidigen ist eine Sache, aber ich habe Noxius gesehen und hatte nur noch einen Gedanken ... Ich bin nicht besser als die Schwarzen», flüsterte Fabian, «was ist nur mit mir los? Ich habe ihn durch den Wald gejagt und wenn ich an ihn herangekommen wäre, hätte ich ihn getötet. Das bin nicht mehr ich! Ich wollte immer nur helfen, aber niemandem schaden!»

«Du warst mitten im Kampf, schon wieder! Und wieder hatte es Noxius auf unser aller Leben abgesehen», sagte Bias, der sich auch neben Fabian niederließ. «Und du musstest Dinge tun, die rein Garnichts mit deinen Absichten zu tun hatten. Da ist es doch ganz normal, dass du nun durcheinander bist, das sind wir alle.»

Sie blickten eine Weile aufs Meer, bis Fabian fragte: «Bias, als wir auf dem Berg waren, hast du gesagt, dass durch den Kampf mit Noxius auch einige Kräfte von ihm auf mich übergegangen sind. Ist das wirklich so?»

Hinter Fabians Rücken blickte Bias zu Ari und zuckte mit den Schultern. Zu Fabian sagte er aber: «Ich habe es gesagt, damit du es schaffst, den Bann von den Ketanuren zu nehmen und es hat ja auch funktioniert. So wie bei Pacco mit den Kräutern, damit er wieder Feuer spucken konnte.»

Ari legte einen Arm um Fabian und stimmte ein Lied an. Fabian lehnte sich gegen den Ketanuren und strich über sein weniges Rückenfell, das er noch hatte. Bias schien es diesmal nichts auszumachen, er nahm Fabians freie Hand und strich darüber. *Kleine Sonne* lief zu Ari und machte immer wieder auf seinen unzähligen Verletzungen halt und auch zu Bias ging die kleine Eidechse.

«Stell dir mal vor», erzählte Ari, nachdem er zu Ende gesungen hatte: «Die keine Schiwa hat fürchterlich geweint, als wir in den Kampf gezogen sind. Aber als sie uns gesehen hat und bei Bias auf dem Arm war, da hat sie sich sofort beruhigt. Sie ist so süß.»

«Und warum sitzen wir dann noch hier, sie wird euch sicherlich vermissen», meinte Fabian und erhob sich. Er befestigte seine Schwertscheide über seiner neuen Kleidung, klopfte sich den Sand von der Hose und kletterte mit Ari auf Bias breiten Drachenrücken.

Hoch oben in der Luft sahen sie die Ausmaße der Verwüstung im Land. Der spuckende Berg hatte einen großen Teil der Stadt unter einer dicken Ascheschicht begraben. Noch immer sah man Rauch aus seiner Öffnung steigen.

Vor dem Palast sah Fabian die Königin und entdeckte Vincent. Dann erblickte er Pacco und Patricia, die mit Schiwa spielten. Patricia hob Schiwa hoch in Bias Arme und wendete sich an Fabian: «Gut siehst du aus», flüsterte sie und betrachtete ihn in seiner neuen Kleidung. «Hat jemand für mich vielleicht auch ein neues Schuppenkleid?», meinte Pacco.

«Ach Pacco, schau mal, ich bin auch so ramponiert, ich hoffe die Schuppen wachsen bald wieder nach.» Dabei zeigte Fabian auf Arm, Brust und Rücken seine Schuppen.

«Hey», meckerte Pacco, «die sind zwar ramponiert, aber sie glänzen wunderbar!»

Patricia, Ari und Bias warfen auch einen Blick auf Fabian und stimmten zu. Fabian erzählte von seinem Bad und dass danach seine Wunden versorgt und die Schuppen eingerieben wurden.

«Lass mich raten», zischte Patricia und ihre Augen verengten sich, «es war bestimmt ein hübsches Mädchen, was deine Wunden und Schuppen versorgt hat?»

«Es waren zwei!», gab Fabian zu.

«Verrate mir, wie du das immer machst», sagte Pacco.

«Ich werde uns was von der Paste besorgen», meinte Fabian und klopfte Pacco vorsichtig auf seine ramponierte Drachenschulter.

«Wenn du schon mal dabei bist», sprach Ari. «Besorgst du uns auch etwas?»

«Mal sehen, was ich machen kann», antwortete Fabian und lächelte zu Ari und Bias herüber. «Aber jetzt besorge ich uns erst einmal etwas zu essen.»

Fabian brachte einige Schalen mit Früchten und erblickte nahe am Feuer Vincent.

«Möchtest du mit uns essen?», fragte Fabian.

«Nein, tut mir leid», meinte Vincent gehetzt und ging weiter. «Ach, Vincent, wenn du dir schon für uns keine Zeit nimmst, kannst du uns dann wenigstens diese Paste besorgen. Die, die Schuppen so schön glänzen lässt?

Vincent verdrehte die Augen und stöhnte auf.

«Ja, ja, ich weiß, du mit deinen wenigen Schuppen benötigst so etwas nicht, aber für uns wäre sie sehr von Nutzen!»

«Ja, ich schaue mal», sagte Vincent und ging weiter.

«Du besorgst uns also diese Paste», sagte Bias lachend.

«Warum beleidigst du Vincent», wollte Patricia wissen, «er ist so stolz auf seine Schuppen.»

«Weil ich ihn immer beleidige», erwiderte Fabian. Pacco grinste.

«Und was heißt, er hat keine Zeit für

uns? Du warst doch bis zum Sonnenuntergang verschwunden.»

«Aber das weiß Vincent doch nicht», schwatzte Fabian und grinste. Er setzte sich neben Patricia und schob ihr eine Frucht in den Mund. Sie schüttelte lächelnd den Kopf und lehnte sich an ihn.

Pacco ließ *Kleine Sonne* über seine Hände laufen und fragte: «Werden die Schwarzen dieses Land noch einmal angreifen?»

«Nein, bestimmt nicht», sagte Bias, «ich habe mit der Königin gesprochen, sie wird das ganze Land bewachen lassen und auch außerhalb Wachen aufstellen.»

«Das ist gut, dann können wir ja zurück ins Drachenland», sagte Pacco leise. «Ich möchte so gern mal wieder in einem Nest schlafen, am liebsten mit ... wie heißt meine Freundin noch gleich?»

Patricia strich Pacco über den Drachenkopf und gab ihm nach Drachenart einen Kuss.

Fabian und Patricia nahmen Pacco in ihre Mitte, wie sie es schon oft gemacht hatten, und hielten sich auf dem schuppigen Drachenrücken an den Händen. Dass letzte, was Fabian sah, bevor er einschlief, war Schiwa, die immer um Ari und Bias herumlief und nicht so recht wusste, ob sie an Bias Flügeln klettern oder sich in Aris Rückenfell kuscheln sollte. Sie redeten auf die Kleine liebevoll ein und Fabian konnte sich nicht vorstellen, dass es bessere Eltern für Schiwa geben könnte.

Nachts wurde Fabian einige Male geweckt, weil entweder Pacco oder Patricia schlecht geträumt hatten und sich hin und her wälzten, laut sprachen oder im Schlaf weinten.

Als der Mond schon nicht mehr zu sehen war, saß auch Vincent am Feuer und blickte in die Flammen. «Leg dich schlafen, Vincent», flüsterte Fabian.

Vincent schüttelte den Kopf.

«Komm», hauchte Fabian und hob den Mantel, mit dem er zugedeckt war. «Leg dich zu mir, ich passe auf dich auf und ich wecke dich, wenn du schlecht träumst.» Vincent folgte der Einladung und schlief sofort ein.

Der nächste Morgen war kühl und klar, ein optimales Wetter, um nach Hause zu reisen. Doch jeder wusste, dass es nicht lange so blieb. Die Hitze des Tages würde sich über die Wüste legen wie ein dickes Tuch. Aber sie wollten keinesfalls bei Nacht reisen.

Viele Menschen waren schon auf den Beinen, um nicht zu verpassen, wie die Drachen mit ihren Begleitern davonfliegen würden.

«Schade, dass ihr nicht hierbleiben könnt, um für unsere Sicherheit zu sorgen, ihr seid sehr gute Kämpfer», sagten viele Bewohner beim Abschied. Ketanuren bedankten sich noch einmal.

Sie klopften Fabian an diesem Morgen auf die Schultern und den Rücken.

«Die haben sich doch alle abgesprochen», sagte Fabian zu Patricia. «Die hauen mir ständig auf die Wunden.»

Patricia zwang sich zu einem Lächeln und meinte: «Es wäre doch gleich, wo sie dich berühren, du hast doch fast am ganzen Körper Verletzungen.»

«Da hast du auch wieder recht», meinte Fabian.

Bei Ari und den Weisen Ketanuren sowie bei Pacco sah man die zerstörten Schuppen, da sie sich kein Hemd überzogen, wie Patricia und er.

Die Königin ging mit Bias auf sie zu und machte vor Ari halt. Sofort griff Ari nach Schiwa und hielt sie auf dem Arm. Bias lächelte Ari und Schiwa an. Die Königin streckte ihre Arme nach Schiwa aus und sagte: «Es ist Zeit Abschied zu nehmen.»

«Nein!», sagte Ari scharf.

«Sie möchte sich doch nur von Schiwa verabschieden», sagte Bias leise.

«Ja, natürlich», meinte Ari betreten und reichte Schiwa widerwillig der Königin.

«Wenn die Königin hier ist, dann kann Vincent ja nicht weit sein», sprach Pacco und schon kam er auf sie zu.

«Wenn ihr alle so weit seid, fliegen wir los», rief Bias.

«Ich möchte noch etwas mit euch besprechen», sagte Vincent leise und rieb unentwegt an seinen Schuppen im Gesicht. Pacco entwich ein Seufzer und Patricia drehte sich kurz weg und atmete tief ein und aus.

«Vincent, wir haben uns schon so etwas gedacht. Aber wir akzeptieren deine Entscheidung», sagte Fabian mit trauriger Stimme.

Er sah Vincent vor sich, als er ihn kennengelernt hatte und überhaupt nicht leiden konnte. Wie sie gemeinsam das Herz von Arkamoor gefunden haben und später in der unterirdischen Höhle festsaßen und Vincent geweint hatte. Zu diesem Zeitpunkt war Vincent schon wie ein Bruder für ihn. Nach allem, was sie gemeinsam ausgefochten hatten, machte der Gedanke, dass Vincent nicht mit zurück ins Drachenland kommen würde, sein Herz ganz schwer.

«Welche Entscheidung?», fragte Vincent verwirrt.

«Wir haben unbeabsichtigt mitbekommen, dass die Königin und du … dass du bei ihr bleiben sollst.»

«Ach das? War ja klar!», motzte Vincent. «Ist man denn nirgendwo mal ungestört? Dann wisst ihr ja, um was es geht. Wir haben uns geküsst, aber das dürfte euch ja bereits bekannt sein.»

«Also kommst du nicht mit zurück?», fragte Patricia mit erstickter Stimme und Tränen in den Augen.

«Was redet ihr denn da?», fragte Vincent und rieb sich noch immer über seine Schuppen. «Es geht um den Kuss ... und ... Marietta.»

Pacco stöhnte erleichtert auf und Patricia meinte lachend: «Vincent, was ist schon ein Kuss! Dass du dir darum Sorgen machst! Fabian hat doch auch mit Saba geknutscht!»

«Ja, genau!», warf auch Pacco erleichtert ein.

«Habe ich gar nicht! Du weißt es genau! Saba hat dir dank der Kräuter doch haargenau erzählt, was wir auf dem Felsvorsprung gemacht haben!»

«Ja, ja», sagte Patricia lachend.

«Ich habe sie wirklich nicht geküsst», sagte Fabian gespielt beleidigt und ging auf Patricia zu. «Aber wenn ich zurück im Drachenland bin, werde ich es nachholen, und zwar nach Art der Drachen.» Fabian hielt Patricias Gesicht in seinen Händen und rieb seinen Mund an den ihren, bis sie sich nach Menschenart küssten.

«Mach dir doch deshalb keine Sorgen, Vincent!», beschwichtigte Pacco. «Wenn wir zurück sind und du möchtest es ihr erzählen, dann machst du es, wenn nicht, dann lässt du es. Von uns wird sie nichts erfahren.»

Als Fabian sich von Patricia gelöst hatte, griff er Vincent, den er herzlich umarmte. Vincent stöhnte auf, da Fabian unbeabsichtigt seine Wunden berührte.

«Wir dachten schon, du würdest hierbleiben und dein Ritterleben gegen das eines Königs tauschen», sagte Fabian. «So wie es die Menschen im letzten Sommer schon vermuteten, denen du Edelsteine geschenkt hast, weil ihr Haus vom Feuer vernichtet worden war.»

«König der Stickerei haben wir dich genannt und uns vor dir verbeugt», sagte Pacco und konnte sich gerade noch zurücknehmen, um Vincent nicht liebevoll auf die Schulter zu schlagen.

«Aber sag mal, ist es nicht reizvoll, König zu sein?», flüsterte Fabian, dass es nur Vincent und Pacco hören konnten. «Die Königin ist sehr hübsch und allem Anschein mag sie dich wirklich sehr.»

Die Drei gingen enger zusammen und Vincent hauchte, nachdem er sich einmal umgeschaut hatte: «Sie ist wirklich sehr hübsch, aber sie ist ihr Leben lang Prinzessin gewesen, bevor sie Königin wurde. Es ist sehr anstrengend mit ihr … und sie ist nicht wie Marietta. Und unter uns gesagt … auch wenn ich von der Hautfarbe aussehe wie die Menschen hier im Land, vielleicht sogar hier geboren wurde, gehöre ich doch ins Drachenland.» Fabian und Pacco nickten glücklich. «Möchte einer von euch ein König sein?», hakte Vincent nach. «Ritter sein ist nicht einfach, das ist uns wohl allen klar, aber ich möchte kein König sein. Ich werde meiner Bestimmung als Ritter folgen, denn ich glaube, alles hat seinen Sinn, das Gute und auch das weniger Gute.»

«Du redest schon so weise wie Medrandon», meinte Fabian und grinste.

«Ich habe ja auch ein Horn», flüsterte Vincent. «Aber ich habe gehört, dass es Menschen mit einem Horn gibt, die kein bisschen weise sind.» Dabei rubbelte er mit der Faust leicht über Fabians Horn. Pacco kicherte.

«Wenn die Ritter des Drachenlandes ihre Probleme gelöst haben, könnten wir die Heimreise antreten!», rief Bias herüber. «Oder wollt ihr noch nicht los?»

Sofort griffen alle ihre gefüllten Bündel, die ihnen von den Menschen überreicht wurden, und stiegen auf die Drachen.

Fabian setzte sich hinter Patricia auf Smettko und freute sich aufs Drachenland, auf die vielen Feuerstellen, an denen man sich bis tief in die Nacht Geschichten erzählen würde, auf die heißen Quellen, auf Medine und Medrandon, auf die leckersten gebackenen Äpfel und vielleicht bald auch wieder auf freundschaftliche Schwertkämpfe, wenn ihre Wunden verheilt waren. Fabian legte den Griff etwas fester um Patricia, die liebevoll über seine schuppigen Arme strich. Ari lächelte glücklich, während er mit Bias sprach und Schiwa festhielt, die müde an ihm lehnte. Pacco und Vincent sah man auch an, dass sie es kaum noch erwarten konnten, bald wieder im Drachenland zu sein.

Ende

Das Herz von Arkamoor

Band 1

Die Suche nach dem verlorenen Stein

Gab es wirklich einmal Drachen?

Fabian wohnt mit seinen Eltern am Waldrand in der Nähe eines kleinen Dorfes. Lange vor unserer Zeit, als es noch Drachen und Einhörner gab.

Als er im Wald auf einen Drachen trifft, beginnt für ihn ein Abenteuer, das ihn ins ferne Drachenland führt. Auf seiner Reise dorthin durchlebt er Gefahren, die ihn zu einem verantwortungsbewussten jungen Mann heranreifen lassen.

Er erkennt auch, dass Liebe, Vergebung, Mut und Selbstvertrauen und vor allen Dingen Freundschaft Güter sind, ohne die man im Leben nicht weiterkommt.

Zwei Jungen, ein Mädchen und ein Drache ziehen aus, das Drachenland zu retten und ganz nebenbei findet Fabian seine große Liebe.

Das Herz von Arkamoor, Band 1
Die Suche nach dem verlorenen Stein
Britt Glaser
Buch: ISBN 978-3-86332-031-7, 13,99€
EPUB: ISBN 978-3-86332-139-0, 4,99€